KB059084

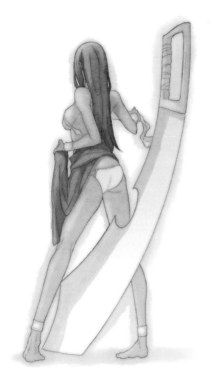

던전에서
만남을 추구하면
안 되는 걸까
12

오모리 후지노
OMORI FUJINO

일러스트 야스다 스즈히토
YASUDA SUZUHITO

김민재 옮김

© Suzuhito Yasuda

© Suzuhito Yasuda

던전에서 만남을 추구하면 안 되는 걸까 12

오모리 후지노 지음 | **야스다 스즈히토** 일러스트 | **김민재** 옮김

S NOVEL

헤파이스토스   HEPHAISTOS

오라리오에서 으뜸가는 스미스 기술력을 자랑하는 【헤파이스토스 파밀리아】의 주신.
헤스티아와는 천계 시절부터 질긴 인연으로 맺어진 사이.

로키   LOKI

오라리오 최대 파벌인 【로키 파밀리아】의 주신. 의문의 가짜 관서 사투리를 쓴다.
권속인 아이즈를 아낀다.

리베리아 리요스 알브   RIVERIA LIOS ALF

오라리오에서도 손꼽히는 실력을 자랑하는 로키 파밀리아의 부단장. 종족은 하이엘프. 【로키 파밀리아】 소속.

티오네 히류테   TIONE HIRUTE

아마조네스 자매 중 언니. 단장 핀을 사랑한다.
【로키 파밀리아】 소속.

프레이야   FREYA

【프레이야 파밀리아】의 주신. 신들 중에서도 손꼽히는 미모를 가진 『미의 여신』.

시르 플로버   SYR FLOVER

주점 【풍요의 여주인】의 점원. 우연한 만남으로 벨과 친해졌다.

헤르메스   HERMES

【헤르메스 파밀리아】의 주신. 파벌들 사이에서 중립 표방하는 여리여리한 남신. 기민하고 빈틈이 없다. 누군가에게서 벨을 감시하도록 의뢰를 받고 있는데……?

미아흐   MIACH

【미아흐 파밀리아】의 주신. 주로 포션 등의 회복계 아이템을 판매한다.

카시마 오우카   KASIMA OUKA

【타케미카즈치 파밀리아】 단장.

비네   WIENE

벨이 던전 계층 영역 『거목미궁』에서 만난 용종 소녀. 인간의 말을 할 수 있다.

레이   REI

『제노스』 No.3의 실력자. 아름다운 세이렌.

펠즈   FELS

우라노스를 따르는 수수께끼의 메이거스.

다프네 라우로스   DAPHNE LAUROS

한때 카산드라와 함께 【아폴론 파밀리아】에 속했던 모험자. 『워 게임』을 거쳐 현재는 【미아흐 파밀리아】 소속.

츠바키 콜브랜드   TSUBAKI COLLBRANDE

하프드워프 스미스. 【헤파이스토스 파밀리아】 소속. 전투 능력도 높아 Lv.5를 자랑한다.

베이트 로가   BETE LOGA

늑대 수인 웨어울프. 『풍요의 여주인』에서 벨을 비웃었지만 미노타우로스와 싸우는 모습을 보며 인식을 달리 한다. 【로키 파밀리아】 소속.

핀 디무나   FINN DEIMNE

로키 파밀리아 단장. 머리가 비상하다.
【로키 파밀리아】 소속.

티오나 히류테   TIONA HIRUTE

아이즈의 절친을 자청하는 아마조네스 모험자. 티오네의 쌍둥이 여동생. 【로키 파밀리아】 소속.

오탈   OTTARL

【프레이야 파밀리아】에 속한 초 실력파 모험자.

류 리온   RYU LION

원래는 뛰어난 모험자였다. 현재는 주점 '풍요의 여주인'에서 점원으로 일한다.

아스피알안드로메다   ASUFI AL ANDROMEDA

수많은 매직 아이템을 개발하는 아이템 메이커. 【헤르메스 파밀리아】 소속.

타케미카즈치   TAKEMIKAZUCHI

【타케미카즈치 파밀리아】의 주신.

히타치 치구사   HITACHI CHIGUSA

【타케미카즈치 파밀리아】 소속 단원.

리드   LIDO

『제노스』의 두령. 싹싹한 리저드맨.

우라노스   OURANOS

던전을 관리하는 길드의 주신.

아이샤 벨카   AISHA BELKA

【이슈타르 파밀리아】에 속했던 아마조네스. 성격은 대담무쌍하며 색을 밝힌다. 현재는 【헤르메스 파밀리아】로 컨버전했다.

카산드라 일리온   SHAKTI VARMA

다프네와 같은 경력을 거쳐 현재는 【미아흐 파밀리아】에 속한 모험자. 자신을 이모저모로 챙겨주는 다프네를 잘 따른다.

헤스티아
HESTIA
인간과 아인을 넘어선 초월존재신, 천계에서 내려온 신. 벨이 속한 【헤스티아 파밀리아】의 주신. 벨이 너무 좋아!

벨 크라넬
BELL CRANEL
본 작품의 주인공. 할아버지의 가르침 때문에 던전에서 멋진 헤로인과 만날 날을 꿈꾸는 신출내기 모험자. 【헤스티아 파밀리아】 소속.

릴리루카 아데
LILIRUCA ARDE
'서포터'로 벨의 파티에 들어온 파룸(소인족) 소녀. 보기보다 힘이 장사. 【헤스티아 파밀리아】 소속.

아이즈 발렌슈타인
AIS WALLENSTEIN
아름다움과 강함을 겸비한 오라리오 최강의 여성모험자. 별명은 【검희】. 벨에게는 동경의 존재. 현재 Lv.6. 【로키 파밀리아】 소속.

야마토 미코토
YAMATO MIKOTO
극동 출신 휴먼. 한번 미끼로 삼았던 벨에게 용서를 받은 데에 은혜를 느끼고 있다. 【헤스티아 파밀리아】 소속.

벨프 크로조
WELF CROZZO
벨의 파티에 들어온 스미스 청년. 벨의 장비 《깅총이 Mk-II》의 제작자. 【헤스티아 파밀리아】 소속.

에이나 튤
EINA TULLE
던전을 운영하고 관리하는 '길드' 소속 접수원. 벨과 함께 모험자 장비를 구입하는 등 공사 양면에서 도와준다.

산죠노 하루히메
SANJONO HARUHIME
벨과 환락가에서 마주친 극동 출신 르나르(여우 수인). 【헤스티아 파밀리아】 소속.

CHARACTER & STORY

미궁도시 오라리오—— 통칭 『던전』이라 불리는 장대한 지하미궁을 보유한 거대도시. 모험자가 되려는 소년 벨 크라넬은 이 도시에서 여신 헤스티아와 만나 【헤스티아 파밀리아】에 입단한다. 동경하는 【검희】 아이즈 발렌슈타인에게 인정을 받고자 던전 탐색에 매진하는 가운데 서포터 릴리, 스미스 벨프, 극동 출신 미코토, 르나르 하루히메도 같은 【파밀리아】의 일원이 되었다. 호적수 아스테리오스와의 사투를 거쳐 일약 모두의 주목을 모은 벨에게 길드에서 『원정』 미션이 내려왔다! 동료들과 함께 소년은 새로운 계층, 새로운 몬스터, 그리고 새로운 『미지』에 도전하는데……

커버 그림, 본문 일러스트 | **야스다 스즈히토**

프롤로그 신과 피와, 권속과 이야기

한 방울의 피가 맺혀 떨어져 파문을 일으켰다.

아득한 천 년 전, 그것은 『의식』이라 불렸다.

신이 떨군 한 방울을 인간이라는 그릇이 얻어, 승화의
계단을 오른다. 그것은 미래를 붙잡기 위한 열쇠이자 역경
을 이겨내기 위한 파사(破邪)의 힘이라고 일컬어졌다.

그런 말을 들은 신들은 『뭐 어렵게 생각할 거 있나』라며
웃었다.

이것은 촉진제. 단순한 계기. 보통은 닫혀있는 인간의
가능성을 해방시켜, 초월의 존재조차 예측할 수 없는 무한
의 가지를 펼치게 하는 것. 끝없는 망망대해를 나아가는
것은 사람이고, 파도를 넘어 비를 이겨내며 폭풍에 맞서
지평선 저편까지도 여행하는 것은 노를 젓는 너희의 손이
아니더냐고.

어떤 신은 사죄했다. 너희에게 떠넘겨서 미안하다고.

어떤 신은 얼버무렸다. 아이의 성장을 기뻐하지 않는 부
모는 없지 않느냐고.

어떤 신은 바랐다. 부디 『약속의 시대』를 짊어질 영웅이
나타나기를.

많은 신들이, 온갖 마음을 담아 손가락을 베어, 자신의
피를 이 지상에 떨구었다.

아득한 예로부터, 지금까지도.

빛의 파문을 일으킨 후, 신혈 이코르를 받은 사람의 피부는 수면처럼 떨렸다.

금세 칠흑의 문자열이 피부 위를 춤춘다. 그것은 마치 성화(聖火) 속에 신탁의 문자가 떠오르는 광경과도 비슷했다. 가녀린 손가락이 그 위를 따라갈 때마다 한 글자씩 흘러가듯 새겨지는 것은 비문과도 같은 각인이다.

그곳에 새겨지는【히에로글리프】.

눈에 보일 리 없는 아이의 역사,【엑세리아】를 잉크 대신 삼아, 신의 손이 『팔나』를 새로운 형태로 바꾸어나간다.

막 태어난 이야기를 기록하듯.

다음 페이지를 넘기듯.

그녀는 이때의 감각을 좋아했다. 이야기의 단편이 백지 페이지를 메워나가는 것은 얼마나 가슴 뛰는 일인지. 그 이야기를 가장 먼저 보는 것은 그녀의 특권이며, 또한 그녀의 보물이었으며, 그것만은 누구에게도 빼앗길 수 없었다. 그녀만의 시간, 그녀와 소년만의 유대. 그것이 무엇보다도 사랑스러웠다.

동화에 눈을 빛내는 아이처럼, 그녀는 이야기 속에서 활약하는 주인공의 궤적에 희미한 웃음을 떨구었다.

그리고 그녀는 새로운 페이지를 넘겼다.

등에 그려진 신과 권속의 진명, 나아가 신의 심벌인 불꽃이 조용히 빛을 뿜어냈다.

이윽고.

그녀는 손을 멈추더니, 손가락을 가만히 등에서 떼었다.

이야기를 다 엮어낸 여신은 가슴속에 가득 담아두었던 숨을 토해내듯, 만감을 담아 고했다.

"축하한다, 벨……【랭크 업】이구나."

1장

래빗×클로즈업

© Suzuhito Yasuda

고맙습니다.

벨은 그렇게 말하고 일어나 헤스티아에게 고개를 숙였다.

"Lv.3에서 Lv.4까지 2개월 정도 걸렸나? 지난번에는 1개월이었으니 소위 『레벨 올리기』가 순조롭게 어려워져가는 것이겠지만…… 나 원, 네 성장은 정말 놀랄 따름이구나."

"어…… 죄송합니다."

"하하, 왜 사과하느냐."

【헤스티아 파밀리아】의 홈, 『화덕관』의 한 곳.

【스테이터스】 갱신 중, 침대 가장자리에 앉은 벨은 코이네 공통어로 바꿔 적힌 갱신용지를 받아들고 살펴보기 시작했다.

같은 침대에 앉은 헤스티아의 곁에서, 표정도 바꾸지 않은 채, 조용히, 담담하게. 그러면서도 진지하게.

【랭크 업】소식을 듣고도 벨에게 놀라는 기색은 없었다.

그도 예감했는지 모른다. 『그릇』이 다음 단계로 승화되었다는 확신을.

『호적수』와의 사투를 거치면서.

"벨."

"네."

"그 검은 미노타우로스…… 아스테리오스 군이라 했느냐? 그는…… 강하더냐?"

"……네."

곱씹듯 벨은 고개를 끄덕였다.

길드는 검은 미노타우로스 ——정확하게는 심층종(深層種) 블랙 라이노스의 『아종』—— 아스테리오스의 퍼텐셜을 Lv.7로 규정했다.

【로키 파밀리아】를 포함한 수많은 모험자를 상대하며 온 도시를 헤집고 다녔던 괴물을 『몬스터렉스』와 맞먹는 위협도로 인정하고, 제1급 바운티 몬스터(현상수배 괴물)로 기록한 것이다.

타도하지 못했다고는 하나 Lv.3 모험자가 Lv.7 몬스터와 오직 홀로, 정면에서 대결했으며, 그러고도 생환했다.

과연. 문장만 놓고 보면 충분한 『위업』이라 느껴진다.

아스테리오스에게 패배하고도 【랭크 업】했던 이유는 충분히 될지 모른다.

'하지만 이 아이의 경우…….'

그러나 헤스티아는 생각했다.

벨의 내면에서 그 패배는 『특별』한 것이 아니었을까 하고.

마침 지난번 신회에서 프레이야가 말했듯, 예외적인 의미를 가진 【엑세리아】로서 헤아려진 것이다. 지금도 눈을 내리깔고 무언가를 상기하는 소년을 바라보며 헤스티아는 그렇게 느끼지 않을 수 없었다. 그것은 악연이라고 부를 만한, 인간의 가능성까지도 끌어내주는 『재도전』에서 오는 힘이었다.

애초에 아스테리오스와 싸우기 전부터 【랭크 업】의 밑바탕은 있었다.

【이슈타르 파밀리아】와의 항쟁, 던전 제20계층 진출, 나아가서는 『제노스』를 사냥하려는 포악한 헌터들과의 공방. 【랭크 업】에 반드시 필요한 상위의 【엑세리아】가 Lv.3이 된 직후부터 끊임없이 축적되었던 것은 분명하다.

아스테리오스와의 싸움은 마지막 계기였던 것이다.

"……각설하고, 너의 【스테이터스】 말이다만. 여느 때처럼 『기본 어빌리티』 쪽은 초기치로 리셋되어 0부터 재출발하였느니라. 【랭크 업】 때 나온 『발전 어빌리티』는 하나밖에 없었으니 내 마음대로 처리해두었다만, 괜찮겠느냐?"

"네, 괜찮아요."

"그리고 너도 이제는 알 거라 생각하는데…… 새로운 『스킬』이 발현되었다."

잠시 생각에 잠겼던 헤스티아는 의식을 바꿔먹으려는 듯 Lv.4의 【스테이터스】에 대해 언급했다.

벨은 이번에도 무언가를 받아들이려는 듯 야무지게 고개를 끄덕일 뿐이었다.

헤스티아는 그에게 향했던 시선을 그대로 그의 등에 돌렸다.

벨 크라넬

Lv.4

힘: I0 내구: I0 기교: I0 민첩: I0 마력: I0

행운: G 내성: H 도주: I

《마법》

【파이어볼트】

· 속공마법.

《스킬》

【리아리스 프레제】

· 조숙한다.

· 마음이 이어지는 한 효과 지속.

· 마음의 강도에 따라 효과 향상.

【아르고노트】

· 액티브 액션에 대한 차지 실행권.

【옥스 슬레이어】

· 맹우 계열과 전투 시 모든 능력 초고보정.

우선, 새로이 취득한 『발전 어빌리티』는 『도주』.

『길드』의 정보에 따르면 도주할 때의 속도에 높은 상승 보정이 더해진다고 한다. 쉽게 말해 줄행랑을 잘 치게 되는 것이다.

Lv.4 이후의 【랭크 업】에서만 발현한다고 하며, 이래봬도 『레어 어빌리티』로 꼽히기는 하지만…… 한편으로는 『불명예스러운 어빌리티』라 불리기도 한다. 이 능력이 발현되었다는 것은 다시 말해 보통 사람은 따라오지도 못할 만큼 수없이 도주극을 펼쳤다는 뜻이니까.

돌이켜보면 초기의 Lv.1에서 오늘까지, 벨은 반드시 누군가에게 쫓겼다. 『미노타우로스』 때도 그랬고, 『실버 백』 때도 그랬으며, 【아폴론 파밀리아】, 【이슈타르 파밀리아】…… 벨 크라넬의 이야기란 도주의 역사이기도 했다.

그렇기에 헤스티아도 『도주』 어빌리티 발현에는 수긍이 갔다. 생각하는 바가 없는 것은 아니지만 오히려 희귀한 『발전 어빌리티』를 취득할 수 있었던 것만으로도 득이라고 해야 한다.

그보다도 의식이 쏠리는 것은 세 번째의 『스킬』.

'【옥스 슬레이어】…… 특정한 종족을 상대로만 발동되는 전용 전투 스킬.'

이 『스킬』이 발현된 이유는 이미 말할 것도 없으리라.

말 그대로 숙적과의 사투를 거쳐 결실을 맺은, 소년의 본능이자 가능성이자 마음이다.

이 『스킬』의 효과에 따라 아스테리오스를 비롯한 맹우 계열 몬스터와 교전할 때는 레벨을 넘어서는 전투능력을 발휘하게 될 것이다.

이로써 벨은 명실 공히 맹우와 싸우는 자, 옥스 슬레이어라는 이름을 얻게 되었다.

말없이 【스테이터스】를 바라보던 헤스티아는 천천히 시선을 돌렸다.

"…………."

그곳에는 무언가에 홀렸다가 벗어난 것 같은 벨의 옆얼굴이 있었다.

이제까지처럼 【랭크 업】을 했다고 아이처럼 쾌재를 부르지는 않았다.

　모습은 조용했지만, 지금은 옷을 입는 것도 잊고, 갱신 용지를 구멍이 뚫릴 정도로 바라본다.

　지금 자신의 힘을 받아들이고, 생각에 몰두해, 무언가에 마음을 보내고 있다.

　이제까지 헤스티아가 본 적이 없는 소년의 얼굴이었다.

　'변했구나⋯⋯.'

　찌릿찌릿 전해지는, 강해지고 싶다는 한결 같은 마음은 변함이 없다.

　그러나 그 말에 담긴 마음과 의미는 확실하게 달라졌다.

　한 꺼풀 벗었다. 껍질을 깨뜨렸다.

　그렇게도 말할 수 있으리라.

　"너는 정말로⋯⋯ 점점 멋있어지는구나."

　"네?"

　"아니, 아무 것도 아니다."

　불변의 존재인 신들과는 역시 다른, 달라져가는 소년에게 일말의 쓸쓸함이 느껴지지 않는다면 거짓말이리라.

　하지만 그 이상으로 그의 성장을 순수하게 기뻐했다. 주신으로서, 한 명의 소녀로서.

　"있잖느냐, 벨. 들어보거라."

　"?"

　"이것은 내가 관장하는 사물의 상징이자, 동시에 칭호

같은 것이니 또 다른 이름이기도 하다만……『베스타』라는
말이 있단다."

"『베스타』……."

"그래. 우리 신들의 말로는『끊임없이 타오르는 성화』라
는 뜻이지."

"……왜, 그런 말씀을 하세요?"

"글쎄, 왜일까? 지금 너를 보고 있으려니 들려주고 싶어
서일까?"

고개를 든 벨에게 눈을 가늘게 뜬 헤스티아는 웃음을 흘
렸다.

그의 곁에서 천장을 바라보며, 눈을 감고, 미소를 내비
쳤다.

🔥

조용한 바람이 하늘에 발소리를 울렸다.

푸른 하늘에 싸인 오라리오는 너무 덥지도 않고, 너무
춥지도 않은 기분 좋은 날씨였다. 혹독했던 여름의 무더위
는 한풀 꺾여, 피부를 쓰다듬는 공기의 흐름이 멀리서 다
가오는 가을의 기척을 은근히 느껴지게 해주었다. 이제 곧
결실의 시기가 다가온다.

흥벽 너머로 펼쳐진 도시 밖의 경치── 아직 새파란
숲과 대초원, 산을 바라보며 나는 그런 생각을 했다.

오늘도 오라리오 시벽 위에 찾아왔다. 【스테이터스】갱신을 마친 후, 지난 며칠의 습관을 따라가듯 몸이 이 장소로 발길을 옮긴 것이다.

어쩌면 【랭크 업】했다는 사실을, 자신의 발이 확실하게 달려 나가기 시작했다는 사실을…… 약속과 결판이 기다리는 그 지하미궁에 보고하고 싶었는지도 모른다.

"……앞으로 나아가기 위해서라도, 쉬어야 한다고 그러셨지."

몸도 마음도 확실하게 쉬자.

『제노스』를 둘러싼 사건이 수습된 그 후, 헤스티아 님은 우리에게 그렇게 말씀하셨다.

【이켈로스 파밀리아】가 일으킨 소동으로부터 약 열흘 동안 심신을 계속 혹사시켰다. 격동의 나날로부터 해방된 지금, 안온한 시간에 몸을 맡기는 것도 모험자가 할 일이다.

"전사의 휴식은 중요하단 말이다!"

그런 주신님의 주장은 옳다. 덕분에 몸의 피로는 완전히 빠져나갔다.

컨디션 문제 외에도, 많은 무기와 방어구가 반파되거나 사라졌다. 그러한 것들을 수리하고 정비하느라 스미스 벨프는 현재 매우 바쁘다. 하지만 한편으로는 새로운 무구도 만들 수 있겠다고 기뻐했다. 지금은 무장을 새로 맞추는 것이 끝날 때까지의 준비기간이기도 하다.

솔직히 가만히 있을 수 없다는 마음은 있었다.

강해지자── 그렇게 마음속으로 맹세했던 말이 가슴을 두드려댔다.

하지만 지금은 분명 주신님의 말씀대로 몸과 마음이 쉴 때일 것이다.

조바심을 억누르고, 그때가 오기까지 조용히 기운을 함양하자.

던전으로 돌아간 그 새까만 등── 호적수의 뒷모습을 뇌리에 떠올리면서, 나는 손바닥을 내려다보았다.

'……어쩐지 이상한 기분이 들어.'

공연히 침착한 자신에게 신기하다는 생각이 들었다.

예전의 나 같으면, 이럴 때는 안절부절 못하다가, 무언가 할 수 있는 일은 없을까 찾으려고 필사적으로 앞을 향해 서둘렀을 것이다. 그런데도 지금은 스스로도 놀랄 정도로 침착했다.

그 호적수에게 패배하여 분한 마음에 꼴사납게 운 후로.

자신의 안에서 무언가가 바뀐 것 같았다.

'바뀌었다고 하니 생각났는데……'

그 날 이후 나를 둘러싼 환경도 조금 변했다.

우선 시내에서 마주치는 사람들의 태도가 누그러졌다. 워 게임에서 승리한 직후처럼까지는 아니어도, 최소한 비난이나 경멸의 눈길을 보내는 일은 사라졌다. 우리의 싸움을 직접 봤던 시민들의 눈이 달라졌다고 릴리는 말했지만…… 분명 혈기왕성한 드워프 같은 사람들은 길에서 말을 걸어주곤 하는 것도 사실이다.

　그 중에서도 가장 놀랐던 것은, 고아원 아이들이 ──
라이, 피나, 루우가 우리 홈에 찾아왔던 일이었다.

　마리아 씨의 인솔로 온 아이들이, 현관 앞에서 놀라고
있던 나에게 사과를 한 것이다. 그리고 감사의 말도.

　심한 소리를 해서 미안, 구해줘서 고마워, 멋있었어……
라이와 피나가 뺨을 붉히며 열심히 전한 그 말을 기쁘게
생각하지 않았다면 거짓말일 것이다. 하지만 그 이상으로
미안한 마음이 있었다.

　『제노스』에 대해 아이들은 모른다. 무서운 몬스터에게서
우리가 지켜주었다고, 순수하게 그렇게 생각한다. 아니,
아이들만이 아니라 시민들도. 그 자리에 있었던 릴리나 동
료들과 마찬가지로 죄책감을 느낀 나는 말로는 표현할 수
없는 초연한 심정을 가슴에 품었다.

　『저기…….』

　하지만 하프엘프 루우가 나의 그런 마음을 씻어주었다.

　『벨, 잘못하지 않았어.』

　『모두를 위해 싸워줘서…… 고마워.』

　내 배에 부드럽게 얼굴을 묻은 루우의 그 말에…… 구원
을 받았다.

　루우도 『제노스』에 대해서는 아무 것도 모른다. 하지만
그 말은 리드 씨네를…… 비네의 존재를 긍정해준 것처럼
들렸다.

루우를 가만히 안은 내 눈은 분명 눈물을 머금고 있었을 것이다.

"…………."

　흉벽과 통로 사이를 달리는 바람을 느끼며, 당시의 일을 돌이켜보던 나는 천천히 몸을 돌렸다.

　느껴진 것은 두 명의 기척과 발소리.

　후방, 이 시벽 위로 통하는 계단에서 손님이 나타났다.

"여어, 벨."

"헤르메스 님……."

　계단을 올라온 것은 헤르메스 님, 그리고 종자인 아스피 씨였다.

　등황색 머리카락의 남신님은 인사를 하듯 깃털 달린 여행모를 슬쩍 가볍게 들었다.

　그리고 나는 그때 문득 어떤 사실을 깨달았다.

"저기…… 그 얼굴의 시뻘건 자국은 어떻게 된 건가요? 꼭 누구한테 걷어차인 것 같은……."

"여기 오기 전에 너희 홈에도 들렀거든. ……하하, 헤스티아를 만나자마자 드롭킥을 당했어."

　드롭킥이라면 발을 모아 날아차기를 하는 그거……?

　생각지도 못한 말에 나는 삐질삐질 식은땀을 흘리고, 아스피 씨는 탄식했다. 고운 얼굴에 뚜렷하게 발자국이 새겨진 헤르메스 님은 아하하 헛웃음을 지었다.

　하지만 헤스티아 님이 왜 그런 난폭한 짓을 하셨는지는

이해가 갔다.

"벨—— 미안해."

내 생각을 읽은 것처럼, 자세를 바로 잡은 헤르메스 님이 사죄했다.

한손에 든 모자를 가슴에 대며 허리를 숙이는 모습은 마치 귀족 같았다. 가볍게 눈을 크게 뜬 나와 마찬가지로 아스피 씨도 이럴 줄은 몰랐다는 태도를 보였다.

"『제노스』건으로 사과를 하고 싶었어. 나는 네가 괴로워할 걸 알면서도 가고일 그로스 군을 이용했지."

5일 전, 비네 일행을 피신시킨 후 나는 그로스 씨와 싸웠다.

그것이 헤르메스 님이 사주한 일임은 안다. 『제노스』를 궁지에 몰아, 내 손으로 그로스 씨를 해치도록 사주했던 것을. 헤스티아 님은 그 건으로 크게 화가 나, 홈에 찾아온 헤르메스 님을 걷어차버렸을 것이다.

헤르메스 님은 왜 그런 일을 했는지는 말하지 않았다.

단 한 마디.

"미워하니, 날?"

내게 그렇게 물었다.

"……모르겠어요."

그러므로 난 자신의 솔직한 심정을 대답했다.

"그로스 씨 일행에게 그렇게 했던 건 용서할 수 없지만…… 그래도 헤르메스 님은 이때까지 저나 동료들을, 주신님을 몇 번이나 도와주셨으니까요. 전 헤르메스 님을……

잘 모르겠어요."

단순한 신의 변덕, 심심풀이 오락. 그렇게 말해버리면 그럴 것이다.

하지만 헤르메스 님은 흥미 본위로 우리를 도와주거나, 뒤에서 암약할 것처럼 여겨지지는 않았다. 자신의 신의에 따라 행동한다는, 그런 생각이 들었다.

자세를 바로 잡은 헤르메스 님은 내 대답을 듣고 슬쩍 웃음을 지었다.

"용서할 수 없다면 그래도 상관없어. 나에 대해 이해할 필요도 없고. 다만── 나는 앞으로도 네게 『참견』을 할 거야. 경우에 따라서는 원망을 사게 된다는 것도 알지만."

"왜요……?"

"그건…… 내가 네 팬이니까."

언젠가 어디선가 들었던 말.

하지만 지금은, 평소의 여리여리한 웃음이 아니라, 아이를 하늘에서 지켜보는 신과도 같은…… 그런 웃음이었다.

"오늘은 이 이야기만 하러 왔어. 들켜버린 나쁜 꿍꿍이에 매듭을 지으려고. 헤스티아도 만났으니 이만 실례할게."

다시 여행모를 쓴 헤르메스 님은 내 앞에서 떠나갔다.

"벨 크라넬…… 당신이 정리할 수 있다면, 저 사람을 미워하지 말아 주십시오."

그 자리에 머물렀던 아스피 씨가 내게 말했다.

멀어져가는 남신님의 뒷모습을, 손 많이 가는 아이를 둔

보호자처럼 바라보며.

"저래봬도 당신을 걱정했습니다."

그 말을 남기고, 인사와 함께 아스피 씨도 몸을 돌렸다.

계단 안으로 사라져가는 헤르메스 씨와 아스피 씨를, 나는 그 자리에 머문 채 지켜보았다.

"──나 원. 신 헤르메스와 방문이 겹쳐버리다니."

그런 두 사람과 자리를 바꾸듯.

또 다른 손님이 내 앞에 나타났다.

"펠즈 씨……."

"저 모습을 보니 내가 온 줄 이미 알아차렸나봐. 아무래도 난 신들의 표현을 빌자면 『타이밍이 나쁜』 녀석인 모양이야."

투명 베일을 벗으며 허공에서 출현한 것은 흑의의 메이거스, 펠즈 씨였다.

내부를 들여다볼 수 없는 검은 후드, 같은 색의 장갑을 낀 유령과도 같은 희대의 메이거스는 다섯 걸음의 간격을 두고 나와 마주 섰다.

"이제까지 숨어 계셨어요?"

"그래……. 신 헤르메스와 얼굴을 마주하면 아무래도 역정을 내버릴 것 같았거든. 그들이 떠나가길 기다렸지."

오늘은 찾아오는 사람이 많다고, 그런 생각을 하며 대화를 나누었다.

펠즈 씨도 보아하니 예의 그 사건 때문에 헤르메스 님을 용서할 수 없는지, 약간 그를 의식한달까, 복잡한 감정을 주체하지 못하는 듯했다. 아무래도 헤르메스 님은 여러 방면에서 반감을 사버린 모양이다. "아이코~" 하며 쓴웃음을 짓는 남신님의 얼굴이 눈에 선했다.

한숨을 쉬듯 흑의를 출렁거린 펠즈 씨는 고개를 들고 나를 보았다.

"겨우 사건의 뒤처리가 일단락돼서, 네가 어떻게 지내는지도 볼 겸 와봤지. 몸은 좀 회복됐어?"

"네."

"……얼굴이 상당히 달라졌는걸. Lv.4로【랭크 업】했다는 소식도 조금 전 길드에 도착했다만…… 내 눈에는 겨우 며칠 전의 너와는 다른 사람처럼 보여. 하기야 나한테는 눈알이 없지만."

현자였던 해골은 그렇게 너스레를 떠는 한편, 감탄하는 듯한 시선을 보냈다.

다른 사람처럼 보인다…… 그런가? 나는 잘 모르겠다.

다만 가슴속에 밝혀진『강해지고 싶다』는 이 마음은 전보다도 훨씬 새빨갛게 빛을 내고 있다.

"벨 크라넬, 한 가지 물어봐도 될까."

"뭔가요?"

내가 되묻자, 펠즈 씨는 잠시 간격을 두고는 천천히 말을 이었다.

"앞으로 무엇을 할지…… 정해졌어?"

"…………."

그 물음에 나는 잠시 입을 다물었다.

동경하는 사람을 따라잡기 위해. 비네와의 약속을 지키기 위해. 호적수와 결판을 내기 위해. 할 일은 정해졌다. 정해놓았다.

다만 그 의지를 목소리로 바꾸기까지는 시간이 필요했다.

"던전에 도전해야죠…… 다시, 강해지기 위해."

거대 시벽에 높은 바람소리가 맴도는 가운데, 펠즈 씨는 나를 가만히 바라보았다.

시선을 조금도 돌리지 않고 있으려니, 한 차례 고개를 끄덕이는 몸짓을 보였다.

"각오는 된 모양이구나. ……하지만 아주 미미한 망설임도 보였어."

"…………."

"네가 죽지 않았으면 해. 비밀 마을에서 리드도 같은 심정으로 말했겠지만, 이건 내 진심 어린 부탁이야. 그러니 이제부터 나도 조금 『참견』을 할까 해."

너의 망설임을 불식시킬 수는 없을지도 모르지만.

그렇게 덧붙이고, 흑의의 메이거스는 가만히 한쪽 손을 들었다.

"벨 크라넬, 네게 싸울 이유를 줄게."

그대로 우리의 발치를—— 아득히 아래쪽에 펼쳐진 대지의 밑바닥을 가리킨다.

"**던전의 최하층 공략**. 이걸 이루지 못하면 인류와『제노스』의 공존은 있을 수 없어."

"!"

눈을 크게 뜨는 나에게 펠즈 씨가 말을 이었다.

"물론 나와 우라노스는 앞으로도 그들을 위해 최선을 다하겠지만…… 최종적으로 그것을 이루지 못하면, 어쨌든 우리가 바라는 미래는 찾아오지 않을 거야."

던전의 최하층.

그 말이 온몸에 스며들어, 이해하기까지는 시간이 걸렸다. 몸을 멈추었던 나는 천천히 입을 열었다.

"최하층에…… 던전에, 뭐가 있나요?"

던전이란 무어인가.

전에 주신님에게도 같은 질문을 했던 내 물음에, 펠즈 씨는 조용히 대답했다.

"맺었던 서약…… 그리고 결판이지."

바람에 지워질 것 같은 목소리가 우리 사이에 드리워졌다.

던전 최하층을 공략해야만 하는 이유. 그것이 왜『제노스』들과 이어지는가 하는 설명. 그것을 펠즈 씨는 가르쳐주지 않았다.

다만 엄연한 사실을── 우라노스 님이 밝혀주셨을 신의를 내게 제시했다.

"리드 일행을 생각한다면…… 부디 앞으로 나가줘, 벨

크라넬."

"…………."

"네가 가는 길에 빛이 있기를 기도할게."

말을 마친 펠즈 씨는 한손에 든 투명 베일을 펄럭 펼치고 허공으로 모습을 감추었다.

조용한 바람의 발소리를 남긴 채, 주위에 정적이 가득 찼다.

아무도 없는 시벽 위에서, 나는 홀로 고개를 옆으로 돌려 그것을 바라보았다.

하늘을 찌르는 신의 거탑과, 지하에 펼쳐진 대미궁을.

오라리오 중앙에 우뚝 솟은 마천루 시설 『바벨』.

그 30층의 대형 홀은 여느 때는 볼 수 없는 소란에 휩싸여 있었다.

『신회』였다.

시간이 남아 주체하지 못하던 남녀노소 신들이 나란히 출석해, 이름뿐인 자문기관을 개최하려 했다.

"지난 신회 이후로 꽤 시간이 지나지 않았어?"

"딱 개최하려는 시기에 이켈로스가 별 짓을 다 하는 바람에."

"바빠서 신회를 열 상황이 아니었잖~."

3개월 주기로 치러지는 신회 또한 『제노스』를 둘러싼 사건 때문에 피해를 입은 셈이었다. 도시의 사정에 따라 연기를 거듭했던 신의 회합에 출석자들은 목을 길게 빼고 기다렸다는 양 목소리를 쏟아냈다. 어째서인지 의미도 없는 준비체조를 하는 신까지 있을 정도였다.

　'헤르메스는…… 안 왔구나. 뭐, 어제 그래놓고 오늘 만났으면 다시 드롭킥을 먹여줄 것 같으니 상관없어.'

　50명이 앉을 수 있는 거대한 원탁 한쪽에서 헤스티아는 주위를 두리번거렸다.

　아직 헤르메스가 저지른 짓을 용서하지 않은 그녀는 내심 화를 내면서, 참가한 멤버들을 살폈다. 로키, 프레이야, 미아흐, 헤파이스토스, 타케미카즈치, 가네샤…… 추방되고 송환된 아폴론과 이슈타르를 제외하면 석 달 전의 멤버와 거의 같았다.

　하지만…… 아폴론이나 이슈타르와의 항쟁도 포함해, 지난 석 달 사이에 정말 많은 일들이 있었다고, 헤스티아는 어지럽게 지나갔던 온갖 사건들과 함께, 하계의 시간이 얼마나 농밀한지를 되새겨보았다.

　"내가 가네샤다!! 아니, 내가 이번 사회자다!"

　"와~."

　"우와, 가네샤가 사회야? 나 집에 갈까…….'"

　"뭐, 좀 기다려 봐. 어떻게 하나 보자고."

　"좋~았어! 이 가네샤, 이래저래 바빴던 도시의 근황을 직접 보고하겠다!"

이번의 사회와 진행을 맡은 가네샤가 신이 나서는 회의
를 시작했다.

우선 도시 안팎의 정보교환이 주가 되는 정례보고회. 그
러나 코끼리 가면을 쓴 신의 후덥지근함과는 달리 이 회의
는 막힘없이 술술 진행되었다.

"누구 질문 없나! 뭐든 대답해주지!"

그렇게 채근해도,

『그딴 건 됐으니까 빨리 끝내기나 해라』

하는 분위기가 출석자들에게서 생생하게 전해졌다. 여
기에는 밤낮으로 오라리오의 치안을 유지하느라 힘썼던
가네샤도 풀이 죽었다.

설마 『제노스』군들의 이야기가 나오진 않겠지. 헤스티아
는 아주 조금 우려를 품었지만, 아무리 가네샤라 해도 그
사실을 입 밖에 흘리지는 않았다.

"그래, 그러면 【랭크 업】한 모험자의 명명식으로 들어가
자…….."

패기 없는 가네샤가 그렇게 말한 순간 신들의 눈빛이 달
라졌다.

갑자기 생기를 띤 그들은 열기를 폭발시켰다.

"왔다왔다아!"

"기다렸습니다~!"

"오늘은 이것 때문에 참가했다고!"

길드가 작성해 테이블 위에 올려놓은 자료를 낚아채고 신들은 펄럭펄럭 빠르게 넘겨보았다.

많은 신들이 손을 멈추고 내려다본 것은 마지막 페이지. 이전 신회와 마찬가지로 마감 직전에 정보가 갱신되어 길드 직원들이 서둘러 자료 내용을 수정한, 백발 휴먼의 항목.

【리틀 루키】, 벨 크라넬이었다.

"연속으로 신회에 올라온 녀석은 처음 봤네."

"심지어 Lv.2에서 3, 4…… 두 번이나【랭크 업】을 했어어어어!"

"진짜 막 나가네~."

잔물결 같은 목소리가 원탁 곳곳에서 솟아났다. 그 모든 것이 희열과 갈채, 그리고 환희였다. 미의 신은 고고한 웃음을 짓고, 광대 신은 눈을 가늘게 뜨며 콧노래를 흥얼거렸다.

어떻게 이렇게까지 급성장을 거둘 수 있었을까.

이제 와서 그런 멋없는 질문을 하는 신은 이 자리에는 없었다. 그들 그녀들도 맹우와의 그 결전을 보고, 소년은 충분히 『영웅』의 그릇이라 판단한 것이다.

신들의 느물거리는 웃음은 단숨에 깊어지고, 전염되어 갔다.

'괜찮아, 괜찮아……'

한편으로는, 들뜬 신들과 반비례해 헤스티아의 얼굴은 점점 굳어져갔다.

'이제는 어엿한 【파밀리아】가 됐고, 홈도 커졌잖아. 파벌 랭크도 벨의 【랭크 업】 덕에 올라갔고…… 그래, 3개월 전과는 달라……!'

자신의 발언력도 커졌을 터……!

그렇게 어린 여신은 주먹을 부르쥐었다. 땀을 흘리며 신음하는 그녀의 머릿속은 벨에게 통한의 별명을 지어주지 않겠다는 생각으로 그득했다.

곧 명명식이 본격적으로 시작되었다.

"좋아, 그럼 당장 벨쿰에게 새 별명을!"

"잠깐, 메인 디시는 나중에!!"

"오, 로리신네 애들 중에 【랭크 업】 한 애가 또 하나 있네."

"이거이거…… 깡총이, 가 아니라 벨프 아무개 아닙니까."

"그러면 벨프 크로조부터 먼저 결정하겠네!"

"【이그니스(불랭不冷)】."

"그거다." "그거밖에 없네." "오케이 결정!"

『당신이 단련해준 내 열기는 이 정도로 식지 않아.』 번뜩!"

"크윽~ 닭살~!"

"이건 함락되고도 남죠~."

속공으로 결정된 벨프의 별명.

헤스티아는 벨프도 지켜주고 싶었으나, 이건 이거대로 그나마 괜찮았으므로 넘어가기로 했다. 당사자에게는 클린 히트일지도 모르겠지만…….

흘끔 대각선 맞은편을 쳐다보니, 예전에 실수로 염장질

을 해버렸던 절친 대장장이 신은 온 힘을 다해 먼산을 보고 있었다. 얼굴을 새빨갛게 물들인 채.

"아, 타케미카즈치네 애도【랭크 업】이 둘이나 있잖아."

"극동 애다." "역시 흑발은 좋지!"

"히타치 치구사는…… 내향적이지만 현모양처가 될 냄새가 풀풀 풍기는걸."

"【비익소녀(比翼少女)】같은 건 어때, 타케미카즈치?"

"【절†영】보단 낫군……."

그리고 명명식은 막힘없이 진행되어, 눈 깜짝할 사이에 벨의 차례를 맞았다.

기시감을 느끼면서 헤스티아는 숨을 질끈 들이마시고, 참았다.

지금이 가장 중요한 순간이라고 자신을 두 차례 세 차례 거듭 타이르는 가운데, 느물느물 웃던 신들이 누가 먼저 말을 꺼낼지 시선으로 견제하고 있으려니 —— 아름다운 『미의 신』이 나긋나긋한 한쪽 팔을 들었다.

"의견 제시해도 될까?"

"?!"

——프레이야가 움직였다!!

술렁!

금세 신들 사이에서 소란이 부풀어올랐다.

깜짝 놀란 헤스티아와 마찬가지로 신회는 단숨에 긴장과 흥분의 절정에 달했다.

"뭐야 뭐, 프레이야 님도 의욕이 생긴 거야?"

"벨 군의 팬이 됐어?"

"응, 맞아. 그 싸움을 보고, 나도 모르게 가슴이 두근거렸거든."

——프레이야가!

——마침내 초대형 신인을 찍었어!

——이건 파란의 예감!

온 도시에 그만한 활약상을 알린 벨 크라넬인 만큼 『미의 신』에게 찍히지 않을 리가 없다—— **사정을 모르는** 신들의 생각은 당연히 그렇게 귀결되었다. 그리고 프레이야가 벨에게 집착한다는 사실을 눈치 챘던 일부 신들은 언짢은 투로 사태를 관망했다.

그런 가운데 헤스티아만이 경계심을 최대급으로 부풀렸다.

"프레이야…… 너라면 분명 나. 만. 의. 벨에게 아주 근사한 별명을 마련해줄 테지?"

"어머, 헤스티아. 그렇게 말하면 나도 긴장이 되잖아. 후후."

눈을 제외한 얼굴로 웃음을 짓는 어린 여신의 안광을 미의 신은 후광이 비칠 듯한 미소로 받아냈다.

그 광경에는 평소 로리신이라 우습게 보던 남신들도 압도당했다. 오는가, 라그나뢰크가……!

한쪽 뺨에 손을 가져다댄 프레이야는 "어디보자……" 하고 한참 뜸을 들이더니, 생글생글 웃음을 지었다.

"미신의 반려── 【바나디스 오즈】라고 하면 어떨까?"

"얀마 얀마 얀마────────!!"

콰앙!! 원탁에 두 주먹을 내리치며 벌떡 일어나는 헤스티아.

"뭐가 반려야?! 벨은 내 【파밀리아】라고!!"

"어머, 마음에 안 들었어?"

"마음에 들 요소가 어디 있어─!!"

프레이야가 **박애주의자**라는 것은 모두가 아는 바. 이것이 그녀의 본심인지 단순한 조크인지, 혹은 견제인지는 둘째 치고, 원탁은 왁자지껄하게 달아올랐다. 프레이야의 신자들은 이번에도 신회에 모습을 나타낸 미신의 여왕 같은 자태에 빠져 목소리를 높였다.

소년의 주신에게 속공으로 부정당한 프레이야는 아랑곳하는 기색도 없이 장난꾸러기 같은 웃음을 머금더니 "아쉽네"라는 말과 함께 선선히 물러났다.

"푸풉─! 【바나디스 오즈】라니 역시 색골! 센스가 없어도 너무 없구마!!"

"그럼 로키, 그러는 너는?"

"음~ 어데보자……."

깔깔 웃어젖히던 로키가 프레이야에게 채근을 받았다. 쓸데없는 소리 말라는 양 노려보는 헤스티아를 화려하게 무시하고, 검지를 척 세운다.

"광대의 장난감── 【로이저러스】."

"꺼져!!"

헤스티아의 분노는 멈추질 않았다.

"도대체 왜 너희의 장난감을 전제로 하는 거냐고?!"

이내, 선봉을 끊었던 프레이야와 로키의 뒤를 따르자는 양 장난기가 동한 신들의 연회가 시작되었다.

"저요, 저요! 【마론 크림】!"

"벨 군~ 나야~! 결혼해줘~! 【웨딩 벨】!!"

"너 지금 여기 있는 8할의 신들을 적으로 돌렸어." "프, 프레이야 님의 미소에서 전에 보지 못했던 살기가 넘쳐난 다아아아아아!!" "으헉~?!"

"시끄러워 나의 노래를 들어라! 【트루 깡총이】!!"

"너 적당히 좀 하고 포기해라!"

"【귀돌이】!"

"너무 억지잖아." "귀가 긴 것도 아닌데."

"토끼에서 그만 좀 벗어나자."

"달리 뭔가 특징 없나? 다른 프로필이라든가, 소문이라든가."

"그러고 보니 그 꼬맹이, 한때는 『괴물 취향』 아니냐는 소문도 있었잖아."

"뭐, 라고……."

"그렇다면…… 벨꿍은 인간이든 몬스터든…… 덤으로 우리 신들도 괜찮다는……?"

"【올 오케이】."

"으가아아아아아아아아아아아아아아아아아아아아아
아아아아아아아아아아아아아아아아악!!"

헤스티아의 인내가 한계를 넘어섰다.

"진정해!!"

두 팔을 치켜들며 날뛰는 그녀를 타케미카즈치와 미아
흐가 붙잡았다. 그러는 사이에도 울려 퍼지는 신들의 낄낄
거리는 홍소, 어린 여신의 노성. 카오스는 극치에 달했다.

"자자, 진지하게 하자."

신들의 장난기가 가라앉은 후, 어깨로 숨을 씨근덕거리
는 헤스티아는 미아흐와 타케미카즈치의 협조도 있고 해
서 어떻게든 무난한 칭호를 얻는 데 성공했다.

신회가 끝난 후.

헉헉 숨을 몰아쉬며 헤스티아는 원탁 위에 엎어져 있었
다. 그 곁에 서서 쓴웃음을 짓는 것은 헤파이스토스였다.

"젠장…… 실컷 놀림당했네."

"요즘 네 출세가 대단했잖아. 세례의 측면도 있었겠지."

건방진 로리신을 괴롭혀 만족했는지, 신들은 후련하다
는 표정으로 홀을 나갔다. 미소와 함께 슬쩍 그녀를 바라
보는 프레이야, 배를 움켜쥐고 웃다 산소결핍에 빠질 뻔한
로키도.

그런 신들의 뒷모습을, 헤스티아는 비난하듯 흘겨보
았다.

"하지만 이제 벨의 명예는 지켜졌어……. 얼른 돌아가서 보고해줘야지……. 아아, 하지만 조금 쉬고 싶어……."

한 발 먼저 나간 미아흐나 타케미카즈치에게 손을 흔들어준 헤스티아가 마지막 힘을 다 써버린 듯 축 늘어져 있으려니,

"헤스티아. 너희【파밀리아】도 랭크가 올랐지?"

헤파이스토스가 그런 질문을 했다.

"으에? 어— 응, 벨이 Lv.4가 됐다고【파밀리아】도 E에서 D로 승급했지만…… 왜 그런 걸 물어봐?"

바로 곁에 있는 홍발홍안의 절친신에게 고개를 든다.

말 그대로 벨이 Lv.4가 되면서【헤스티아 파밀리아】는 전력이 늘어났다고 본『길드』에서 파벌의 랭크를 상향조정했던 것이다.

의아한 표정을 짓고 있으려니, 헤스티아는 어깨를 으쓱거리며 대답했다.

"그럼 슬슬『통달』이 가겠네."

"……『통달』?"

그 말에 헤스티아는 고개를 갸웃했다.

홀은 수많은 데미휴먼으로 북적거렸다.

길드 본부의 로비 한 모퉁이, 거대 게시판이 설치된 곳

이었다. 신회가 바로 조금 전에 끝났다는 소식을 듣고 모험자들은 이곳으로 모여들었다. 명명식에서 결정된 별명은 이 게시판에서 가장 먼저 공개되기 때문이다. 신들의 언어로는 『센스』라 하는 위광을 가장 먼저 보고자, 인파 속에는 유별난 일반시민이며 상인들까지 보였다.

길드 직원이 칭호 리스트 명부를 다 붙이자, 수많은 시선이 코르크판이 붙은 거대 게시판에 빨려 들어갔다. 금세 일희일비하는 목소리며 감동의 한숨이 주위에서 새나오기 시작했다.

"……야, 저거."

"나도 알아. 보여."

그런 가운데 수많은 이들이 찾는 별명이 있었다.

소리를 내며, 눈을 가늘게 뜨고 응시하고, 손가락을 내밀어 가리킨다.

사람들의 이목은 자연스레 그 별명, 어떤 모험자에게 집약되어 술렁거림은 한층 커졌다. 수인 주인과 부하가, 열심히 발돋움을 하는 파룸 자매가, 미목수려한 엘프의 무리가, 얼굴에 상처가 난 드워프 무뢰배들이, 입맛을 다시는 아마조네스들이 그 칭호를 놓고 들끓었다.

그것을 벨은 뒤에서 보고 있었다.

"아…… 벨 크라넬."

누군가가 중얼거린 이름에 모험자들이 일제히 돌아보았다.

벨이 있는 것을 알아보고, 그때까지의 소란은 마치 미리 짜기라도 했던 것처럼 싹 사라졌다. 마침 그 자리에 막 도착했던 벨은 주목을 받는다는 사실을 자각하면서도 앞으로 나섰다.

실례합니다. 양해를 구하며 나가려 하자 인파는 자연스럽게 갈라졌다.

그렇게 만들어진 길을 따라, 게시판 앞까지 도착해, 거대한 게시판을 올려다본다.

자신의 이름을 발견한 벨은 신들에게 하사받은 그 칭호를 읽었다.

"──【래빗 풋】."

그것이 새로운 별명.

성장이 현저한 루키에서 『미완성』을 뜻하던 이름을 없애고, 그의 외견과 유례를 찾아보기 힘든 준족을 칭송해 내려준, 소년의 레코드 네임이었다.

주위에는 벨을 호전적으로 노려보는 자, 웃어주는 자, 선망하는 자, 다양한 모험자들이 있었지만 그 눈빛은 레코드 홀더의 위대한 공적을 인정하는 것이었다. 『사기』라고 야유하던 예전과는 달리 시샘하는 태도는 완벽히 사라지고, 건방진 루키라고 보는 자도 이제는 없었다. 모두가 소년을 칭송했다.

그런 사실을 피부로 느낀 벨은, 아무래도 멋쩍다는 기분이 들어 도망치듯 창구로 발을 옮겼다. 앞일에 대해 담당

어드바이저와 의논하기 위해서다.

이쪽을 바라보며 꺅꺅 환성을 지르는 접수원들 속에서 하프엘프 그녀를 발견하고 다가갔——지만.

"……에이나 누나?"

"…………."

하프엘프 접수원, 에이나는 멍하니 벨을 바라볼 뿐이었다.

안경 속의 아름다운 에메랄드색 눈은 마치 이곳이 아닌 어딘가를 보는 듯했으며, 뺨은 감기라도 걸린 것처럼 살짝 발그레했다.

멍하니 선 에이나를 앞에 두고 벨은 당황했다.

"에이나, 에이나! 벨 군이 왔어! 저기, 저기."

"——!"

동료 미샤에게 팔을 쿡쿡 찔린 후에야 에이나는 흠칫 어깨를 떨었다.

겨우 벨을 제대로 바라볼 수 있게 된 그녀는 이내 갈팡질팡하며 "어, 아, 어라?!" 하고 얼굴을 한층 붉게 물들였다.

어울리지 않을 정도로 당황하면서, 무언가를 꺼내 카운터 너머에서 내밀었다.

"베, 벨! ……이, 이거!"

그녀가 내민 것은 순백색 봉투였다.

에이나의 얼굴과 봉투를 번갈아 바라보기를 두 차례. 곁에서 지켜보던 일부 모험자들은 *"설마 에이나 씨가 연애편 지를?!"*이라면서 비명을 질렀으나 받아든 벨은 이내 흠칫 했다.

　고급이란 것을 이내 알 수 있는 편지지의 감촉, 그리고 길드 인감이 찍힌 봉랍.

　벨은 이와 같은 것을 본 적이 있다.

　예전의 기억을 되새겨보고, 무의식중에 중얼거렸다.

　"『미션』……?"

신회를 마친 헤스티아는 길드 본부에서 봉투를 받아든 벨과 합류했다. 장소는 북서쪽 메인 스트리트, 통칭『모험자 거리』옆의 한 카페.

벨과 헤스티아의 정면, 맞은편 자리에 앉은 것은 커다란 안대를 쓴 스미스 신 헤파이스토스.

헤스티아가 자세한 이야기를 묻고자 헤파이스토스의 북서 지점으로 갔을 때, 길드 본부에서 나온 벨과 우연히 마주쳐, 기왕 이렇게 된 거 홍차라도 마시면 어떻겠느냐고 제안했던 것이다.

"헤파이스토스, 아까 말했던『통달』이란 게 벨이 받은 이거야?"

"맞아, 헤스티아."

팔랑팔랑 하얀 봉투를 손가락으로 든 헤스티아에게 헤파이스토스가 고개를 끄덕였다.

해가 서쪽 시벽으로 다가가는 오후.

셋이서 테이블을 에워싼 벨과 헤스티아는 조금 전에 받아온『길드』의『미션』에 대해 설명을 듣고 있었다.

"던전계【파밀리아】는 말이지, 일정한 랭크에 도달하면 반드시 일정 주기로『원정』에 갈 의무가 있어. 그리고 거기서 성과를 올리고 와야 해."

"워,『원정』?"

"응. 길드에서 지령이 오는 거야. 그런 식으로."

깜짝 놀란 헤스티아는 황급히 봉투의 내용을 확인했다.

길드장의 사인과 날인이 된 양피지에는 분명 『원정』을 실행하라는 내용이 적혀 있었다.

"헤파이스토스 님, 일정한 랭크란 건……."

"랭크 D 이상이란다, 벨 크라넬. 최대 파벌이라고 불리는 로키나 프레이야도 빠짐없이 하고 있어. 뭐, 로키네는 가는 곳이 심층영역이니까 그리 자주 채근을 받는 건 아니지만."

"성과라는 건, 구체적으로는 뭔가요?"

"도달 계층을 하나 늘리기만 해도 되고, 새로운 채집물이나 채굴물을 발견하거나, 『미개척영역』의 매핑을 해도 상관없어. 계층 터주 토벌도 인정을 받던가? 어지간한 【파밀리아】는 도달 계층을 늘리는 걸로 하는 모양이지만."

주신과는 대조적으로 무언가를 생각하던 벨은 질문을 거듭했다.

헤파이스토스는 그런 벨에게 음? 하는 표정을 지으면서도 꼬박꼬박 대답했다.

"길드는 항상 던전을 개척하고 새로운 자원을 발견하기를 원하거든. 던전계는 이 미궁도시 특유의 【파밀리아】잖니. 그런 【파밀리아】를 표방한다면 나름대로 성과를 보이라는 거지."

"모, 몰랐어……."

헤스티아는 가벼운 충격에 휩싸였다.

『길드』의 성립, 세계에 하나뿐인 던전의 지배권을 실질적으로 쥐고 있는 입장에서 보자면 발밑에 펼쳐진 지하미 궁을 해명하고 개척하는 것은 지상과제다. 미지의 자원, 미지의 영역, 미지의 발견. 그런 것이 오라리오의 발전으로 이어지는 것도 당연하다.

그렇기에 던전계 【파밀리아】는 모험자 등록을 비롯한 편의를 봐주는 것이다. 상업계 같은 곳과는 달리 번잡한 수속이 필요하지 않고, 『길드』에 낼 세금도 우대를 받는다.

파벌의 속성에 전혀 집착하지 않았던 당시의 헤스티아는 "영세 【파밀리아】에게는 딱 좋네~" 하는 정도의 가벼운 기분에 따라 던전계로 【파밀리아】를 등록해버렸던 것이었다.

"미아흐랑 타케미카즈치도 참, 내가 등록하기 전에 좀 가르쳐줄 것이지……."

"D랭크까지 갈 줄 몰랐겠지. 물론 나도 그랬고. 심지어 이렇게 빠르게 올라갈 줄은……."

헤스티아에게 쓴웃음을 지은 헤파이스토스는 흘끔 벨을 보았다.

자신이 원인임을 자각한 벨은 조금 송구스러워하며 오른손으로 옆머리를 긁고 있었다. 『원정』 의무는 실력을 인정받은 상위 파벌── 던전 깊은 곳에서 살아 돌아올 수 있는 상급 모험자에게 요구되는 것이다.

원래 같으면 하위 파벌에게는 전혀 인연이 없는 이야기……였을 것이다.

"헤르메스는 『원정』 의무를 싫어해서 Lv.보고를 안 했던 모양이네……."

헤스티아가 중얼거린 내용은 파벌의 전력을 허위로 보고하는 헤르메스의 파벌에 대한 이야기였다.

듣자하니 원정 미션 달성조건은, 제법 힘들 것 같았다.

튀는 것을 선호하지 않고 중립을 표방하는 그의 【파밀리아】가 공식 레벨을 속인 이유는 거기에도 있었겠다고, 헤스티아는 여리여리한 남신의 웃음을 떠올리며 헤아려보았다.

"아무튼 이야기를 되돌리자면…… 여기서 중요한 건 반드시 자기네 【파밀리아】끼리 『원정』을 해야 한다는 거. 다른 파벌 모험자를 고용하는 건 괜찮지만, 다른 【파밀리아】의 원정에 따라가기만 했다거나 해선 인정이 안 돼. 그 점은 주의하도록 해."

자신의 파벌이 주도해야만 한다는 주의사항을 헤스티아가 꼼꼼히 짚어주었다. 마지막으로,

"덧붙이자면 『원정』에 가지 않거나 아무 성과도 내지 못하면, 실패로 간주해서 페널티를 받게 되니 주의해."

그런 말과 함께 마무리를 지었다. 여기서 말하는 페널티란 주로 상납금이다.

"『원정 미션』에 대해선 이 정도겠네. 또 뭔가 묻고 싶은 거 있어?"

"아니 그게…… 너무 갑작스러워서 아직 현실감이 없달

까, 뭘 모르는지도 모르겠달까⋯⋯."

절친신의 강의를 들은 헤스티아는 하아 한숨을 쉬었다.

"아이즈 씨네도⋯⋯ 수많은 상급 모험자들도, 다들 넘어왔던 길이죠?"

"⋯⋯그래. 맞아, 벨 크라넬."

루벨라이트색 눈을 똑바로 바라보며, 헤파이스토스는 모든 것을 이해한 것처럼 안대를 하지 않은 왼쪽 눈을 가늘게 떴다. 입가에서 힘을 풀며 웃음과 함께 긍정했다.

"그럼 열심히 해. 무슨 일 있으면 도와줄게. ⋯⋯응원할 테니까."

테이블 위에 놓인 홍차를 마신 후, 남장미인은 계산을 마치고 떠나갔다.

그 자리에 남은 벨과 헤스티아는 얼굴을 마주보며 고개를 끄덕였다.

"『원정 미션』⋯⋯ 마침내 올 게 왔군요."

미코토가 곱씹듯 중얼거렸다.

다 함께 저녁을 먹은 그날 밤. 【헤스티아 파밀리아】 멤버들은 모두 거실에 모여 헤스티아와 함께 회의를 시작했다.

의제는 물론 『원정』을 어떻게 할지였다.

"이슈타르 님 때도 아이샤 씨 같은 분들과 함께 간 적은 있었사옵니다⋯⋯."

"헤파이스토스 님네는 스미스 계열이었으니까 나한테는

무관한 이야기였지. ……좋아서 남의 『원정』에 따라갔던 건 그 괴짜 츠바키 정도뿐이었어."

차를 가져온 메이드복 차림의 하루히메와, 의자 위에 책상다리를 하고 앉은 벨프가 예전 파벌의 경험을 들려주었다. 차를 나눠준 르나르 소녀는 벨과 미코토가 빼준 의자에 인사를 하며 앉았다.

"하지만 헤스티아 님, 『원정』 의무가 있었던 걸 몰랐어요? 지난번에 소원정 갔다 왔잖아요."

"어~ 그건 타케미카즈치네가 제안한 거였고…… 앞일도 생각하면 해두는 게 좋지 않을까~ 정도의 기분으로……."

시선을 돌리며 헛웃음을 짓는 헤스티아에게 릴리가 눈을 흘겼다. 못 말리겠다며 한숨을 쉰 파룸 소녀는 고개를 들었다.

"전에 비네 님을 『비밀 마을』로 보냈을 때랑 마찬가지로, 이번 『미션』에도 거부권은 없어요. 회피할 수 있을 경우는 【파밀리아】의 전력에 중대한 손실이 생겼다고 길드 측이 판단했을 때, 그리고 기간이 길면서 중요한 퀘스트나 다른 『미션』을 수행 중일 때. 그 정도뿐이에요."

"지금부터 중요한 퀘스트를 맡는다는 건…… 역시 안 되겠사옵니까?"

"네. 안 돼요."

하루히메가 쭈뼛쭈뼛 제안하자 릴리는 딱 잘라 말했다. 하루히메가 "아우……" 하며 고개를 숙이는 가운데, 『원정』

을 실행할 전제로 미코토가 말했다.

"【헤스티아 파밀리아】의 도달계층은 20계층…… 타당한 선은 21계층을 목표로 삼는 것이 되겠군요."

"뭐, 결코 무리는 아닐 거예요. 그렇다기보다 벨 님이 Lv.4가 된 이상, 어쩌면 아주 편하게 해치울 가능성도……."

『중층』의 최하층인 제24계층 도달 기준은 Lv.2, 어빌리티 평가는 C에서 S.

이미 Lv.4인 벨은 가볍게 기준을 넘어선 셈이다.

"물론 처음 가는 계층인 만큼 방심은 절대 금물이지만요."

"그나저나, 이건 소박한 의문이다만 『원정』을 성공시켰다는 증거는 어떻게 확보하느냐? 길드 직원이 따라오는 것도 아니거늘?"

"아이샤 씨나 다른 분들은 분명…… 특정한 몬스터의 『드롭 아이템』이나 광석을 가지고 돌아오셨던 걸로 기억하옵니다. 규정은 열 개 이상이라 다들 귀찮아하셨나이다."

헤스티아가 릴리에게 했던 질문에 하루히메가 대신 대답했다.

그들 중에서도 가장 힘이 없는 한편, 대파벌 【이슈타르 파밀리아】의 단원으로서 유일하게 『원정』에 참가한 경험이 있는 그녀의 의견은 귀중했다. 비전투원이라 모르는 일도 많지만 충분한 참고가 되었다.

"그 외에는, 어디보자…… 난 자기네 파벌로 『원정』을 간다는 말이 잘 이해가 안 가는데? 다른 곳의 파티에 내가 붙어 가는 것도, 내가 다른 파티를 모아다 가는 것도 내용은 똑같잖아? 뭔가 조건 같은 게 있나?"

"음…… 그건 【파밀리아】 구성원의 과반수 참가가 조건이라는구나."

"파벌 랭크를 D 이상으로 인정을 받았으니까, 【파밀리아】로서 그에 합당한 결과를 내놓으라는 뜻이 아니겠습니까?"

벨프의 의문에 헤스티아가 『미션』 지령서를 확인하고, 미코토가 보충하듯 자신의 견해를 말했다.

극단적인 예시가 되겠지만, 【헤스티아 파밀리아】에 【검희】가 동행한다면 편하게 『원정』을 수행할 수 있을 것이다. 『길드』의 입장에서는 원정을 갈 계층에서 【파밀리아】 단위로 착실하게 【엑세리아】를 확보해, 파벌 자체를 강화해주었으면 하는 의도도 있다. 미궁 개척의 효율을 높이기 위해서다.

한편으로는 친하게 지내는 【파밀리아】가 아니라면 다른 파벌이 우수한 인재를 파견하는 일은 있을 수 없지만.

목숨을 잃을 가능성도 있는 원정이 된다면 더더욱 그렇다.

"정리해볼게요. 앞일을 생각해서 『미션』은 불가피해요. 『원정』을 나간다고 한다면…… 벨 님과 벨프 님, 미코토 님, 긴급시를 대비해 서포터로 요술사인 하루히메 님, 그 외에는 다른 파벌의 상급 모험자를 고용하는 것이 가장 안정적인 파티가 되지 않을지……"

파벌의 참모인 릴리가 최적의 방침을 제시했다. 하지만 말이 이어질수록 감정을 억누르느라 고심해야 했다.

릴리 자신을 파티에서 제외한 것은 자학이 아니었다. Lv.1이면서 전업 서포터라는 역할을 객관적으로 보았을 때의 냉정한 의견이었다.

애초에 이번 『원정 미션』은 벨의 【랭크 업】 때문에 시작되었다.

다시 말해 『길드』는 이렇게 말하는 것이다.

모험자 벨 크라넬은 『자격』과 『의무』를 얻었다.

그에 합당한 동료를 선별해, 한층 『모험』에 힘써라······라고.

거실에 한순간의 침묵이 드리워졌다. 『원정』이라는 【파밀리아】의 중대 이벤트를 앞두고 모두들 안이한 결의를 내릴 수는 없었다.

주신 헤스티아는 한동안 눈을 감고 있다가 소년에게 시선을 보냈다.

그에 이끌리듯 벨프와 다른 동료들의 눈길도 단장인 벨에게 모였다.

"벨, 계속 말이 없었다만 너는 어떻게 하고 싶으냐?"

"저는······."

헤스티아의 물음에, 동료들의 이야기를 조용히 듣기만 하던 벨은 입을 열었다.

"저는 비네나 제노스 분들을 위해서라도····· 저 자신을 위해서라도, 지금보다 강해지고 싶어요."

그리고는 "——하지만"이라고 말을 끊더니.

"가능하다면…… 모두와 함께, 강해지고 싶어요."

릴리가 눈을 크게 떴다.

미코토도, 하루히메도.

같은 남자인 벨프만이 씨익 입가를 틀어 올렸다.

"동료들과 모두 함께, 앞으로 나아가고 싶어요."

루벨라이트색 두 눈과 그 말에는 의지가 담겨 있었다.

말을 흐리는 애매한 표현은 조금도 없는, 확고한 마음이.

그러나 이내, 벨은 이제까지 그랬듯 송구스러워하는 표정을 지었다.

"어…… 너무 억지스러워서, 미안."

"그러니까 사과하지 말라고. 지금 그 말 기뻤다. ……안 그러냐, 너희들?"

"……네, 아주아주!"

"예…… 예!"

"지당한 말씀입니다. 고락을 함께 하지 않고서 어찌【파밀리아】라 할 수 있겠습니까."

릴리는 활짝 웃으며 기뻐하고, 하루히메는 연신 고개를 끄덕였으며, 미코토는 감격한 듯 가슴에 손을 얹었다.

웃음을 지은 헤스티아도 고개를 끄덕이더니 힘차게 일어났다.

"미아흐와 타케한테도 도움을 청하자꾸나! 『원정』을 위한 파벌 연합이다!"

"네! 오우카 공과 치구사 공과도 함께!"

"쪼잔하게 겨우 21계층이 아니라 아예『하층』까지 가버
리자고."

"잠깐만요, 벨프 님! 막 그렇게 결정하지 마세요! 방심하
면 안 된다고요!!"

"하루히메도 힘이 될 수 있도록…… 노, 노력하겠사옵
니다!"

"아하하하……."

헤스티아에 미코토, 벨프에 릴리, 혼자 긴장하는 하루히
메까지. 금세 소란스러워진 거실의 광경에 벨의 쓴웃음이
더해졌다.

모두가 나아갈 방향은 한 곳이다. 새로운 목표가 나타나
파벌 전체의 열의가 높아져간다.

오늘 이 날, 【헤스티아 파밀리아】는『원정』을 결정했다.

벨 일행은 이튿날부터 즉시『원정』준비에 착수했다.

충분한 물자와 아이템을 갖추는 것은 물론이고, 【미아흐
파밀리아】, 【타케미카즈치 파밀리아】 같은 친한 파벌과 함
께 정보를 공유하고 도움을 청했다. 주신을 포함한 단원들
도 이를 쾌히 승낙했다. 다만 【헤파이스토스 파밀리아】는

스미스라는 직분을 지켜 이번 『원정』은 지켜보기로 결정했다.

이렇게 헤스티아, 미아흐, 타케미카즈치 3개 파벌로 이루어진 『파벌 연합』이 발족되었다.

원정대 출발은 열흘 후.

그때까지 모험자들은 각자 해야 할 일에 착수했다.

"그러면 【미아흐 파밀리아】에서 참가할 사람은……."

"응, 나랑 카산드라. 단장은 몬스터한테 트라우마가 있는 것 같으니까 봐줘."

"자, 잘 부탁드립니다……!"

릴리는 【미아흐 파밀리아】의 다프네 라우로스, 카산드라 일리온과 마주 서서 『원정』의 파티 멤버를 확인했다.

그녀들이 있는 『화덕관』의 응접실에는 언뜻 작전실 같은 광경이 펼쳐져 있었다. 수없이 늘어선 책상 위에는 여러 장의 양피지가 있었으며, 현재까지 밝혀진 던전의 정보——계층 터주의 유무, 이상사태의 발생장소 등——가 곳곳에 적혀 있었다. 길드에서 사들인 각 계층의 맵에는 지나갈 루트나 예정된 휴식 장소에 붉은색 잉크로 표시가 되었다.

참모인 릴리는 이곳에서 다른 파벌 사람들과 논의를 진행해, 『원정』에 관한 모든 정보를 총괄했다.

"다프네 님과 카산드라 님의 포지션은 어떻게 할까요?"

"요즘은 우리 둘이 콤비로 탐색을 하는데, 전에는 내가 중견, 카산드라가 후열이었어. 나야 아무 데나 막 끼어 들어가곤 했지만 얘는 힐러니까 상당히 도움이 될 거야."

"다, 다프네가 칭찬을 해주다니……!"

"왜 거기서 부끄러워해."

만담을 주고받는 두 사람을 내버려둔 채, 입술을 핥은 릴리는 깃털 펜을 양피지에 놀렸다.

그곳에는 파티의 대열, 진형이 기록되어 있었으며 새로운 유격수로 힐러가 더해졌다.

전열에 적어놓은 오우카와 벨프의 이름을 보고 다프네가 가볍게 물었다.

"근데 원정대 규모는 얼마나 될 것 같아? 벌써 꽤 많은 것 같은데."

"【헤스티아 파밀리아】는 전원 참가하고요, 【타케미카즈치 파밀리아】에선 오우카 님과 치구사 님이. 거기에 다프네 님과 카산드라 님…… 그리고 아이샤 님도요."

"아이샤라니…… 아이샤 벨카? 그 바벨라 말야?"

"아, 【안티아네이라】……!"

옛 【이슈타르 파밀리아】의 여걸이 온다는 말에 카산드라는 별명을 입에 담으며 떨고, 다프네는 대단하다며 눈을 동그랗게 떴다.

"네…… 어디서 들으셨는지 갑자기 릴리네 홈에 찾아오셔선요……."

릴리는 눈썹을 애매한 각도로 구부리며 얼마 전에 있었

던 일을 돌이켜보았다.

"『원정』 간다며? 나도 데려가라."

아이샤가 그런 말을 꺼냈던 것은 파벌 연합이 발족된 직후였다. 하루히메와 마찬가지로 『원정』을 몇 번이나 경험했던 【안티아네이라】는 더할 나위 없는 전력이 될 것이다. 모두들 고맙게 받아들였다.

"그 대신 이 전력이라면 목표가 『하층』이 된단 말이에요……. 릴리는 그게 걱정이에요. 아니 그야, 이 멤버로 『원정』을 간다면 그게 타당하겠지만요……."

"중층 영역 공략 정도는 눈 깜짝할 사이에 끝날걸?"이라는 혈기왕성한 Lv.4 아마조네스의 말에 홀랑 넘어가버렸다고 릴리는 장탄식했다.

"흐음."

중얼거리던 다프네는 문득 눈썹을 찡그렸다.

"합동원정이라…… 하지만 그건 그거대로 괜찮나? 연계 같은 건?"

"무슨 말씀인가요?"

"아폴론 님네 있을 때도 그랬지만, 다른 【파밀리아】하고 『원정』을 가면 좋은 꼴을 못 봤거든. 우리도 그쪽도 자기네 사정 때문에 움직이는 거니까."

과거 【아폴론 파밀리아】에 속했던 다프네는 당시 있었던 일을 들려주었다. 릴리네와 마찬가지로 파벌 등급이 D로 올라가면서 합동 『원정』을 갔다는 것이다.

"【파밀리아】의 주신님끼리는 얼굴을 아는 사이인 경우가 대부분인데, 원정에 참가하는 사람들도 거의 틀림없이 주신하고 비슷한 것들이거든. 자식은 부모를 닮는다고 하잖아. 그땐 진짜 끔찍했다니깐……."

요컨대, 늘상 느물거리는 신의 【파밀리아】에는 제대로 된 놈들이 없다는 소리다.

다프네의 말에 묘하게 수긍하면서도, 릴리는 그녀가 무슨 말을 하려는 것일까 살짝 고개를 갸웃했다.

"이번 『원정』은 다들 아는 사이니 내부 분열을 일으키진 않겠지만 말이야. 그래도 아무튼 연계는 중요해. 특히 자신들 Lv. 수준하고 같거나 더 어려운 계층으로 갈 때는."

"!"

"힘을 합쳐 헤쳐 나가자는 말은, 요컨대 연계가 전부란 뜻이니까."

다프네의 지적에 릴리는 자신이 놓쳤던 것이 무엇인지를 깨달았다.

다른 【파밀리아】와의 콤비네이션. 아무리 실력자가 모인다 해도 벼락치기 포메이션이 과연 던전에서 얼마나 통할까. 결국 인식이 부족했던 것이었다.

"게다가 너 자신은 어떡할 거야? 전업 서포터잖아? 그것도 Lv.1…… 죽어버리거나 짐만 될걸."

"윽……."

"다, 다프네."

무자비한 통고. 카산드라가 나무랐지만, 다프네의 말은 틀리지 않았다.

릴리가 주먹을 꼭 쥐고 있으려니…… 이를 바라보던 다프네가 어조를 바꾸었다.

"그래도 따라갈 거면…… 아예 배를 째는 게 나을지도 모르겠다."

"네?"

"난 절대 움직이지 않을 거예요, 하고 말이야. 대신 다른 파티를 수족처럼 부리는 거지."

릴리의 밤색 눈이 크게 뜨였다.

"지휘관이라고 하나? 나 같은 경우엔 남들이 떠넘기는 바람에 어쩔 수 없이 했지만."

허리춤의 검대에서 무기—— 지휘봉과도 비슷하게 생긴 단검을 뽑는다.

그것을 슉, 가볍게 휘두르며 휴먼 소녀는 어깨를 으쓱했다.

"제일 뒤에서 전체를 파악한다는 것도 꽤 중요한 일이야."

"……!"

"케케묵은 시절 전쟁 얘기를 하려는 건 아니지만, 역시 적확한 지시는 부대를 구하는 법이거든. 모험자를 살리는 것도 죽이는 것도 후열에 달렸다는 말도 있고. 그 유명한 핀 디무나도 그 능력 가지고 거기까지 올라갔다잖아?"

릴리는 그때 자신의 내면에서 무언가를 본 기분이 들

었다.

【브레이버】가 던전에서 정예 모험자들을 지휘하는 모습이.

그것과 겹쳐진 자신의 모습이.

지금의 자신이 목표로 삼아야 할 미래를 붙잡은 것 같았다.

"하기야 그 파룸 용사는 무력도 장난 아니지만."

"…………."

"그래서 어떡할래? 지휘 방법 가르쳐줄까?"

완전히 외야로 밀려난 카산드라가 두 사람 사이에서 시선을 왕복시키기를 몇 차례.

다프네를 올려다보던 릴리는, 정신이 들고 보니 목소리를 높이고 있었다.

"부탁드려요!"

"하앗!!"

드높은 기합이 푸른 하늘에 울려 퍼졌다.

자신의 안면을 향해 날아드는 소녀의 날카로운 발차기를, 무(武)의 신은 손만 가져다 대 너무나도 쉽게 흘려냈다.

"멀었다."

"으윽?!"

"미, 미코토!"

지면에 내팽개쳐진 미코토에게 치구사가 달려갔다.

Lv.2, 제3급 모험자의 상단 발차기를 흘려낸 데다 지면에

넘어뜨린 타케미카즈치는 이마에 맺힌 땀을 닦으며 두 소
녀를 내려다보았다.

"아직도 많은 부분을 【스테이터스】에 의존하는구나, 미
코토, 치구사. 결코 『그릇』에 몸을 맡기지 마라. 『마음』으로
제어하거라."

"네, 넷! 타케미카즈치 님!"

치구사의 손을 빌려 재빨리 일어난 미코토는 한쪽 무릎
을 짚고 무신의 얼굴을 올려다보았다.

맑게 갠 하늘 아래, 녹음이 무성한 잔디밭은 햇살을 받
아 푸르게 빛났다. 장소는 『화덕관』의 안뜰이었다.

미코토와 치구사, 그리고 타케미카즈치는 이 장소를 빌
려 수련에 힘쓰고 있었다.

다가올 『원정』에 대비한 강화훈련이었다.

"모험자 중에는 【스테이터스】에 휘둘리는 자가 많다
고…… 제1급 모험자들은 그렇게 말한다더구나. 그 말에
는 나도 동감이다. 『기술』을 극한까지 추구하면 지금의 나
도 너희와 어느 정도는 맞붙을 수 있지."

타케미카즈치는 땀투성이였으며, 반면 미코토와 치구사
는 살짝 땀이 비치는 정도. 그러나 한편으로는 계속해서
지면에 나뒹굴었던 두 소녀의 몸에는 검불이 잔뜩 묻어 있
었다.

그 모습이 양측의 수준을 여실히 드러내주었다.

몬스터와도 맨손으로 맞붙을 수 있을 만한 신체능력을

가진 미코토, 치구사와 달리 타케미카즈치의 신체능력은 일반인의 영역이다. 그러나 그런【스테이터스】가 있어도 소녀들의 공격은 무신에게 통하지 않았으며, 심지어 기세를 이용당해 땅바닥에 내동댕이쳐지기까지 했다.

모두『기술과 허허실실』이었다.

몸놀림은 물론 인간의 수준을 넘어섰다고 할 정도의 무술, 미래예지와도 같은 판단능력. 게다가 시선의 움직임 하나만으로도 상대의 행동을 유도해버린다. 무를 관장하는 타케미카즈치는 오직『기술』에 관해서는 제1급 모험자를 넘어서는 영역—— 그야말로『신업』이라 부를 만한 수준에 있었다. 그 어떤 스미스도 도달하지 못할, 지고의 영역에 있는 헤파이스토스와 마찬가지로.

분명 끊임없이 덤벼들면 미코토와 치구사는 타케미카즈치를 쉽게 이길 수 있을 것이다. 그러나 그녀들이 원하는 것은 그런 승리를 위한 승리가 아니었다.

"【스테이터스】는 하루아침에 오르지 않는 법. 그러나——."

"——『기술과 허허실실』은 다릅니다."

말을 이어받은 미코토에게 그렇다고 타케미카즈치는 고개를 끄덕였다.

"물론『기술』도 쉽게 몸에 배는 것은 아니다. 다만 이것은 노력과 기합, 그리고 이루고자 하는 강한 신념만 있으면…… 그나마 가능성이 있지."

까만 머리를 찰랑이는 타케미카즈치를 보며 미코토는

질끈 주먹을 쥐었다.

그렇다. 원하는 것은 강자와 맞서기 위한 힘이다.

동료를 구하고, 광대한 지하미궁의 모험을 넘어설 수 있을 만한 『기술』이다.

"극동에 있을 때부터 가르쳐주지 않았느냐? 『기술』은 자신보다도 강한 상대에게 맞서기 위한 무기이기도 하다. 몬스터는 몸의 구조부터 인간과는 비교할 수 없다만…… 마땅한 때에 마땅한 호흡으로 『기술』을 펼치면 무거운 거구도 던져버릴 수 있다. 단단한 껍질도 가를 수 있다."

상반신을 벗어젖힌 타케미카즈치는 땀을 닦은 후 허리띠에 매달았던 칼집에서 단검을 뽑았다.

자웅 한 쌍의 검, 웅검 《천화》. 미코토가 가진 자검 《지잔》의 반쪽이다.

그것을 손에 든 타케미카즈치는 미코토와 치구사를 향해 자세를 잡았다.

"극동에 있을 때보다도 너희는 한층 성장했다. 바람대로 가르쳐주지 않았던 체술을 몸에 심어줄 터이니── 덤비거라."

""예!""

소녀들은 달려 나갔다. 그저 우직하게, 격렬한 단련에 몸을 바쳤다.

"무슨 볼일이야, 덩치."

까앙, 까앙. 드높은 금속성이 울려 퍼졌다.

타오르는 화로 때문에『공방』은 살인적인 열기에 휩싸여 있었다. 불꽃 앞에 자리를 잡은 벨프는 모루에 놓인 정제 금속을 붉은 메로 치며 무기 단련에 힘썼다.

그런 벨프의 등을【타케미카즈치 파밀리아】의 오우카가 빤히 바라보고 있었다.

"『원정』에 임하기 전에 할 수 있는 일은 해두고 싶다."

홈의 뒤뜰에 세워진 벨프의 공방 내.

어둠에 휩싸인 실내를 화로의 시뻘건 화광이 비추는 모습은 숫제 환상적이기까지 했다.

거한은 의자를 빌려 앉아 팔짱을 끼었다.

"댁이랑 내가 수련을 한다고 별 의미는 없을 텐데."

"그건 안다."

"운 좋게『스킬』이니『마법』이 발현되는 일도 없을 거고."

"그것도 안다."

벨프의 턱에서는 비처럼 땀이 떨어졌고, 그 모습을 지켜 보는 오우카의 피부에도 땀이 송글송글 맺혔다.『공방』에 틀어박힌 두 젊은이의 광경은 마치 인내심 대결을 하는 것 처럼 보였다. 동화 속의 한 장면처럼 영웅이 고집스러운 기술자를 설득하는 듯했다.

"나는 대장장이야. 내 나름의 방법대로…… 지금 할 수 있는 최고의 장비를 마련해서, 그놈들을 도와줄 거라고."

벨프의 옆에 있는 벽가에는 수선과 정비를 마친 딜 아다만타이트 갑옷, 《깡총이》가 놓여 있었다.

갑옷만이 아니다. 대검, 카타나, 장창, 화살촉, 투척도구, 방패, 그리고 마검……. 벨이나 미코토를 위해 벨프가 준비한 온갖 새 무구가 늘어서 있었다.

지금도 작업에 몰두하는 벨프의 눈빛은 날카롭고 뜨겁다.

메를 들어, 내리친다.

그 행위가 반복될 때마다 실내의 온도가 상승하는 것만 같았다.

"싸움에선 발목을 붙들겠지만, 원래 이쪽이 본업이니까. 나도 할 수 있는 일을 하겠어."

"…………."

"그러니까 댁하고 어울릴 시간은 없다고."

내리치는 메 소리와 마찬가지로 목소리에는 흔들림 없는 기색이 있었다.

다른 데 알아봐. 벨프는 등을 돌린 채 그렇게 말했다.

"나에게 무기를 만들어다오."

그 직후 오우카가 입에 담은 것은 그런 말이었다.

움찔. 벨프의 어깨가 흔들렸다.

"…………."

"어중간한 것은 안 된다. 치구사나 하루히메를 지킬 수 있을 만한 무기다. 그런 것을 원한다. ……부탁한다."

대장장이 청년 못지않게 강한 의지를 밝힌 오우카의 목

소리에.

한층 높은 메 소리를 뿜어내며 작업을 중단한 벨프는 손을 멈추고 돌아보았다.

"내 오더메이드는 비싸."

씨익.

스미스의 입가가 치켜 올라갔다.

그 웃음에 오우카는 미간에 힘을 주며 진지한 표정으로 말했다.

"깎아다오."

"웃기시네."

"하루히메, 나 좀 보자."

아마조네스 아이샤에게 붙들려 하루히메가 끌려간 곳은 『화덕관』의 서고였다. 한때 【아폴론 파밀리아】의 홈이었던 곳을 차지한 경위도 있고 해서, 그들이 처분하지 않은 채 방치해두었던 서적이 그대로 책장에 꽂혀 있었다. 분위기는 그야말로 작은 도서관이었다.

커튼이 닫힌 어스름한 실내에서 아이샤는 하루히메를 커다란 테이블 앞의 의자에 앉혔다.

"저, 아이샤 씨…… 무엇을 하시려는, 것이옵니까?"

평소에는 메이드로서 청소를 하던 서고를 둘러보며 묻자, 아이샤는 손에 들고 있던 짐과 함께 엉덩이를 걸쳤다. 하루히메의 대각선 앞, 예의바르지 못하게 테이블에 걸터

앉은 그녀는 긴 흑발을 찰랑거리며 대수롭지 않다는 듯 말했다.

"그야 당연히 네 특훈이지."

"트, 특훈?"

갈라진 목소리로 앵무새처럼 같은 말을 되풀이하고 말았다.

무희와도 비슷한 의상을 입은 고혹적인 여걸은 사양도 하지 않고 여우귀를 찰싹찰싹 두드리기 시작했다.

"네가 제일 약해빠졌잖아. 자각은 있지?"

"우……."

"『원정』이 시작되기 전에 뭔가 재주 하나라도 익혀야지, 안 그러면 진짜 짐만 돼."

하루히메는 서포터 겸 요술사다. 레벨 부스트라는 반칙 기술을 가지기는 했지만 순수한 전투능력은 릴리보다도 못하다. 아이샤의 말은 지당했다.

"하오나 재주라 하시어도, 소녀는 미코토 님이나 다른 분들처럼 움직일 수는 없사온지라……."

전장에서의 몸놀림을 미코토에게 배우려고는 했지만, 역시 소질이 없는지 좀처럼 실력이 늘질 않았다. 설령 던전에서 저급 몬스터를 쓰러뜨릴 수 있게 된다 하더라도 별 도움은 되지 않으리라. 풀이 죽은 하루히메에게 아이샤가 어이없다는 듯 말했다.

"바보구나. 넌 요술사잖아. 『요술』이라고까지 불리는 『마법』으로 먹고 사는 거지. 둔해 터진 몸놀림 같은 건 애초에 기대도 안 했어."

"어…… 그러면, 『마법』을 훈련해 『마력』을 높이는 것이 옵니까?"

"아~니. 새『마법』을 익히는 거야."

경악하는 하루히메에게 아이샤가 웃음을 지었다.

"『스킬』이나 『마법』이 운 좋게 발현하는 일은 있을 수 없어. ──그럼 강제로 끌어내버려야지."

그리고 들고 왔던 짐── 꾸러미를 하루히메 앞에 쿵 내려놓고는 천을 풀었다.

그곳에서 나타난 것은 복잡한 문양이 아로새겨진 두꺼운 서적이었다.

"이건……!"

"『그리므와르』. 무슨『마법』이 나올지는 모르지만, 뭐 전혀 도움이 안 되는 게 나오진 않겠지."

마법 강제발현서. 이것의 희소가치는 세상 물정에 둔한 하루히메도 잘 안다.

일반 상점에서는 결코 구할 수 없는, 그야말로 『환상의 책』이라 해도 좋은 기적의 매직 아이템이다.

"이슈타르 님은 절대 네가 『그리므와르』를 읽게 허락하지 않았지. 그건 레벨 부스트의 힘을 고집했기 때문이었어. 『살생석』에 봉인된 르나르가 두 개 이상의 『마법』을 익혔을 경우, 부서진 파편으로는 한 가지 힘밖에 쓸 수 없거든."

아이샤가 옛 주신의 의도를 설명했지만, 그 말은 여우귀의 왼쪽으로 들어가 오른쪽으로 빠져나올 뿐이었다.

눈앞에 놓인 『그리므와르』에 숨을 죽인 하루히메는 쭈뼛 쭈뼛 고개를 들었다.

"저, 이건 어디서……?"

"우리 주신이랑 【파밀리아】 애들 몰래 창고에서 슬쩍."

콜록?!

하루히메는 마침내 기침을 하고 말았다.

아이샤는 신경도 쓰지 않는다는 양 아무렇게나 손을 내저었다.

"괜찮아. 그쪽도 내가 꼼짝 못한다는 거 알고 막 부려먹고 있으니까. 이 정도는 해야 나도 손해를 안 보지."

【헤르메스 파밀리아】로 컨버전한 여걸은 한 방 먹여줬다는 표정을 지었다.

지금쯤 【헤르메스 파밀리아】는 귀중한 책이 사라져 발칵 뒤집혔을 것이다. 【이슈타르 파밀리아】 시절부터 알았던 사실이지만 새삼 인식한 선배 창부의 대담함에 하루히메는 아우아우 비명을 지르며 당황할 수밖에 없었다.

"꼬마랑 다른 사람들한테 도움이 되고 싶지?"

"!"

"그럼 수단 가릴 때가 아니잖아. 누구보다도 약해빠진 너한테 지금 필요한 건 체면 차리지 않는 욕심이야."

얼굴을 바짝 들이대는 바람에 하루히메의 두 눈이 커

졌다.

테이블 위에 앉은 채로 위에서 그녀를 바라보던 아이샤
는 입가에 훗 웃음을 지었다.

"냉큼 읽고 훈련해. 열흘이면 새로운 『마법』의 효과도 확
인할 수 있겠지."

아이샤는 테이블에서 내려와, 만에 하나라도 『그리므와
르』의 효과를 빼앗지 않도록 거리를 두었다.

웃음을 짓는 그녀를 눈으로 따라가던 하루히메는, 지난
밤 거실에서 나누었던 동료들과의 대화를 떠올리며 입을
꾹 다물었다.

'소녀도…… 소녀도, 그 분들의【파밀리아】!'

소녀의 손이 『그리므와르』의 표지를 잡고 힘차게 넘겼다.

"에이나 누나, 그레이트 폴에 대해 다시 가르쳐주실 수
있을까요?"

"어, 으, 응!"

벨은 도감을 펼쳐 정면의 자리에 앉은 에이나에게 보여
주었다.

야간의 길드 본부. 자료실에서 벨은 에이나의 개인 강의
를 듣고 있었다.

『원정』에서 통과할 예정인 모든 계층, 모든 몬스터의 지
식을, 에이나에게 도움을 받아 직접 머릿속에 집어넣었다.
처음 가보는 계층, 『미지』에 도전하기 위해 열흘의 준비기

간을 모두 공부에 쓰기로 했던 것이다.

모르면 에이나에게 질문을 던지고, 의문점이 생기면 이해할 때까지 파고들었다.

지식과 현실은 종종 차이가 있기도 하지만, 이 예비정보가 자신의 목숨을 이어줄 보물이 되기도, 파티를 지켜줄 검이 되기도 한다는 것을 벨은 아직 다섯 달밖에 되지 않은 모험자 생활을 통해 톡톡히 깨달았다.

지금 할 수 있는 일을 하자. 무엇이 필요한지 생각하자. 과거도 미래도 참고해서.

『중층』의 결사행 경험을 통해 『이상사태』를 내다보고 심층영역 항목에도 손을 뻗기 시작한 벨은 결코 좋지는 않은 머리를 몇 번이나 쥐어짜내며 탐욕스럽게 매달렸다.

'변했구나⋯⋯.'

──그런 벨을 에이나는 멍하니 바라보고 있었다.

책상에 두 손으로 턱을 괸 채, 그의 루벨라이트색 눈으로 몇 번씩이나 시선이 빨려 들어갔다.

"에이나 누나?"

"어⋯⋯ 아, 아무 것도 아냐, 미안!"

시선을 느끼고 문득 고개를 든 벨에게 황급히 두 손을 내저었다.

의아해하는 벨이 눈을 책으로 돌린 것을 확인한 다음 몰래 한숨을 내쉬었다.

자신의 얼굴이 뜨거워진 것을 자각하며.

'나도, 변해버렸어…….'

벨이 검은 미노타우로스에게 패배했던 그 날부터, 에이나는 계속 괴로워했다.

고통이라고 할 수는 없었다. 오히려 바람직한 감정인지도 모른다. 하지만 도저히 처치가 곤란해 부끄러운 감정이었다. 공부를 가르쳐 달라고 벨에게 부탁받았을 때 한순간 확 들떴던 자신에게 아연실색해버렸을 정도였다.

책상을 끼고 앉은 서로의 거리가 참으로 갑갑했다.

가깝고도 먼 이 간격이 자신을 이상하게 만들었다.

주위에는 자신들 이외에는 아무도 없다는 사실에 안절부절 못하며, 에이나는 다시 한 번 벨의 옆얼굴을 훔쳐보았다.

'이렇게나 성장하는구나…… 사내아이란.'

지금도 열심히 두꺼운 도감을 읽듯, 그렇게나 힘들어하던 이론 강의를 스스로 부탁할 정도가 되었다. 조금 전에 했던 쪽지시험도 물론 몇 군데는 틀렸지만 예전에 비하면 훨씬 적었다.

그 날부터 벨은 한꺼풀 벗으려 하고 있다. 아니, 이미 벗어버렸는지도 모른다.

'대체 무슨 일이 있었던 거니…… 하고, 사실은 물어보고 싶지만…….'

『제노스』를 둘러싼 사건에 대해 에이나는 아무 것도 모른다. 캐묻고 싶기는 했지만 결국 입술은 움직이질 않았다.

예전 같았으면 언젠가 그랬듯 의논해달라고, 말해주었으면 한다고 호소했을 것이다.

동생을 걱정하는 누나의 마음으로.

하지만 지금은 방해하고 싶지 않다는 생각이 들었다.

한 남자를 지켜보는 여자의 마음으로.

'……안 되겠어…… 난 당한 거야…….'

에이나는 항복했다. 재인식했다.

어린 시절에도, 학생 시절에도 경험하지 못했던 『연심』을 자각할 수밖에 없었다.

──사내아이가, 남자가 소리를 내 우는 모습을 처음으로 보았다.

그날 밤에 있었던 일을 가슴 속의 달콤한 고동 소리와 함께 선명히 떠올렸다.

그 순간 뺨이 다시 뜨거워졌다.

아우, 아우. 에이나는 머리를 쥐어뜯으며 책상에 엎어졌다. 그 모습에 벨이 깜짝 놀랐다.

"저, 저기…… 에이나 누나, 괜찮으세요……?"

"……벨이, 발렌슈타인 씨를 동경한다는 걸 잘 아는데도……."

"네?"

"아무 것도 아냐!"

차가운 책상에 달아오른 뺨을 가져다대며 훌쩍 코를 울

렸다.

'한참 연하인데…… 얼굴을 제대로 볼 수가 없어.'

어리구나. 나이만 먹어가지고.

에이나는 그렇게 자신의 마음을 부끄러워했다.

"으음!"

"왜 그러나, 헤스티아?"

"벨에게 새콤달콤한 오라가 다가가고 있는 것 같아!"

"무슨 소리인지…….."

파팟! 반응한 트윈테일에 미아흐가 묻고, 헤스티아에게서 돌아온 대답에 타케미카즈치가 어이없다는 표정을 지었다. 신의 감을 발동시킨 어린 여신은 고개를 돌려가며 몇 번이나 주위를 살폈다.

별이 반짝이는 밤하늘 아래, 세 명의 신은 대로에서 벗어난 변두리 술집에서 마주 앉아 있었다.

합동으로 『원정』을 가게 되어 주신끼리 가볍게 회식을 하기로 한 것이다.

"벨이 마음에 걸리기는 하지만…… 아무튼 고맙다, 미아흐, 타케. 우리를 도와줘서."

"인사는 필요 없어, 헤스티아. 우린 서로 좋은 이웃이니까."

"미아흐 말이 맞아. 게다가 『원정』이라면 우리에게도 남의 일이 아니고."

헤스티아가 고개를 숙이자 미아흐와 타케미카즈치가 웃

으며 대답했다.

처음에는 밑바닥 파벌끼리의 교류라고 자학하며 만나던
사이였는데, 신격자 친구와 그들의 권속 덕을 톡톡히 본다
고 헤스티아는 웃으며 생각했다. 그들이 없었다면 자신도
벨도 오라리오에서 잘 해나가지는 못했을 것이다.

"그렇다 쳐도…… 준비를 권속들에게만 맡기고 우리는
술을 마시러 오다니 조금 민망하군."

"어쩔 수 없잖아. 벨이랑 아이들이 알아서 전부 해치우
고 있으니. 난 거들려고 했더니 서포터 군은 『기껏 준비해
놓은 거 망치지 말고 헤스티아 님은 알바나 다녀오세요』
그러면서 쫓아내던걸."

안주에 손을 뻗는 타케미카즈치의 말에 헤스티아가 릴
리의 목소리를 흉내 내며 입술을 비죽거렸다. 여기에는 타
케미카즈치도 미아흐도 쓴웃음을 지었다.

"뭐, 미코토도 매일 수련을 부탁하면서 아주 열심이
었지."

"나자도 그래. 벨을 위해 신약을 개발한다고 기세등등했
어. ……다들 한 가지 목표를 향해 달린다니, 좋지 않아?"

사사, 수련, 제작, 마법, 이론. 권속들은 자신만의 방법
으로 『원정』에 대비해 힘을 쌓으려 하고 있었다. 자신을 갈
고 닦는다는, 초월존재 데우스데아에게는 불가능한 행위
에 약간의 선망을 내비치며 미아흐는 명랑하게 웃었다.

"역시 벨만이 아니라 다들 성장하는구나……. 점점 손이

덜 들어가게 되고 있어."

"왜 그래, 헤스티아? 혹시 쓸쓸한 거야?"

"쓸쓸하다마다! 난 던전에도 따라갈 수 없는데 당연히 쓸쓸하지!"

잔을 기울이며 몸을 앞으로 숙이는 어린 여신에게 벌써 취했느냐며 타케미카즈치가 슬쩍 몸을 젖혔다. 뺨이 발그레해진 헤스티아는 문득 갑자기 웃음을 지었다.

"하지만 그것과 비슷할 정도로 기쁘기도 해. 아니, 자랑스럽다고 해야 하나?"

"헤스티아……."

"아이들이, 벨이 그렇게나 성장해서…… 가슴이 콱 메는 거야."

아이들 앞에서는 결코 말하지 않는 부모의 마음을 털어놓는다.

이제까지 정말 많은 일이 있었다. 소년은 많은 『모험』을 넘어섰으며, 좌절도 맛보고, 흙투성이가 되면서도 포기하지 않고 앞을 향해 달리는 강인함을 익혔다.

소년의 등에 새겨진 권속의 이야기는 여신의 소중한 보물이다.

정말로 소녀처럼 얼굴에 미소를 지은 헤스티아에게 미아흐와 타케미카즈치도 공감하듯 눈을 가늘게 떴다.

"그렇게 울보였던 벨이 동료들 앞에서 또박또박 의견을 말할 수 있을 정도로 훌륭해져서…… 또 반해버렸잖아 진짜~! 그때 난 완전 심쿵심쿵했다고!! 크아~! 벨은 절대 아무한테도 안 넘겨줘—!!"

"마지막 말만 없었으면 훈훈하게 끝났을 텐데."

"그러게."

두 팔을 휘저으며 포효하는 헤스티아를 보며 미아흐와 타케미카즈치는 홀짝 술잔을 기울였다.

"솔직히 『원정』에 관해서는 걱정되는 부분도 있지만…… 벨이라면, 아이들이라면 또 넘어설 거라고 믿어."

"그 녀석들이라면 말이지."

"음. 헤스티아의 말에 동의한다."

이윽고 세 신은 누가 먼저랄 것도 없이 잔을 들었다.

"좋아, 아이들을 위해 건배하자."

"보통 이런 건 축배로 하는 것 아닌가?"

"그건 아이들이 돌아온 후에 하기로 하고."

떠들썩한 술집의 소음, 푸른 어스름을 비추는 따뜻한 마석등의 빛.

취객들에게 들려주는 음유시인의 연주가 마치 모험담의 시작을 알려주는 것과도 같이 유쾌하게, 아름답게 울려 퍼졌다.

"그럼 그 아이들의 『모험』이 성공하기를 기원하며——."

3인용 원형 테이블에서 웃음을 나눈 세 신은 잔을 살짝 부딪쳤다.

""""건배.""""

그날 하늘은 맑게 개었다.

동쪽의 거대 시벽에서 아침 해가 얼굴을 내밀고, 눈을 뜬 오라리오가 북적거리기 시작했다. 하얀 구름이 뜬 창공에서 아침 햇살이 내리쬐는 가운데 도시의 제6구역에 있는 『화덕관』 앞에는 많은 휴먼과 데미휴먼이 모여 있었다.

파벌의 울타리를 넘어서 『원정』을 나서는 모험자들이다.

"준비는 다 됐냐?"

"네, 완벽해요. 식량이며 아이템, 예비 무기. 준비할 수 있는 건 다 집어넣었어요."

대형 박도를 어깨에 걸머진 아이샤가 웃으며 묻자 릴리가 여느 때보다도 빵빵하게 부푼 백팩을 짊어지며 대답했다.

"오우카 공도 벨프 공께 새로 무기를 조달받으신 겁니까? 명품이로군요."

"엄청난 도끼…… 근데, 오우카? 돈은……?"

"……대금은, 이번 『원정』에서 확보하겠어."

"난 외상은 안 받는다, 덩치."

찬란하게 빛나는 은백색 도끼를 보며 미코토와 치구사가 감탄하자, 오우카는 벌써부터 무거워진 표정으로 각오를 내비쳤다. 그 바로 뒤에서 입술을 틀어 올리는 것은 대도를 걸머진 벨프.

"하루히메, 이거 오늘 겨우 완성된 신약…… 써줘. 힘내, 동족…….."

"고, 고맙습니다, 나자 님!"

눈 밑이 피로로 새까맣게 죽은 나자에게 도구가 가득 든 봉투를 받아들었다. 동족의 격려에 새까만 외투《골라이아스 로브》를 뒤집어쓴 하루히메가 감격하며 고개를 숙였다.

"뒷일은 우리한테 맡기고, 마음껏 설치다 오거라."

"무리하지는 말고."

"조심해."

모험자들로부터 한 발 떨어진 곳에서는 타케미카즈치와 미아흐, 헤파이스토스, 그리고 남은 단원들이 던전으로 가는 모험자들을 지켜보고 있었다.

【파밀리아】의 홈을 지키는 일은 타케미카즈치의 남은 단원들과 나자가 맡게 되었다. 모든 단원이 나가버리는 【헤스티아 파밀리아】에는 헤파이스토스가 하이 스미스들을 보낼 예정이었다. 전투력도 뛰어난 스미스들이 저택에 있다는 사실을 알면 도둑은 얼씬도 못할 것이다. 지탱해줄 사람들이 있어야 비로소 모험자들은 『원정』이라는 일대 이벤트에 참가할 수 있는 법이다.

떠나는 쪽과 보내는 쪽으로 갈라진 사람들을 바라보던 벨은 머리 위로 눈을 돌리고, 날씨가 참 좋다는 생각을 했다.

동료들의 표정도 밝다. 사기는 매우 높다.

"다프네~……『원정』가는 거, 관두면 안 될까?"

"아앙? 넌 또 이제 와서 무슨 소리야."

그러나 아무래도 예외는 있는 모양이었다.

"오늘 『꿈』을 꿨는데…… 뭔가 큰일이 일어날 거 같아……."

"또 그런 소릴 한다! 어떻게 관둔다고 그래!"

파트너인 다프네가 쌀쌀맞게 무시하자 카산드라는 반쯤 울먹거리며 곁에 있던 벨에게 매달리는 듯한 시선을 보냈다.

"어…… 죄송해요, 아무리 그래도 역시……."

"우우~."

머리를 긁는 벨에게도 부드럽게 거절당해, 카산드라는 고개를 푹 숙였다.

다프네에게 끌려가는 소녀를 보며 쓴웃음을 짓던 소년은, 마지막으로 주신에게 시선을 돌렸다.

"그러면 주신님."

"그래. 벨, 방심해선 안 되느니라."

"네."

"……힘내거라."

"……네!"

햇살을 받으며, 헤스티아와 웃음을 나누었다.

한동안 볼 수 없을 하늘의 빛과 그녀의 미소를, 벨은 눈에 새겨두었다.

돌아보니 벨프와 동료들이 준비를 모두 마치고 자신의

호령을 기다렸다.

벨은 고개를 끄덕이고, 헤스티아를 돌아보며 말했다.

"다녀오겠습니다!"

소년이 미궁도시에 찾아온 지 다섯 달이 지난 그 날 아침.

【헤스티아 파밀리아】는 첫 『원정』을 떠났다.

『파벌연합』의 원정 기간은 일주일로 예정되었다.

이 파티라면 목표지점을 찍고 돌아오는 데 닷새면 충분하다는 아이샤의 견해를 참고한 계획이었으며, 세이프티 포인트 이외에서 야영할 예정도 있었다.

던전 속을 나아갈 대열은 전열이 벨프, 오우카, 그리고 벨.

중견은 역할에 따라 둘로 나누었다. 미코토, 치구사, 다프네는 전열의 전투와 서포터의 호위를 돕는 유격대를, 릴리, 하루히메, 카산드라는 지원부대를 맡았다.

지원부대가 사실상의 후열이 되는 포메이션이었다. 여기에 강력한 Lv.4 모험자 아이샤를 최후열 수비수로 두어 파티의 후방에서 다가올 위험도 막아낼 수 있었다.

물론 많은 이들이 처음 겪는 대규모 편성인 만큼, 꼼꼼하게 연계를 확인하며 전개에 따라서는 포메이션을 임기응변에 따라 변경할 예정이었다.

그들이 향할 장소, 최종 목표지점은──『하층』이었다.

"──흐읍!!"

날카로운 기합성.

진남색 궤적을 끄는 벨의 《헤스티아 나이프》가 몬스터의 몸을 양단했다.

『키샤아아아아아아아아아아악!?』

"【리틀 루키】! 가 아니지, 【래빗 풋】! 그대로 주위에 있는 놈들을 다 해치워!"

한 발 늦게 울려 퍼지는 『매드 비틀』의 단말마. 둘로 갈라진 거대 곤충의 몸이 나무껍질 바닥에 나뒹구는 가운데, 절박한 긴박한 다프네의 목소리가 몬스터 소탕을 요청했다. 눈을 날카롭게 뜨며 왼손에 새로운 나이프를 장비한 벨은 고개를 끄덕여 대답하며 지면을 박찼다.

이곳은 『거목미궁』. 중층영역 제24계층.

벨 일행은 일찌감치 도달계층 기록을 경신하고 『중층』에서도 가장 깊은 곳까지 도달했다.

이렇게 빠른 진행속도를 보인 요인 중 하나는 벨이었다.

『커억?!』

진남색 참격과 위치를 바꾸어 처절한 흰색 검광이 벨의 왼손에서 뿜어져 나갔다.

일격에 몬스터를 재로 만들어버린 그것은 아름답게 빛나는 나이프였다.

오른손의 《헤스티아 나이프》와 마찬가지로 무시무시한

격파수를 경신해나가는 새 무기, 《하쿠겐(白幻)》.

날길이는 35C, 《헤스티아 나이프》와 바젤라드의 딱 중간 정도 길이를 가진 롱 나이프였다.

소재는 놀랍게도 레어 드롭 아이템인 『유니콘의 뿔』.

환수 유니콘의 뿔을 이용한 벨프의 오더메이드 무기는 잃어버린 《우시와카마루》 이상으로 예리했다. 벨이 팔을 가볍게 휘두를 때마다 순식간에 검광이 내달려, 숫사슴 몬스터 《소드 스태그》의 무리에게 절명을 선고했다.

몸에 착용한 방어구는 여전히 딜 아다만타이트를 사용한 제5대 깡총이. 수리를 마친 견고한 라이트아머는 신품과 다를 바 없이 빛나며, 지금도 상처 하나 존재하지 않는다. 왼쪽 다리에는 『올드 바이슨의 가죽』을 소재로 삼아 기존의 것보다도 훨씬 강도가 늘어난 강화 렉 홀스터를 착용했다.

벨프의 새 무장을 두른 벨은 다프네의 주문대로 주위의 몬스터를 퇴치해나갔다.

"2시 방향, 『벌』이 또 와요!"

벨이 떠난 파티 본대에서는 릴리의 목소리가 잇달아 터져나오고 있었다.

그녀의 목소리가, 날갯짓 소리를 뿌리는 칠흑의 벌 《데들리 호넷》의 습격을 알렸다.

"몸을 더 낮춰라, 대장장이! 방패 드는 자세가 안 됐다!"

"미안하지만 방패는 영 성미에 안 맞아서!"

충고를 날리는 순수 전열 오우카, 두 손으로 거대 방패를 든 스미스 벨프. 공중에서 비스듬한 각도로 돌진한 데들리 호넷의 공격이 그들의 수비진을 진동시켰다.

발톱, 독침, 몸통 박치기. 여러 마리의 살인벌이 펼치는 잇따른 공격을 두 겹의 전열이 막아낸다.

그들의 수비를 받은 중견 위치에서 미코토와 치구사가 화살을 쏘기는 했지만,

"빠르다……!"

"아우우……!"

하늘에서 자유자재로 날아다니는 데들리 호넷은 빠른 회피운동으로 화살을 피했다. 간혹 명중해도 킬러 앤트의 것을 웃도는 강인한 껍질이 튕겨내 날려버렸다.

『하이 킬러비』라는 별명을 가진 살인벌이 Lv.2 모험자들을 괴롭힌다── 그러나.

"타앗!"

벨이 전광석화처럼 달려왔다.

파티에서 떨어진 위치에서 다른 몬스터를 모두 소탕한 직후, 던전의 벽을 향해 질주했다. 그대로 ──새로운 칭호【래빗 풋】이라는 별명에 어울리게── 벽면을 박차고 크게 도약해《데들리 호넷》에게 육박했다.

『────.』

등 뒤를 빼앗겨 굳어버린 살인벌에게 루벨라이트색 안광을 번뜩이며, 검을 휘두른다.

『——키약?!』

번뜩인 《하쿠겐》이 네 장의 날개와 함께 단단한 껍질을 버터처럼 잘라버렸다.

기세가 남아 허공을 가르고 지나가는 가운데, 벨은 동시에 오른손의 《헤스티아 나이프》를 칼집에 넣고 《하쿠겐》을 휘두른 기세를 이용해 물 흐르듯 몸을 반회전시키고.

공중에 뜬 채 오른손을 내밀며 포성을 질렀다.

"【파이어볼트】!"

2연사로 나간 염뢰가 같은 수의 데들리 호넷을 꿰뚫어 대폭발을 일으켰다.

【랭크 업】으로 화력과 속도가 상승한 『속공마법』은 피할 틈도 주지 않고 몬스터를 폭살시켰다. 중력에 따라 벨이 착지한 것과 동시에 불덩어리가 지면에 쏟아졌다.

"괴, 굉장해……."

"전에는 이리저리 피해다녔던 몬스터를 그렇게 쉽게 해치우냐……!"

중견 위치에서 아연실색한 카산드라와 함께 벨프가 오우카의 거대 방패가 쿵음을 내며 돌진한 데들리 호넷을 지면에 쳐 떨어뜨렸다.

즉시 그들 사이에서 미코토와 치구사가 튀어나가, 단단한 껍질 틈으로 단도를 꽂았다.

"하지만 이건 안 되겠는걸……. 저걸 없애기 전까진 아무리 해도 『벌』이 계속 몰려나와. 도망친다고 해봤자 제대로 앞으로 나가지도 못할 거고."

전열과 중견의 콤비네이션이 몬스터를 재로 바꿔나가는 가운데, 파티 후열에서 혼자 몬스터의 무리에 맞서며 아이샤가 투덜거렸다.

그녀가 노려본 것은 던전 벽면, 나무구멍에 묻힌 거대한 『벌집』이었다.

무수한 데들리 호넷이 달라붙은 벌집의 정체는, 놀랍게도 몬스터다.

《데들리 호넷》과 공생하는 레어 몬스터, 《블러디 하이브》.

모습은 솔방울처럼 생겼으며, 길이는 7M. 흑자색으로 물든 외견은 추악한 과일을 방불케 한다. 이동수단이 없는 트랩형 몬스터로, 보통은 데들리 호넷이 지나다닐 수 있을 만큼 큰 나무구멍 안에 숨어 있지만, 사냥감이 근처를 지나간 순간 미궁 벽의 나무껍질을 날리며 전모를 드러내는 것이다.

정규 루트에 이 몬스터가 출현하면 매우 성가신 사태에 빠지게 된다.

그리고 바로 지금, 벨 일행은 그 상황에 처했다.

"진짜 끝이 없잖아! 카산드라, 점액은 아직도 못 떼었어?!"

"다프네, 미안해! 아직 시간이 걸릴 것 같아~!"

"여러분, 송구스럽사옵니다~!"

벌집 본체의 공격수단인 방출액은 살상능력은 없지만

점도가 높아 모험자의 움직임을 막아버린다. 이때 벌집에서 튀어나온 살인벌이 공격하는 것이다. 의태를 푼 벌집의 기습을 받아 이 적황색 방출액을 뒤집어쓴 하루히메는 바닥에 달라붙은 채 아직까지 행동불능에 빠진 상태였다. 서포터들을 지키는 벨프와 오우카의 방패도 점액투성이였다.

무엇보다 성가신 것이 《데들리 호넷》의 양산. 《블러디 하이브》는 던전과 직접 이어졌기 때문에 『벌』을 낳는 속도가 다른 에어리어에 비해 매우 빠르다. 벌을 상대하느라 애를 먹는 사이에 다른 몬스터도 옆길에서 나타나는 악순환이었다.

"내빼는 건 관뒀어야겠어. 해치워버리자!"

정규 루트인 넓은 통로에 자리를 잡고 잇달아 데들리 호넷을 토해내는 벌집은 그야말로 요충지, 몬스터에게는 성채라 해도 과언이 아니었다.

그렇기에 모험자들은 『요새』를 공략하기 위한 전법을 신속히 실행했다.

후방의 몬스터를 전멸시킨 아이샤의 지시에 따라——

지릉, 지릉.

오른손에 빛을 머금은 벨은 데들리 호넷을 물리치는 한편 차지를 개시했다.

영창 대신 울려 퍼지는 종소리. 벨은 전투를 마무리짓고, 최적의 사정거리를 확보하기 위해 전열에서 릴리가 있는 후방 포지션까지 물러났다.

"중견은 앞으로! 벨 님을 중심으로 원진을 짜세요!"

릴리의 호령이 파티 전체에 울려 퍼졌다.

재빨리 방패를 건네받고 미코토, 치구사, 다프네는 《데
들리 호넷》의 무리가 펼치는 노도의 일격이탈을 막았다.
대형 박도를 휘두르며 아이샤도 그 자리에 합류했다. 전열
에 가담한 이들과 어깨를 나란히 하며, 오우카와 벨프가
살인벌의 맹공을 버텨냈다.

"──쏠게요."

수세로 돌아선 시간은 겨우 몇 초였다.

앞에 있던 동료들이 좌우로 갈라지며 벨이라는 이름의
포구를 드러냈다.

20초 분량의 차지.

빛을 발하는 오른팔을 포신처럼 내밀고, 벨은 포격을 해
방시켰다.

"【파이어볼트】."

흰 빛에 에워싸인 거대한 염뢰는, 사선 위에 있던 모든
데들리 호넷을 불태우고 추악한 벌집에 작렬했다.

『────────────────아아아?!』

아직 둥지 안에 있던 몬스터의 절규를 길동무 삼아, 귀
를 찢는 굉음이 발생했다.

터져나간 《블러디 하이브》와 함께 던전의 벽면이 폭발
하며, 통로에는 어마어마한 양의 재와 뒤섞인 연기가 피

어났다.

"휴우…… 계층 터주하고 한바탕 싸운 것처럼 피곤하네."

"뭐, 비슷하지. 이 근처에선 저 벌집이 제일 성가시니까."

길 한복판에 놓인 릴리의 백팩에 걸터앉아 포션이며 물을 마시는 다프네와 아이샤의 대화가 조용해진 통로에 울려 퍼졌다.

오늘 벌인 것 중 가장 규모가 컸던 전투를 마친 벨 일행은 뒤처리에 들어가 『마석』과 『드롭 아이템』을 회수했다. 『상층』에 비해 크고 순도가 높은 자남색 결정을 비롯해, 《데들리 호넷의 강각》이 잿더미 속에 잔뜩 굴러다녔다.

바닥에 떨어진 전리품을 줍고, 혹은 몬스터의 시체 속에서 『마석』을 적출한다.

"면목이 없사옵니다, 벨 님. ……소녀가 발목을 붙드는 바람에."

"하루히메 씨 잘못이 아니에요. 오히려 그건 감싸주지 못했던 전열에게 책임이 있죠."

쓰러뜨린 몬스터의 수가 워낙 많다 보니 서포터가 아닌 사람들도 작업을 거드는 가운데, 점액에서 풀려난 하루히메와 벨이 이야기를 나누고 있을 때.

"벨 씨는…… 대단하네요."

"네?"

곁에서 작업하던 치구사와 오우카가 불쑥 말했다.

"여기까지 오는 도중, 제일 몬스터를 많이 잡으셨고……."

지금까지도 대단하다고 생각했지만…… 그, 그러니까, 엄청, 대단하다 싶어서요."

"【안티아네이라】도 그렇지만 Lv.4는 또 차원이 다르던걸. 자신이 못나게 여겨져……."

치구사는 앞머리에 가려진 눈에 흥분을 드러내며, 오우카는 굵은 눈썹을 애매한 각도로 뜨고 분함과 호승심을 드러내며 벨을 칭송했다.

"저, 저도 그렇게 생각해요! 워 게임 때보다도 움직임이, 그게, 뭐랄까……!"

"날카로워졌다는 말씀입니까, 카산드라 공?"

"네네, 그거요!"

보초를 서던 카산드라와 미코토까지 대화에 끼어들었다. 괄목할 만한 벨의 성장에 입을 모아 칭찬을 보냈다.

벨 본인은 어떤가 하면, 칭찬을 받은 기쁨보다도 멋쩍음이 앞섰다.

이럴 때는 무어라 대답하면 좋을지 알 수 없었다. Lv.2 승격 축하 때도 그랬지만 역시 칭찬을 받는 것은 익숙하지가 않았다. 자꾸만 뒷머리를 긁게 됐다.

그런 종잡을 수 없는 생각을 하던 벨은, 문득 시선을 느끼고 눈을 돌렸다.

바로 곁에서, 하루히메가 벨의 옆얼굴을 빤히 바라보고 있었다.

"하루히메 씨?"

"앗…… 죄, 죄송하옵니다, 무례하게……."

"아뇨, 그건 괜찮지만…… 왜 그러세요?"

의아해하며, 동시에 무언가 하고 싶은 말이 있는 듯한 분위기를 느끼고 시선으로 채근하니.

르나르 소녀는 잠시 눈을 돌린 후, 쭈뼛쭈뼛 입을 열었다.

"그게…… 전에 『제노스』분들 때문에 많은 고민을 하셨기에, 벨 님이 정말로 몬스터를 해칠 수 있을지…… 걱정이, 들었사온지라."

그 말을 듣고 벨은 눈을 약간 크게 떴다.

그런 하루히메의 의구심은 예전에 벨 자신이 품었던 것과 같았다. 『제노스』의 존재를 알고, 몬스터를 이제까지처럼 해칠 수 있을지, 모험자 일을 계속할 수 있을지 심각하게 고민했던 시기가 있었다. 그때는 결국 해답을 내지 못했다.

그렇기에 당시의 벨을 알던 하루히메는 당혹감을 느낀 것이다.

다른 이들에게 칭송을 받을 만큼 망설임 없이 『괴물』을 쓰러뜨리는, 지금 벨의 모습에.

불안해하는 소녀의 녹색 눈 앞에서 벨은 한동안 침묵을 지켰다. 다시 작업을 시작하고자 동료들이 뿔뿔이 흩어지는 가운데, 하루히메에게서 시선을 떼고 곁에 있던 회색 잿더미에 무릎을 꿇었다.

모래처럼 부슬부슬 흩어지는 재 속에서 주워든 것은 아름다운 자남색 결정.

일어난 벨은 자신이 손에 든 몬스터의 『마석』을 빤히 바라보며 하루히메에게 대답했다.

"『위선자』가 되기로 결심했거든요."

그 말에 이번에는 하루히메가 눈을 크게 떴다.

──너 **위선자**구나?!

──'위선자'라고 욕을 먹은 사람이야말로 '영웅'이 될 자격이 있다고 생각해.

최악의 헌터는 그렇게 비난했다. 지혜를 가진 어리석은 이는 그렇게 타일렀다.

계속 귓속에, 가슴속에 남아있던 그 말을 벨은 받아들였다. 그 칠흑의 『호적수』에게 패한 후, 자신의 의지에 따라 각오를 다졌다.

비네를 지키기 위해, 『제노스』를 구하기 위해── 그들의 동족을 죽인다.

괴물이 다시 태어나 『제노스』가 될 수 있다는 것을 알면서도, 그래도.

소중한 이들을 구하기 위해, 앞으로도 수많은 목숨을 해칠 것이다.

그것이 『괴물』이라 해도, 수많은 목숨을 짓밟을 것이다.

그 누구의 의지도 아닌. 벨 자신의 선택.

선택하고, 결단했다.

그 행동 너머에 『영웅』이라는 영예, 혹은 『악당』이라는 오명을 받는다면, 그것도 감수하기로.

──되자. 『위선자』가.

마음속으로 중얼거리며, 결정의 광채를 눈에 새겼다.

"……!"

그런 소년의 결연한 옆모습에, 르나르 소녀가 숨을 멈추며 몸을 떨었다.

뺨이 실룩거리며 붉게 물들었다.

그런 줄도 모른 채, 벨은 손바닥 위에 있던 『마석』을 꼭 쥐었다.

"전에도 충분히 강했지만…… 뭐랄까, 안도감이 드는걸."

"네……."

벨과 하루히메가 이야기를 나누는 모습을, 벨프와 릴리가 조금 떨어진 곳에서 지켜보고 있었다.

눈을 가늘게 뜬 스미스 청년과는 대조적으로, 파룸 소녀의 얼굴은 밝지 못했다.

"표정이 어둡다? 저 녀석이 딱히 위태롭거나 해 보이진 않잖아?"

"저도 알아요, 그 정도는……."

벨프의 말대로, 소년의 얼굴에서 위태롭다는 느낌은 전혀 받을 수 없었다. 아등바등 달려가는 것도 아니다.

저것은 망설임을 극복하고 해답을 찾아낸 한 인간의 얼

굴이다. 각오를 다진 그의 시선은 어디까지고 올곧았다. 소년은 변함없는 마음과 함께 지금도 강해지는 것이다.

"전보다, 아주…… 아주, 아주, 듬직해요. 하지만 그와 마찬가지로, 저 등이 멀어져가는 것처럼 보여서……."

그렇기에 릴리는 자신의 속내를 깨달았다. 점점 앞으로 가버리는 벨에게 슬퍼하며, 의기소침하며.

축 어깨를 늘어뜨리는 그녀를 빤히 내려다보던 벨프는 도발하듯 웃음을 지었다.

"그런 등을 지탱해주는 게 네가 할 일이잖냐, 서포터?"

흠칫한 릴리는 이내 발끈했다.

"난 저 녀석하고 나란히 먼저 갈 거다. 아니, 벨보다도 먼저 더 실력을 올릴 거라고. 뒤처지지 마라."

"다, 당연하죠!! 릴리는 저 분의 서포터고, 최고의 파트너라고요! 벨프 님 같은 사람한테는 안 져요!"

"이제야 원래대로 돌아왔어…… 야, 때리지 마! 아파!"

찰싹찰싹찰싹!! 벨프를 손바닥으로 연타하던 릴리는 자신의 뺨을 철썩 때렸다.

자기 자신에게도 기운을 북돋워주겠다고 결의를 새로이 다지고, 벨의 등을 바라보며 마음을 다잡았다.

"…………."

아이샤는 생각했다. 시선 너머의 광경을 바라보며.

제24계층에 도달한 것은 벨 혼자만의 힘이 아니었다. 미코토나 오우카 같은 이들과의 연계도, 계층이 깊어짐에 따라 빛을 발했다. 소년의 등을 보고 이에 호응하듯 분투한 것이다.

조금 전 릴리와 벨프가 나눈 이야기도 그렇다.

한 사람의 뒷모습이 동료의 사기를 높여준다. 한 사람의 뒷모습이 수많은 이들의 결의를, 강해지고자 하는 욕구를 부추긴다.

"그건 꼭……."

신들이 말하는……『영웅』같지 않은가.

적어도 그럴 만한 소질을 가졌다는 뜻일까.

'아니…… 가진 게 아니야. **붙잡은 거지.**'

아무 것도 없는 곳에서.

무력함을 탄식하고, 높은 곳을 올려다보고, 지금도 여전히 달리며, 수많은 것들을 구하며 나아간다.

신들마저 놀라게 하며.

모든 것은 『만남』.

수많은 『만남』이 소년을 강하게 해주었다.

아이샤 자신도 감탄할 정도로.

"……슬슬 먹을 때가 됐는걸."

눈을 가늘게 뜨며 아이샤가 중얼거리자, 멀리 떨어져 있던 벨은 등을 부르르 떨었다.

달칵 소리를 내며 열린 릴리의 회중시계는 지상에 완전히 밤이 찾아왔음을 알려주었다.

우리는 오늘의 탐색을 마치고, 던전 내에서 긴 시간을 내 휴식을 취하기로 했다. 다시 말해 야영이다.

야영지로 선택한 곳은 제24계층의 정규 루트에서 벗어난 오솔길 부근의 뻥 뚫린 나무구멍이었다. 그곳을 지나 한동안 나아간 곳에 존재하는 막다른 『룸』을 이용하기로 했다. 길드의 지도에서도 오래 전부터 제24계층의 휴식장소로 꼽히는 후보 중 하나였다.

긴 시간 휴식을 취할 때 가장 먼저 해야만 하는 일은 던전의 지형을 파괴하는 것이다. 미궁의 벽이나 바닥에 무기로 흠집을 내면, 던전은 지형 수복을 우선시하기 때문에 그 에어리어 내에서는 몬스터가 태어나지 않게 된다. 그 후에는 다가오는 몬스터가 없는지 룸 출입구에 보초를 세워두기만 하면 된다. 우리는 룸 내에 있던 몬스터를 신속하게 퇴치하면서 작업용 도끼와 해머로 벽을 깊이 부숴나갔다.

룸의 외견은 수목 밑에 뚫린 공간이라고 해야 하지 않을까. 넓이는 널찍한 홀 정도. 벽에는 흰색의 조그만 꽃이며 나뭇잎, 이따금 허브가 우거졌으며 3M 정도 높이의 천장을 올려다보면 나무뿌리가 반구형으로 펼쳐졌다. 표면에는 녹색 빛을 뿜어내는 『빛이끼』가 군생해 룸 내를 밝게 비취주었다.

"맵에서 적당한 장소를 골라 와본 건데, 제법 괜찮네요."

백팩을 내려 홀가분해진 릴리가 신록 속의 공기를 시원하게 들이마셨다.

이곳까지 오는 도중에 제18계층의 『리빌라 마을』——제노스에게 파괴되었지만 이미 복구가 끝난 제335대 숙박촌——에도 들러 휴식을 취하기는 했지만, 긴장된 마음이 풀린 탓인지 다들 갑자기 피로가 몰려온 모양이었다. 하지만 크게 내쉬는 한숨에서도 어딘가 기분 좋은 달성감이 드러났다.

지상의 시간에 맞춰 이곳에서 하룻밤을 보내기 위해, 그대로 야영을 준비하며 내일의 탐색을 위한 채비를 갖춰나갔다.

오우카 씨의 도움을 빌려 텐트 설치를 마친 하루히메 씨와 카산드라 씨는 손을 맞잡고 꺅꺅 좋아했다. 미코토 씨와 치구사 씨는 요리 당번이었으며, 아이샤 씨는 출입구의 보초를 맡았다. 릴리와 다프네 씨는 지도를 펼쳐놓고 앞으로의 진행 루트를 의논했다.

우리 정도 규모의 파티는 짐을 백팩만으로 운반할 수 있으니 【로키 파밀리아】의 베이스 캠프처럼 카고를 놓아두지는 않지만, 그래도 제법 야영지다운 광경이 펼쳐졌다.

"됐다. 벨, 그것도 줘봐."

"응, 고마워."

벨프는 우리의 무기를 정비해주었다. 막 수선을 마친 《하쿠겐》을 받고 《주신님 나이프》를 주었다. 벨프의 주위에는 연마석이며 해머, 휴대형 화로까지 있었다. 『원정』에 맞춰 스미스 도구 세트를 가져온 모양이었다. 유능한 하이 스미스 덕에 무기는 위력을 잃지 않고 성능을 충분히 발휘할 수 있었다. 지상으로 귀환하지 못하는 원정 도중에는 든든하기 그지없었다.

"스미스 계열 【파밀리아】가 아닌 곳에 스미스가 있다니 진짜 좋겠네. 【로키 파밀리아】처럼 유명한 파벌 중에도 그런 데는 별로 없을걸?"

조금 전에 이 모습을 보았던 다프네 씨의 말이었다.

"그런데 벨, 새 무기는 어떠냐?"

"응, 엄청 좋아. 아니, 너무 좋아서 놀랄 지경이야…….
금속 몬스터도 슥슥 잘려나가고……."

"힐러나 메이지가 발견하면 좋아서 비명을 지를 만한 레어 드롭 아이템을 썼거든. 아, 릴리돌이한테는 비밀이다? 또 벨만 특별 취급한다느니 고시랑고시랑 잔소리를 할 테니까."

정비 중인 《주신님 나이프》에 시선을 고정한 채, 벨프는 장난꾸러기 악동 같은 미소를 지으며 말했다. 나는 쓴웃음을 지으며 《하쿠겐》을 보았다. 신비한 흰색 칼날이 번뜩 빛났다.

얼마 전까지 쓰던 《우시와카마루》 시리즈보다도 위력이

라고 할까, 날카로움이 엄청나게 올라갔다는 것을 나 스스로도 느낄 수 있었다. 무엇보다 나이프 자체가 정말 가벼워 휘두르기가 매우 편했다.

이건 어쩌면 방어……공격을 받아내는 데에는 적합하지 않다는 뜻이 될지도 모르지만, 전체적으로 보았을 때는 불만이 없다.

오더메이드답게 그립 부분도 내 손에 딱 맞춰졌다. 처음 쓰는 무기인데도 일체감이 더 뚜렷해져 벨프도 실력이 늘었다는 것을 똑똑히 알 수 있었다. 모험자와 스미스가 2인 3각으로 함께 실력을 길러나가는 관계다 보니 그것이 어쩐지 기쁘고 자랑스럽기도 했다.

이곳 제24계층까지 오는 데에는 《하쿠겐》을 비롯한 벨프의 무기와 방어구도 한 몫을 했을 것이다.

'……24계층.'

머릿속에 떠오른 숫자를 새삼 음미해보았다.

지상에서 약 하루 만에 제24계층. 매우 좋은 속도였다.

아니, 예전에는 제20계층까지가 고작이었던 것을 생각해보면 매우 훌륭하다고 할 수 있다.

너무 수월하게 오는 바람에 조금 무섭지만…….

'뭐랄까…… 이상할 정도로 마음이 차분해.'

Lv.4에 이르러 『중층』에 공포를 느끼지 않게 되었다는, 그런 감각과도 다른 것 같았다.

분명…… 이 중층 영역보다도 더 무서운 악의와, 더 강한 존재와 싸워보았기 때문일 것이다.

포악한 헌터들, 칠흑의『호적수』. 그 경험은 육체에도 정신에도 영향을 미쳤다. 던전 제24계층이라는 결코 쉽지 않은 영역에 도달했으면서도 아직까지 냉정하게 울리는 심장 소리를 들으며 나는 그 사실을 새삼 실감했다.

단련된 담력도 그렇다. 지금도 계속 궁리 중인 **이 생각**도 그렇다.

《하쿠겐》을 칼집에 꽂은 나는 고개를 들고 벨프에게 조용히 물었다.

"저기, 벨프. 《주신님 나이프》는『미스릴』로 만든 거지?"

"맞아. 가공하기 쉽고, 마력 전도율이 높은 좋은 금속이지.『마법』을 함께 쓰는 마법검사들 무기에도 많이 쓰여."

【히에로글리프】가 새겨진 칠흑의 검신을 조심스레 다루며 벨프가 대답해주었다.

"뭐, 전도율이 높다는 것뿐이고 부여마법처럼 되는 건 아니지만. 칼날에『마법』을 새겨도 줄줄 흘러나가서 확산돼버리거든. 근데 왜 묻냐?"

"아니, 그냥 좀……."

작업에 몰두한 벨프의 곁에서 자신의 오른손을 내려다보았다.

나는 다른 동료들이 눈치 채지 못하도록—— 지릉, 지릉, 하고 가느다란 종소리를 내기 시작했다. 미미한 흰색 빛의 입자가 잇달아 오른손에 모여들었다.

그『숙적』과의 사투와 패배 덕에 한층 깊이 생각하게 된 것 같았다.

이제까지는 단순히 쓰기만 했던 자신의『마법』이나『스킬』을 다시 돌아보고 **고찰**할 만큼.

특히, 【아르고노트】.

오늘 던전에 들어온 후, 나는 몰래 검증을 하고 있었다.

그 결과 알아낸 것이 몇 가지 있다. 우선 【아르고노트】의 최장 차지 시간은 4분. 전에는 3분이었으므로, Lv.4가 되면서 1분이 늘어났다는 계산이다. 차지의 효과는 공격에 관한 액션에만 한정되며, 참격이든 주먹이든『마법』이든 빛의 입자가 모여든 곳은 위력이 강화된다. 동시에 두 곳에 차지를 실행할 수는 없다.

차지 및 병행 차지는 적에게서 공격을 받을 경우, 혹은 집중이 흐트러졌을 경우 해제된다. 이때는 차지의 양에 비례해 체력과 마인드까지 소비된다. 이 점은 마도사의 영창과도 겹치는 면일 것이다. 지금도 스스로의 의지에 따라 오른손에 빛의 입자를 소실시키자 왈칵 피로감이 몰려왔다. 아이템으로 회복할 수는 있지만, 역시 중요할 때만 사용하고 연발은 피하는 편이 좋을 것이다.

그 검증결과를 고려해 착안한 것은 수렴과 집속이라는, 【아르고노트】의 둘도 없는 특성.

이것은——.

'나이프의 높은 마력전도율……『스킬』의 집속…….'

나에게는 자각이 있었다.

난 지혜가 부족하다.

이를 보완하기 위해서라도 릴리 같은 동료들에게 힘을 빌리고 있다. 동료들이 지탱해주지 않는다면, 리더라는 호칭은 웃음거리로 전락해버린다.

그 부족한 지혜를 남김없이 써야 한다. 그렇지 않고선 벨 크라넬은 아무 것도 낳지 못한다.

새로운 검기를 잇달아 익히는 아이즈 씨처럼, 총명한 책략을 수없이 짜내는 핀 씨처럼, 재능을 넘어서는 것은 불가능하다.

모든 생각을 동원하지 않고서는 새로운 『발명』은 도저히 불가능하다.

그러니 생각하고 생각하고 생각하고 또 생각해——『어쩌면』하는 영감이 떠오르려 하던 그때.

"여러분~! 밥 다 됐어요~!"

"!"

텐트 쪽에서 릴리의 목소리가 들렸다.

"그렇댄다, 벨. 가자. 정비도 다 끝났어."

"……응!"

《주신님 나이프》를 받은 나는 그때까지 하던 생각을 정리하고 일어났다.

벨프와 함께, 동료들이 기다리는 룸 중앙으로 향했다.

저녁, 아니, 야식을 먹기 전에 마지막 일이 기다리고 있었다.

나이프나 장검을 이용해, 룸의 벽이며 천장에 돋아난 빛이끼를 긁어내 룸 전체의 밝기를 낮추었다. 초목에 에워싸인 녹색 공간은 금세 한밤의 숲과 같은 경치가 되었다.

우리의 체내시간을 지상과 맞추기 위해서이기도 하지만, 가장 큰 이유는 몬스터 대책이다. 종류에 따라 다르기도 한데, 몬스터는 평소의 던전과는 다른 광경—— 이번의 경우에는 광량이 낮은 에어리어를 이상하다고 생각해 경계한다고 한다. 원정 경험이 많은 아이샤 씨와 다프네 씨의 지시에 따라 우리는 척척 작업을 해나갔다.

깎아낸 빛이끼는 한데 모아 병에 채워 넣었다. 그것을 룸 중심에 놓아두면 한밤의 야영지를 밝히는 등불이 완성된다.

"자, 여러분 많이 드십시오! 얼마든지 있습니다!"

"이, 입에 맞으시면 좋겠지만요……."

등불 옆에 설치한 솥을 에워싸고 식사를 시작했다.

미코토 씨와 치구사 씨가 만든 것은 리조토…… 아니, 이건 극동의 『쌀죽』이겠지? 황금처럼 빛나는 계란물에 가늘게 썬 말린 고기와 녹색 허브, 그리고 나무열매를 넣어 끓인 죽 냄새는 모험자들의 위장을 쉽게 자극했다.

김을 풍기는 죽을 나무 그릇에 덜어, 나무 숟가락으로 듬뿍 떠 입에 넣었다.

"아이샤 공께 듣고 먹을 수 있는 미궁의 식재료를 넣어 보았는데…… 어떠신지요?"

"특이한 맛이지만…… 꽤 괜찮은데? 허브 향도 좋고, 나무열매는 산미가 있어. 적어도 오라리오 밖에서는 먹어본 적이 없는걸."

"극동에도 이런 식재료는 없지. 역시 던전이야."

"오우카 님, 이럴 때는 두 분의 요리 실력을 칭찬하셔야죠…… 특히 치구사 님을."

"리, 릴리 씨, 괜찮아요! ……그래도, 맛있다고 해줘서 다행이에요."

빠른 속도로 먹는 벨프와 오우카 씨에게 릴리가 잔소리를 하고, 치구사 씨가 안도해 가슴을 쓸어내린다. 저택에서 생활하면서 미코토 씨의 요리 실력은 알았지만 그녀와 같은 처지에서 자라난 치구사 씨도 그에 못지않은 것 같았다. 다른 사람들에게도 호평이었다. 특히 아이샤 씨는,

"모험자 관두고 이쪽으로 생계 알아보는 게 좋지 않겠어?"

놀리듯 그런 말로 절찬했을 정도였다.

참고로 계란은 오늘 낮에 들렀던 리빌라에서 우두머리 보르스 씨에게 받은 것이었다. 『첫 원정』 축하 선물이라나. 들자하니 리빌라 주민들이 지상에서 닭 몇 마리를 가져왔다고 한다. 지상의 식사에 굶주린 모험자들에게는 그야말로 『황금알』이었다. 보존이 어렵다는 것이 문제지만.

"저, 물을 이렇게 많이 써도 될까요……? 『원정』에서 가

장 힘든 게 물이 떨어져서 돌아가는 거라고 하는데…….”

“이 아래 계층에는 물이 얼마든지 솟아나니까 그럴 걱정
은 안 해도 돼. 게다가 이 파티는 너희가 있던【아폴론 파
밀리아】하곤 달리 머릿수가 적잖아. 물 때문에 쟁탈전이
벌어지거나 하진 않아.”

마시거나 요리에 쓸 물을 걱정하는 카산드라 씨에게 아
이샤 씨가 휘휘 손을 내저었다. 그 말에 괴로운 원정 경험
이 떠올랐는지, 아니면 정곡을 찔렸는지 다프네 씨와 카산
드라 씨는 ““윽”” 하고 동시에 신음소리를 냈다.

카산드라 씨의 지적은 사실 옳다. 수분 확보는 던전 내
에서 가장 중요하다고 해도 과언이 아니다. 제18계층처럼
맑은 물이 솟아나오는 곳은 별로 없으며, 계층마다 정해진
수원지를 계산해 채집하는 것이 『원정』의 핵심사항 중 하
나다. 이 『거목미궁』에서는 야영을 하기 전에 아이샤 씨와
미코토 씨가 샘이 있는 에어리어에서 확보해두었으므로
아직은 문제가 없다.

역시 『원정』을 자주 다녔던 만큼 아이샤 씨는 전투 이외
에 이런 면에서도 관록을 보여주었다.

“벨 크라넬은 중견 포지션이 제격이던걸. 차지 공격은
처음에 들었을 때는 뭔 소리냐 싶었지만, 그 위력이라면
충분히 후열에서도 쓸 수 있겠고. 발도 빠르고.”

“벨 님의 성격상 후열의 소질은 별로 없을걸요…….”

“하기야 가만히 있지 못할 것 같긴 해. ……아, 그리고

보니 너도 여기 올 때까지 했던 지휘 아주 좋았어."

"고맙습니다."

식사가 일단락되고, 우리는 각자 오늘 있었던 일을 돌이켜보면서 저마다의 화제로 꽃을 피웠다. 어느 새 사제관계가 됐는지 다프네 씨와 릴리가 칭찬을 하고 고개를 꾸벅하는 모습이 보였다.

"지난번과는 달리 레벨 부스트도 별로 안 썼지? 『마검』도 아꼈고."

"인원이 많은 만큼 연계도 대처도 신속해졌으니 말입니다. 물론 벨 공과 아이샤 공께서 전선을 지탱해주신 것도 크게 도움이 되었지요."

"서로가 서로를 보완하며 맞선다…… 이게 진짜 파티 플레이란 거겠지."

"반대로 소녀는 아무 것도 못하여 발목만 잡아당겼을 뿐이옵니다…… 하우우~."

벨프, 미코토 씨, 오우카 씨, 하루히메 씨가 저마다 말했다. 그 곁에서는 의외로 치구사 씨와 카산드라 씨가 치료며 응급처치에 관해 이야기꽃을 피운다. 급조한 파티인데도 분위기는 전혀 문제가 없어보였다. 모두들 저마다 담소를 나누고 있었다.

"이봐, 【안티아네이라】. 24계층까지는 처음 와봤는데 원래 이런 거야? 너무 순조로워서 방심할까봐 무서운데."

다프네 씨의 말이 공연히 크게 울렸다. 아마 다른 사람들이 의식을 돌리도록 일부러 그랬을 것이다. 한쪽 무릎을 세우고 앉아있던 아이샤 씨가 어깨를 으쓱하며 대답했다.

"인원이 이 정도일 땐 몬스터의 『이상공격』만 조심하면 『거목미궁』은 어떻게든 돼. 뭐, Lv.2만 가지고는 힘들겠지만. ······이 계층에 자주 안 와본 파티는 『암굴미궁』에는 없었던 트랩이나 좀 유별난 몬스터의 공격에 당하곤 하지. 그리고 당연히 물량도 중요하고."

『중층』에서도 가장 깊은 이곳 제24계층에는 Lv.2 상위 스테이터스가 필요하다고 한다.

하지만 『길드』가 설정한 이 도달기준은 익숙하지 않았을 때 실패하는 경우를 경계해서였던 것으로 보인다. 물론 몬스터의 능력도 올라가 위쪽 계층보다는 난이도가 높지만.

제19계층부터 시작되는 『거목미궁』의 가장 큰 특징은 『독』을 비롯한 『이상공격』이 많아진다는 것이다. 몬스터가 태어나는 간격도 위쪽 층역보다 짧다.

던전의 가장 무서운 점은 무한의 물량. 그 인식은 어느 계층에서나 변함이 없다.

"이보다 아래쪽 계층······ 27계층 언저리의 몬스터까지는 Lv.2여도 어떻게든 통할 거야. 그보다도 거기는 지형이 성가시거든. 『하층』이란 이름을 붙여서 선을 그어놓은 것도 그게 이유라고 하고."

그리고 제25계층부터 시작되는 영역——『하층』의 도달기준은 Lv.3. 이것도 사실상 성가신 지형 때문이라고, 백전연마의 제2급 모험자가 말했다.

"레벨과 스테이터스가 본격적으로 요구되는 건 30계층부터야. 거기부터는 『블러드 사우루스』처럼 잠재능력이 높은 몬스터가 드글드글하거든. 예를 들자면 Lv.1에 『중층』을 가는 것처럼…… Lv.2 파티로는 절대 공략이 불가능해."

"……30계층이라. 앞으로 6계층이나 더 답파해야 한다고 생각하니, 어떤 곳인지 상상도 안 가는걸."

"그러고 보니 『길드』도 『하층』부터는 자세한 정보를 공개하지 않는 것 같습니다만……?"

모두들 아이샤 씨의 말을 조용히 듣고 있었다. 벨프의 말에 미코토 씨가 고개를 갸웃하며 의문을 보이자, 릴리가 조용히 대답했다.

"『하층』하고 『심층』의 정보는…… 특히 50계층 이하는 길드 쪽에서 규제하거든요."

"그건 왜 그렇습니까?"

"듣자하니…… 알게 되면 **너무 다른 세상이라** 마음이 꺾일 수도 있기 때문, 이래요."

미코토 씨에게 들려준 대답에, 장내가 일제히 조용해졌다.

"아, 아하하하…… 설마……."

"뭐, 적어도 우리…… 【이슈타르 파밀리아】한테도 50계층 이하의 정보는 공개되지 않았지."

웃어넘기려 했던 카산드라 씨의 말을 아이샤 씨가 가차

없이 잘라버려 릴리의 말이 단숨에 신빙성을 띠었다. 보아하니 도달 계층이 가까워져 『자격』을 얻기 전까진 『심층』의 정보는 전혀 흘러나오지 않는 모양이다.

"이건 소문이지만…… **계층을 넘어서** 용이 날아온다던데? 그야말로 계층 터주급이, 드글드글."

"……거, 거짓말이죠?"

"글쎄. 하지만 거짓말이라 해도, 그만큼 위험하다는 소리겠지."

치구사 씨가 흠칫 숨을 들이마신 소리를 마지막으로, 야영지는 다시 침묵에 잠겼다. 아직 보지 못한 던전의 심연, 미궁의 헤아릴 수 없는 모습에 전율한 것이다.

어둠 속에서, 모두가 입을 다물어버린 얼굴이 등불에 비쳤다. 그러자 아이샤 씨가,

"나 원…… 이런 데서 쫄면 어떡하냐, 겁쟁이들아! 아직 한참 남았잖아!"

그런 목소리로 장내의 분위기를 바꾸려는 듯 목소리를 높였다.

"하루히메, 술 가져와!"

"네에?! 아이샤 씨, 소녀는 술 같은 것은 가져오지 않았사옵니다……!"

"네 짐에 내가 몰래 넣어뒀어!"

충격을 받은 하루히메 씨가 백팩을 뒤져보니…… 정말로 있었다. 커다란 병에 든 액체에 술렁거리는 소란이 일

어났다.

"야, 남자들! 한 잔 할 거지?!"

"……아마조네스가 청하면 마실 수밖에!"

"벨프 님!"

"뭐 어때 릴리돌이, 조금인데! 푹 자려고 마시는 거야! 덩치, 너도 같이 마실 거지?"

"적당히. 어디까지나 적당히 마실 거다."

"오우카…… 스스로에게 변명하는 거 아니야……?"

"원정 첫날부터 이렇게 막 나가도 되나……?"

릴리에게 야단을 맞으면서도 벨프가 제안하자, 술을 좋아하는지 은근히 넘어갈 기미를 보이는 오우카 씨에게 치구사 씨가 한 마디 했다. 마지막으로 카산드라 씨가 중얼거렸지만 그 목소리는 금세 벌어진 술판의 소동 속에 녹아버렸다.

아이샤 씨에게 억지로 술을 따르게 된 하루히메 씨는 무녀복처럼 생긴 배틀클로스가 자아내는 분위기와 환락가의 경험 때문인지 술을 따르는 아름다운 유녀처럼 보였다.

어이없다는 표정을 짓던 다프네 씨도, 뺨을 실룩거리던 미코토 씨도 결국 아이샤 씨에게 붙들려버렸다. 몰래 텐트 안으로 피난하려던 카산드라 씨도 이하동문.

이윽고 누군가가 터뜨린 웃음소리에 이어 유쾌한 목소리가 솟아났다.

"…………."

그런 떠들썩한 광경을, 나는 일행 밖에서 지켜보고 있었다.

지금은 내가 보초를 설 차례다. 식사가 시작된 후로 교대 전까지, 아이샤 씨가 앉아있던 나무 그루터기에 앉아 룸의 출입구를 감시하고 있었다. 몬스터를 경계하면서도 모두의 이야기에 귀를 기울이기는 했지만.

손 안에 든 그릇에서 죽을 한 입 떠서 먹으며, 동료들의 모습에 눈을 가늘게 떴다.

나는 어느 사이엔가 웃고 있었다.

"벨 님! 한 그릇 더 드시겠어요?"

"아, 릴리. 고마워."

간신히 마수에서 벗어난 릴리가 솥을 들고 이쪽으로 피난했다. 나는 고맙게 그릇을 내밀었다.

"나 원, 비상식적이에요! 안전계층도 아닌데 던전에서 술을 마시다니."

"원정 중이니까, 정말로 긴장을 풀지는 않았을 거야……."

"몬스터가 이 바보 같은 소동을 듣고 오면 어쩌려고요!"

지당한 말씀…….

한 마디도 받아치지 못하고 몸을 움츠리며 나는 죽을 다시 한 입 먹었다.

하지만 나는 벨프나 다른 사람들을 말리지는 않았다.

마치 한밤의 숲을 연상케 하는 룸. 투명한 병 밑바닥에 모아놓은 빛이끼는 램프와는 사뭇 다른 푸른색 빛을 뿜어내 신비로우면서도 따뜻했다. 빛의 파편에 비친 동료들의 희미한 그림자가 벽과 지면에서 춤을 추고, 지면에 돋아난 풀꽃이 함께 몸을 흔드는 것 같았다.

캠프는 모험의 참맛.

영웅담에서 그런 것을 배웠던 나는 눈앞의 광경이 기뻐서 견딜 수가 없었다.

"……좋아하시는 거예요, 벨 님? 웃고 계시는데."

내 옆얼굴을 릴리가 의아하다는 표정으로 쳐다보았다.

"어, 미안…… 뭐랄까, 이렇게 다 같이 하는 야영을, 좀 동경했거든."

"18계층에서 【로키 파밀리아】에게 도움을 받았을 때도 이랬잖아요."

"그렇기 하지만…… 그래도, 왠지 좋아서."

뺨을 긁으며, 멋쩍고 부끄러워 얼버무리듯 쓴웃음을 지었다.

그런 나를 릴리가 잠자코 바라보았다.

왜 그러나 싶어 고개를 갸웃하자,

"……다행이네요."

그렇게 중얼거린 릴리가 표정을 풀며 웃었다.

"벨 님, 고백하자면…… 릴리는 조금 무서웠어요."

"어?"

"그 날로부터 벨 님은 비네 님 일행을 위해, 계속 높은 목표를 올려다보게 되어서…… 변해버린 게 아닐까 했거든요. 그래서."

당황스럽고, 조금 무섭게도 여겨지고.

시선이 먼 곳을 보고 있어서, 등이 점점 멀어져버리는 것 같아서.

그렇게 털어놓은 속내에 내가 눈을 크게 뜨자, 릴리는 얼굴을 붉히며 뺨에 보조개를 지었다.

"그래도 벨 님은 역시 벨 님이에요."

기뻐하며 웃는 릴리를, 나는 이때…… 사랑스럽게 생각하고 말았다.

남녀로서 그렇다는 것이 아니라, 좀 더 다정한, 분명 여동생이나 그런 사람에 대한 감정.

정신이 들고 보니 내 오른손은 릴리의 머리로 향하고 있었다.

"으응?!"

릴리는 놀라면서도 손을 받아들이고, 어색하게 쓰다듬는 손가락에 몸을 움찔거렸다.

"미안해, 불안하게 만들어서."

비네에게 그렇게 했듯, 나는 안심시키기 위해 웃음을 지어주었지만.

"……역시 벨님은 좀 변한 것 같기도 해요. 뭐랄까, 그, 좀 더 난봉꾼이……."

"뭐어어?!"

그런 불평을 듣고 말았다.

화가 났는지 한껏 부풀린 뺨을 붉게 물들였으며, 밤색 눈은 나를 흘겨본다.

머리를 쓰다듬은 게 그렇게 언짢았을까. 연신 사과를 되풀이하며 당황하자 릴리는 깔깔 웃음을 터뜨렸다. 어리둥절한 나는 멋도 모르고 따라 웃었다.

"베, 벨 님, 한 잔 어떠시온지요! 술이 아니라 물이옵니다만!"

"아우! 뭐예요, 하루히메 님! 분위기 좀 파악해요!"

"아이샤 씨에게서 풀려났사온지라 소녀도, 그 뭐랄까, 함께 오순도순 달콤한 시간을 보내고자⋯⋯!"

"그. 러. 니. 까!! 하는 말이 하나같이 야하다고요! 일부러 그러는 거예요?!"

"저기, 왜 싸우는 거야⋯⋯."

두 번째 피난자 하루히메 씨에게 릴리가 터뜨리는 일방적인 분노에 나는 식은땀을 삐질삐질 흘렸다.

그리고 몬스터들도 이런 소란을 놓칠 리 없어, 출입구 근처로 다가온 『메탈 래빗』의 무리를 우리끼리 한동안 상대하게 되었다.

원정 첫째 날 밤은 그런 식으로 흘러갔다.

소소한 술자리가 끝난 후, 룸에는 숲속의 정적과도 같은 고요함이 찾아왔다.

귀를 기울이면 텐트 안에서는 릴리를 비롯한 여성진의 조그만 숨소리가 들린다. 벨프나 오우카 씨는 그녀들을 배려해 초목의 벽에 기댄 채 자고 있었다. 대도와 도끼를 단단히 안은 채.

워어엉…….

통로 먼 곳에서 들려오는 울음소리. 짐승 몬스터의 것일까. 메아리로 판단하건대 거리는 상당히 멀었다. 문제는 없을 것이다.

그 후로 나는 계속해 보초를 서고 있었다.

발밑에는 빛이끼가 담긴 병. 어둠에 싸인 출입구를 그것으로 비추고 있다.

주위를 둘러보면 룸은 천천히, 착실하게 수복되고 있었다. 만약을 위해 나이프로 미궁 벽에 흠집을 내는 작업도 꾸준히 해놓았다.

나무 그루터기에 앉아, 릴리에게 빌린 회중시계를 열어보니 곧 새벽 2시다. 잠시 후면 교대 시간이다.

"……?"

천 스치는 소리가 들려 뒤를 돌아보았다.

텐트 안에서 한 여성이 나와 다가오고 있었다.

긴 머리에 고혹적인 각선미. 무희를 방불케 하는 얇은 배틀클로스. 천장에 남은 별빛과도 같은 빛이끼에 비친 싱그러운 갈색 피부.

아이샤 씨였다.

"아이샤 씨……? 다음 불침번은 벨프랑 오우카 씨 아니었어요?"

"알아, 그 정도는. 아까 술 마시면서 들었어."

"그럼 왜……?"

"덮치러 왔다고 하면 어쩔래?"

후다닥. 그루터기에서 일어나 말없이 거리를 벌렸다.

"농담이야, 농담."

아이샤 씨는 진심인지 거짓말인지 알 수 없는 웃음을 지었다.

……역시 아름다운 사람이구나. 손을 뻗으면 닿을 거리에서, 어딘가 고혹적으로 미소를 짓는 아마조네스를 앞에 두고 그런 생각을 했다. 넋을 잃고 바라볼 만큼 요염하며, 동시에 그 육감적인 아름다움이 조금 무섭기도 했다. 눈을 가늘게 뜨고 나를 바라보는 시선도 포함해서.

나는 침묵을 견디다 못해 화제를 던졌다.

"어…… 인사가 늦어지긴 했지만, 고마워요, 아이샤 씨. 저희의 『원정』에 함께 해주셔서……."

"괜찮아, 원래 너한테도 우리 원정에 참가해달라고 할 예정이었거든. 마침 잘 됐지."

『제노스』 사건에서 힘을 빌려주었던 대가라고 하면 나도 받아칠 말이 없다. 게다가 말은 이렇게 하지만 하루히메 씨를 걱정해서 와주신 것도 있을 테고.

딱딱한 분위기를 싫어하는 여걸에게 쓴웃음만으로 대답하자, 그녀는 앞머리를 쓸어넘겼다.

"겁먹은 건 아닐까 생각했어."

"네?"

"내가 널 보러 온 이유."

아이샤 씨는 나에게서 시선을 떼더니 어두운 통로 저편을 바라보았다.

"아래하고 이어지는 연결통로는, 여기에선 코앞이거든. 내일이면 목표인 25계층에 어택할 수 있어."

"……!"

"들었을 거라 생각은 하지만, 다음 계층……『하층』부터는 또 확 달라지거든."

제25계층.

우리에게는 미답파 계층── 처음 들어가보는 『하층』.

상급 모험자 중에서도 선택받은 사람들 외에는 도달할수 없는 영역.

"모험자들이 25계층 아래쪽을 뭐라고 부르는지 알아?"

"……아뇨."

"이건 미궁 개척 초기 무렵에 쓰였던 말이라고 하는데……우리는 지금도 『신세계』라고 불러."

……『신세계』.

『미지』의 영역을 의미하는 그 말이 가슴에 파문을 퍼뜨렸다.

아마조네스 여걸은 텐트 쪽을 흘끔 보았다.

"네가 넘어지면 파티도 넘어져. 이 파티는 그런 파티야."

"…………."

"그러니까 다시 한 번 물어볼게. ……겁먹거나 하진 않았어?"

천장에서 이끼가 떨어져, 빛의 파편이 우리 사이를 가로질렀다.

주위에서 피어나는 짙은 녹음의 냄새는 눈을 감으면 이곳이 던전이 아닌 지상의 숲이라는 착각을 불러일으킬 정도였다. 그야말로 숲속에 아이샤 씨와 단 둘이 남은 것처럼.

들릴 리 없는, 바람에 흔들리는 숲의 환청을 들었다.

나는 조용히 숨을 멈춘 후, 천천히 아이샤 씨에게 대답했다.

"아무 것도 느껴지지 않는다면, 거짓말일 거예요. ……하지만."

의식을 자신의 내면으로 돌렸다.

아직 귀에 남은 조금 전의 이야기를 떠올리며.

——**계층을 넘어서** 용이 날아온다던데?

——그야말로 계층 터주급이, 드글드글.

지금 나로서는 상상할 수도 없는 영역에, 그 사람들이, 나의 『동경』이 있는 것이다.

우리가 발을 들이려 하는 『신세계』를 넘어선 곳에.

분명 『지옥』이라 불리는 던전의 최전선에.

"그래도 저는 앞으로 나아가고 싶어요."

가슴 높이까지 든 손을 가만히 쥐었다.

그렇다. 무섭지 않다고 하면 거짓말이다. 아무리 허세를 부려도 떨림이 멈추지는 않았다.

하지만 그 이상으로—— 가고 싶다고.

나는 그렇게 생각했다.

겁을 먹을 틈은 없다.

"……멋진 표정이야. 그때보다도 훨씬."

내 답을 들은 아이샤 씨는 눈을 가늘게 뜨더니, 정말로 다시 봐야겠다고 중얼거렸다.

자남색 옷을 출렁이며, 내 허를 찌르고 거의 밀착할 정도로 몸을 붙였다.

"열기가 가라앉지 않거든 날 불러. 언제든 몸을 빌려줄 테니까."

귓가에 속삭인 그 말이 남자의 피부를 떨게 만들었다.

요염한 숨결을 목 언저리에 남긴 채, 미소를 지은 아이샤 씨는 텐트 안으로 돌아갔다.

그 모습을 지켜본 후, 한순간 달아올라버린 뺨을 미궁의 공기로 식혔다.

잡념을 떨쳐낸 나는 다시 한 번 자신의 주먹을 내려다보았다.

『하층』 어택.

Lv.4가 되어 맞는 첫 『모험』.

동료들과 함께 도전하는 『미지』의 내일에 지금부터 가슴
이 설렜다.

水の都 あるいは
〜 water Island

© Suzuhito Yasuda

제24계층과 하부 계층을 잇는 연결통로. 그것은 결정으로 뒤덮인 동굴이었다.

"얼음…… 아니, 수정……."

야영지에서 출발해 도착한 제24계층 심장부의 대형 룸. 안에 있던 몬스터를 모두 물리친 우리는, 벽 중에서 유일하게 얼어붙은 것처럼 결정에 뒤덮인 나무구멍 앞에 모였다.

릴리의 말을 빨아들인 수정 동굴은 어둠에 싸인 채 아래로 아래로 완만한 내리막길을 이루었다. 동굴 안쪽에서는 서늘한 바람이 흘러나왔다. 이제까지 왔던 『거목미궁』에는 없는 기류가 머리를 쓰다듬어, 가차 없이 다음 모험의 무대임을 느끼게 했다.

얼굴을 마주본 우리는 웃음을 짓는 아이샤 씨의 턱짓에 채근을 받아 구멍으로 발을 들였다.

나는 대열의 선두에 서서, 하루히메 씨가 나누어준 휴대용 마석등을 들고 경사로를 따라 내려갔다. 전열, 중견도 마석등을 장비한 가운데 최후방을 맡은 아이샤 씨는 병에 담긴 빛이끼를 대신 들었다. 바닥도 벽도 천장도 얼음동굴을 방불케 하는 매끄러운 동굴 안을 신중히 나아갔다.

아래로 아래로, 매우 긴 동굴 속을 향해.

"물소리……."

눈에 들어오기 시작한 경사로의 종착점, 출구에서는 푸른 빛이 스며들었으며, 그곳에서 들려오는 소리에 미코토 씨가 중얼거렸다.

차츰 커지고 또렷이 들려오는, 물이 부딪히는 소리.

이때 나는 긴장도 불안도 아닌, 그저 열심히 빛 너머의 『미지』를 추구하는 모험자의 본능에 따랐다.

경사로를 다 내려가 동굴 밖으로 나갔다.

"————."

그 순간, 말을 잃었다.

시야를 후려친 그『절경』에 마음을 빼앗겼다.

굉음을 연주하는, 무시무시한 대폭포.

계곡이며 절벽을 형성한 수정의 봉우리.

안개처럼 흩어지는 물보라와 함께 허공에 날갯짓하는 하피와 세이렌. 높은 울음소리가 퍼지고, 흩어지는 깃털의 궤적이 탁 트인 대공동 안을 춤춘다.

거대한『물의 낙원』이 그곳에 존재했다.

"엄청나구만……."

내 뒤에서 벨프나 다른 사람들도 걸음을 멈추고 그 광경을 보았다.

던전 내에 존재하는 대자연의 경치에 모두가 넋을 잃은 가운데, 특히 모두의 눈을 빼앗은 것이 시야 정면에 위치한 대폭포였다.

"이것이 소문으로만 들었던……."

"『그레이트 폴』……."

미코토 씨와 릴리의 중얼거림이 폭포의 포효 속으로 빨려 들어갔다.

그 폭포 소리는 마치 뇌운의 제창과도 같았다. 땅이 울리는 것 같은 쿠릉쿠릉 소리가 수백 M이나 떨어진 우리에게까지 들려와 고막을 뒤흔든다.

『그레이트 폴』.

하층영역 제25계층부터 **시작되는**, 문자 그대로 거대한 폭포. 어림잡아도 폭은 약 400M, 높이는 너끈히 그 두 배는 될 것이다. 빛의 반사 때문인지 흘러 떨어지는 물은 에메랄드 블루. 넋을 잃고 바라볼 만큼 아름다운 폭포는 이곳이 위험한 던전이라는 사실조차 잊게 만들 정도였다.

감동과 동시에 가슴에 새겨지는 것은 몸이 떨릴 정도의 외경심── 두려움이기도 했다. 폭포와 정확히 마주보는 위치, 우리가 서 있는 수정의 낭떠러지 아래 펼쳐진 것은 커다란 용소였다. 떨어졌다간 상급 모험자라도 버티지 못하는 것은 물론이지만, 눈을 의심하게 만드는 것은 **그 용소에서부터 폭포가 밑으로 더 이어진다는 점**이다.

그렇다. 마치 계단처럼, 폭포는 제25계층에서 아래의 계층까지 이어지고 있다.

"이 말도 안 되게 큰 폭포는 계층을 뚫고 26계층, 그리고 27계층까지 이어지지. 아, 폭포를 타고 밑에서 몬스터가 올라오거나 하진 않으니 안심해. **일부 예외가 있긴 하지만.**"

아이샤 씨의 말에 오우카 씨나 치구사 씨가 흠칫 숨을 멈추었다.

계층을 관통하는 폭포. 이제까지 탐색했던 던전에서는

도저히 있을 수 없는 현상이었다. 모험자는 상식이 몇 번이나 파괴되는 경험을 한다는데, 분명 이런 것도 그 중 하나겠지.

중심부에 폭포가 있는, 이 거대한 공동의 규모는 제18계층의 4분의 1정도가 아닐까.

"이거, 26계층까지는 어떻게 가냐……? 낭떠러지를 타고 내려가라는 건 아니겠지."

"다른 곳처럼 미로도 있어. 경사로와 계단도 잔뜩 있지. 그걸 따라 내려가서, 봐봐, 저기 있는 동굴까지 가면 돼."

벨프의 신음 섞인 목소리에 대답하며 아이샤 씨가 가리킨 것은 제25계층의 밑바닥, 용소와 인접한 기슭이었다. 여기에서는 조그맣게 보일 뿐이지만, 분명히 입을 쩍 벌린 동굴이 있었다.

제25계층에서 제27계층까지는 다층구조다. 『그레이트 폴』의 높이와 같은 고저차를 오르내리면서 용소와 같은 위치에 있는 다음 층 연결통로까지 가야만 한다. 뛰어내리면 한달음에 제27계층까지 도착할 수 있을 것 같지만 몸이 산산조각이 나리라 상상하기는 어렵지 않다.

눈 아래 펼쳐진 광경을 빤히 내려다보던 릴리나 다프네 씨와는 반대로, 나는 고개를 들어 위를 올려다보았다.

『그레이트 폴』은 제25계층 꼭대기에서 쏟아진다.

폭포 시작지점의 바로 위, 계층 천장에는 『거목미궁』의 잔재가── 지름이 5M은 될 것 같은 굵은 나무뿌리가 방

사형으로 펼쳐져 있었다.

'저기서 내려온 거구나…….'

고개를 다시 내리고 다시 한 번 웅대한 경치를 둘러보았다.

제18계층 『언더 리조트』를 보았을 때도 감동했는데……지금의 심정은 그보다 더하면 더했지 못하진 않았다.

에이나 누나와 공부했을 때 얻은 지식은 있다지만, 역시 실물을 앞에 두고 보면 치미는 감정을 억누를 수 없었다.

지금 나는 전율과 긴장, 흥분, 그리고 『미지』의 충격에…… 가슴이 뛰는 것이리라.

폭포 하나로 계층 세 개 크기의 커다란 공동이 이어진 이 층역의 이름은, 『물의 미로도시』.

아득한 옛날부터 오늘에 이르기까지 모험자들에게 『신세계』라 불렸던, 던전의 신비다.

"자자, 언제까지 멍때리고 있을 거야? 이동하자고. 여기 멍청히 서 있다간 근처에서 싸돌아다니는 하피 같은 놈들한테 습격당할걸."

경치에 정신이 팔린 우리를 현실로 끌어내린 것은 아이샤 씨의 말이었다.

현실적인 모험자들은 『습격당한다』는 말에 민감하게 반응해 흠칫 제정신을 차리고는, 이제까지의 감동을 내팽개친 채 서둘러 이동을 개시했다.

"왼쪽 길로 벽을 따라 이동해. 그래봤자 외길이지만. 그 너머에 있는 동굴을 통해 평소와 같은 미궁으로 들어갈 수 있어."

아이야 씨는 아주 익숙하다는 태도로, 바로 옆쪽에서 뻗어 나온 수정 다리—— 절벽길을 턱짓으로 가리켰다.

현재의 위치를 기준으로 오른쪽에서 정면까지는 아찔한 낭떠러지였으며, 왼쪽만 원형의 거대 공동을 따라 길이 이어져 있었다. 물론 난간 같은 것은 없으므로 발이 미끄러지기라도 했다가는 까마득한 아래의 용소까지 곤두박질이다.

나는 머릿속으로 『길드』의 지도를 펼치고 정리했다.

지금 있는 깎아지른 낭떠러지는 제24계층의 연결통로가 있는 최남단. 정면에 펼쳐진 대공동과 『그레이트 폴』은 딱 계층 중심에 있다. 조금 전 아이샤 씨가 지적했던 제26계층 연결통로는 남동쪽이다.

이곳에서 아이샤 씨의 말처럼 대공동의 벽을 따라 서쪽으로 향해, 그 너머에 있는 동굴을 통해 절벽 내부의 미궁으로 진입하고, 그곳에서 원을 그리듯 서쪽에서 북쪽(폭포 뒷면), 동쪽으로 나아가, 계층 밑바닥에 있는 지하 연결통로로 나아간다. 요컨대 남쪽에서 시계방향으로 돌아 내려가며 남동쪽을 지향하는 것이다.

나를 선두에 세우고 파티는 절벽길을 나아갔다.

길의 폭은 3M 정도. 왼쪽은 벽이며 오른쪽이 낭떠러지. 카산드라 씨 같은 분은 오른쪽을 절대 보지 않으려 했다.

『그레이트 폴』부근의 공간에서는 하피를 비롯한 새 몬스터가 울음소리와 함께 공중을 떠돌고 있었다. 다행히 아직 이쪽을 알아보지는 못한 것 같다. 이런 절벽길에서 전투를 벌이고 싶지는 않았으므로 얼른 미궁 안으로 들어가는 편이 나을 것 같았다. 비행 몬스터에게 습격을 당하면 화살이나 『마법』으로 응전하거나 방패를 내밀고 몸을 움츠릴 수밖에 없다.

자세히 보니 『그레이트 폴』쪽에도 절벽으로부터 다리처럼 튀어나온 수정길이 있었다. 혹시 우린 저기도 지나가는 걸까……?

"야, 벨. 이 계층에 있는 건 전부 수정이냐?"

"식물도 있다지만…… 거의 그렇다고 에이나 누나한테 배웠어."

바로 뒤에 있던 벨프의 목소리에 고개를 끄덕이면서 왼쪽의 절벽, 오른쪽의 대공동을 바라보았다. 단애절벽과 바위너설, 우리가 걷고 있는 절벽길도 그렇다. 계층을 구축하는 것은 전부 짙은 푸른색으로 물든 수정으로 이루어졌다. 제18계층의 수정보다도 훨씬 색이 짙고 살짝 줄무늬가 들어간 이것은 언뜻 보면 평범한 바위처럼 보이기도 한다.

계층 내를 비추는 광원은 투명한 백수정에서 뿜어져나오는 빛이다. 크기는 제각각이어서 절벽길의 벽이나 발밑에도 죽순처럼 돋아나 있긴 하지만 광량 자체는 적다. 에메랄드색으로 빛나는 『그레이트 폴』을 제외하면 계층 전체는 푸른 어스름에 뒤덮여 있었다.

"하루히메는 아이샤 씨랑 같이 여기 온 적 있지……?"

"네, 치구사 님. 그때는 카고에 갇혀 있어서 느긋하게 구경할 기회는 없었사오나 역시 경탄했던 것은 기억이 나옵니다."

후방과 중견 위치에서는 그런 대화도 들려왔다. 흘끔 쳐다보니, 지금도 계층의 경치를 둘러보며 감탄하는 치구사 씨 곁에서 밝은 목소리로 대답하는 하루히메 씨의 로브는 엉덩이 언저리가 불룩불룩 움직였다. 분명 여우 꼬리를 흔들고 있을 것이다.

그녀들도 넋을 놓은 『환상적인 푸른색』. 그런 말이 떠오를 만한 분위기였다.

"하지만 저 폭포의 물은 어디로 가는 것일까요? 저렇게 엄청난 양의 물을 줄곧 쏟아내면 아무리 계층을 관통하고 있다 해도 금세 넘쳐나버릴 것 같습니다만……."

"여기서 흘러나오는 물은 제27계층의 용소 밑바닥에서 지상으로 흘러나가. 오라리오 옆에 있는 멜렌은 알지? 거기의 호수로 통해. 뭐, 지금은 그쪽도 『바벨』처럼 봉인이 돼있으니…… 어쩌면 던전이 빨아올리고 있는지도 모르지?"

미코토 씨의 의문에 이번에는 아이샤 씨가 대답했다.

아득한 『고대』, 수중 몬스터는 이 경로로 진출해 지상의 바다를 석권했다고 한다. 이것도 공부할 때 에이나 누나에게 배운 지식이다.

이런저런 이야기를 나누는 사이에 서쪽 벽의 동굴이 보이고, 긴 절벽길이 겨우 끝나려 했다. 다행히 위험한 곳에서 전투를 겪지는 않고 우리는 미로 내부로 발을 들일 수 있었다.

"일단 확인해둘게요."

동굴 안, 입구 앞에서 옆길이 가지를 치는 모습은 마치 중층영역의 『암굴미궁』과도 같은 구조였다. 그것이 회색 바위가 아니라 모두 심청색 수정으로 바뀐 느낌이다.

동굴 앞에 자리를 잡고 잠시 휴식하며 우리는 릴리를 중심으로 회의를 시작했다.

"『미션』의 달성을 길드에 보고하기 위해 필요한 『드롭 아이템』의 종류와 수량은 이래요. 『블루 크랩의 강각』10개와 『아쿠아 서펜트의 지느러미』3장, 혹은 『레이더 피시의 송곳니』30개. 레어 몬스터라면 『카벙클의 비수정』1개면 충분해. 자원일 경우 『수창석(水蒼石)』1000G(그라드)."

무거운 백팩을 고쳐 메며, 릴리는 품에서 꺼낸 양피지를 읽었다. 처음으로 접하는 물가 던전인 만큼 역시 물 속성에 관한 채집물이 많았다.

"지금 말씀드린 몬스터나 자원을 중점적으로 찾아주세요. 그리고 탐색범위에 대해서 말씀드리겠는데요, 사실상 『하층』이라는 도달 목표는 달성했어요. 여기서 억지로 26계층까지 갈 필요는 없겠죠."

"다시 말해 이곳 25계층에서 천천히 탐색을 하면 된다는 말씀입니까?"

"네. 여긴 처음 오는 계층영역이기도 하니까요. 남은 6일의 원정 기간 동안, 어제 사용했던 24계층 야영지를 거점으로 삼아서 25계층을 왕복하는 게 좋겠다고 릴리는 생각해요."

그 설명에 다른 동료들도 찬성하는 분위기였다. 나도 이의는 없었다. 『하층』부터 확 바뀌는 환경에 적응하기 위해서라도 야영지에서 공략을 되풀이하는 것이 최선일 것이다.

『모험자는 모험을 해서는 안 된다』. 피할 수 없는 궁지는 각오하더라도 이번 『원정』은 에이나 누나의 지론을 바닥에 깔고 가야 한다.

"출발하기 전에도 말씀드렸는데, 이 계층은 보다시피 수생 몬스터가 많이 출현해요. 앞뒤가 안 맞는 말 같지만 가급적 물가에는 다가가지 마세요."

릴리가 들려주는 『하층』의 방침과 주의점에 우리가 맞장구를 치며 고개를 끄덕이고 있으려니, 릴리가 파티 전체를 둘러보았다.

"그리고 혹시 몰라 확인해두겠는데요…… 여러분, 오늘 아침에 나눠드린 『운디네 클로스』는 다들 단단히 장비하셨죠?"

릴리가 쳐다본 것은 새로이 착용하고 있는 우리의 복장이었다.

나는 이너웨어와 바지, 벨프는 키나가시 작업복, 미코토 씨와 오우카 씨 같은 분들은 극동풍 배틀클로스, 하루히메 씨는 무녀풍 의상…… 모두 하늘거리는 연푸른색 원단으로 만든 것이다. 같은 소재의 정체는 『정령의 방호포』였다.

이 『운디네 클로스』는 제13계층을 공략할 때 장비했던 『살라만더 울』과는 반대로 물의 내성을 띤 것이다. 이 『물의 미로도시』를 공략할 때 빼놓을 수 없는 장비다.

무엇보다 운디네의 가호는 물속에서 진가를 발휘한다. 물의 저항이나 수압을 경감시켜 모험자에게 수중활동의 은총을 주는 것이다. 요컨대 빠르게 헤엄칠 수 있다는 뜻이다. 물에 관한 퀘스트에서는 『운디네 클로스』가 필수품이라고까지 할 정도였다.

다프네 씨와 카산드라 씨도 입은 『정령의 방호포』는 원정의 주최측인 【헤스티아 파밀리아】가 미리 『바벨』의 전문점에 주문해 마련한 것이었다. 인원수와 같은 『운디네 클로스』는 싸지 않았지만, 다행히 돈은 충분했다. 덧붙이자면 아이샤 씨는 자기 것을 가지고 있었다.

이것만 있으면 물속에 떨어졌을 때도 위험도는 많이 줄어든다.

"이 요란한 색이 안 보이냐, 릴리돌이? 잘 입고 있잖아."

"혹시 몰라 확인한다고 했잖아요! 거금을 들어서 인원수대로 방호포를 준비했는데, 여러분이 활약해서 『원정』의 수입이 지출을 웃돌지 않는다면……!"

"리, 릴리 씨, 무서워요."

여전히 『정령』에 대한 거부감이 있는지 벨프의 대답은 어딘가 매몰찼다. 하지만 릴리의 험악한 태도에 정작 겁을 먹은 것은 드레스 형태의 『운디네 클로스』를 장비한 카산드라 씨였다.

덧붙이자면 『원정』의 수입은 파벌에서 파견한 인원수에 따라 조정할 예정이었다.

"아이샤 님, 또 뭔가 하실 말씀 있나요?"

"어디보자아……."

릴리는 마지막으로 계층 경험자인 아이샤 씨에게 물었다. 색깔을 푸른색으로 바꾼 아마조네스 의상을 출렁거리는 여걸은 【헤스티아 파밀리아】의 멤버들을 흘끔 보았다.

"이 계층은 수생 몬스터 말고도 인간형 몬스터가 많은 게 특징이야."

세이렌, 하피, 머메이드, 그리고 라미아였지.

에이나 누나와 공부할 때도 분명 그렇게 배웠다.

"처음에는 당황할지도 모르지만 망설이지 마. 혹시나 말을 할지도 모른다고 생각했다간 오히려 당해."

"!"

그 말은 【헤스티아 파밀리아】에게 들려주려는 것이리라. 『제노스』의 존재를 아는 아이샤 씨는 우리에게 절대 망설임을 품지 말라고 못을 박은 것이다.

나와 벨프, 릴리, 미코토 씨, 하루히메 씨는 입을 다문 채 무겁게 고개를 끄덕였다.

"하기야 그놈들은 상판이 엄청 못생겼으니 눈을 돌리지 않도록 더 조심해야 할지도……. 자자, 휴식 끝났다. 왔어."

마지막으로 너스레를 떤 아이샤 씨는 바닥에 꽂아두었던 대형 박도를 뽑았다. 흠칫 놀란 벨프와 동료들이 돌아보니, 동굴 안에서 푸른 갑각을 두른 게 몬스터가 한데 뭉쳐 나타난 참이었다.

"『하층』 첫 전투라고 너무 긴장하지 마. 평소처럼 해."

후열에서 느긋하게 자세를 잡는 아이샤 씨의 충고가 신호가 되어.

우리 전열이 달려나가고, 파티는 『하층』 첫 전투에 돌입했다.

금속계 몬스터로 분류되는 『블루 크랩』과의 전투는 무사히 끝났다.

개체에 따라 왼쪽 혹은 오른쪽 집게발이 매우 크게 발달한 몬스터의 해머 같은 공격은 위협적이었지만, 아이샤 씨말대로 냉정하게 대처하면 Lv.2인 벨프 같은 동료들도 연계 플레이를 구사해 쉽게 물리칠 수 있었다., 데들리 호넷이상의 방어력을 가진 등딱지도 이음매가 컸으므로 기교가 뛰어난 미코토 씨와 다프네 씨가 금세 해치웠다. 굳이 충격을 받았던 장면을 들자면 게인데도 앞으로 이동하는 기괴한 광경이 아니었을까.

《하쿠겐》이 블루 크랩의 껍질을 가를 수 있다는 것을 확인한 나도 이 정도라면…… 하는 감각을 품었다.

"벌써부터 『블루 크랩의 강각』을 두 개 입수하다니……
출발이 좋네요!"

목적한 『드롭 아이템』이 나와 기분이 좋아진 릴리에게
다들 쓴웃음을 지으며, 우리는 수정동굴을 나아갔다.

포지션은 『중층』과 다를 바가 없었다. 다만 만전을 기해
Lv.4인 내가 선두에 섰다. 최후열은 물론 아이샤 씨. 폭이
5M도 넘는 통로를 따라, 중견에 무게를 둔 채 걸으며 계
층 맵을 가진 릴리의 가이드 아래 정규 루트를 선택했다.

"……폭포 소리에 섞여서……"

"그러게. 물 흐르는 소리가 들려……."

수정미궁에서는 바깥의 『그레이트 폴』 소리가 잔물결처
럼 끊임없이 들렸다. 그런 가운데 여우 귀를 꼼질거리는
하루히메 씨와 다프네 씨가 중얼거렸다. 그 말대로 통로에
변화가 나타났다.

"물살……."

치구사 씨가 중얼거린 대로, 우리가 나아가는 통로를 따
라 물살이 흐르고 있었다.

다른 통로에서 합류해 통로와 나란히 달리는 물의 흐름
은 개천이라 해도 과언이 아닐 정도였다.

수정의 색을 받아 아름다운 푸른색으로 빛나는 수면 역
시 환상적이었다.

"미궁의 곳곳에는 이런 식으로 물이 흐르고 있어. 보통

육로가 있는 장소가 정규 루트니까 헤엄을 칠 걱정은 안 해도 돼."

멈춰 서서 바라보던 우리는 아이샤 씨의 설명을 듣고 다시 이동을 재개했다.

통로, 아니, 이미 이렇게 되면 물가라고 해야 할까. 시야 왼쪽에 물살을 둔 채 땅이 있는 부분을 걸어나갔다. 물살의 폭은 기슭과 비슷했으며 깊이도 제법 될 것 같았다. 흐름도 꽤 빠르다. 개천이라고 생각하고 방심했다가 발이라도 미끄러지면 위험할 것이다.

"어, 만약 물살에 빠져버렸을 때는요……?"

"무조건 뭍으로 올라오도록 노력해. 빠지자마자 죽는 건 아니지만, 뭐, **놈들 손에** 죽을걸."

"네?"

"몬스터에게 지분지분 당하다 죽을 거라고. 물속은 그놈들 세계니까. 『압도적인 지리적 이점』이란 거지. 까놓고 말해 수중전에 익숙하지 않은 녀석한테는 『운디네 클로스』는 위안거리 정도밖에 안 돼."

아이샤 씨에게서 돌아온 대답에 눈을 동그랗게 떴던 카산드라 씨의 얼굴이 파랗게 질렸다.

"난 Lv.4가 된 지금도 여기서 헤엄치는 건 사양하고 싶어."

역전의 여전사는 솔직하게 고백하며 어깨를 으쓱했다.

"빠졌다간 살아남지 못한다. 그렇게 생각하고 행동하라는 소리야."

물속이라면 수생 몬스터는 압도적인 잠재력을 발휘한다. 육상에서 생활하는 모험자는 그 반대. 퍼포먼스가 크게 떨어지고 만다. Lv.4인 제2급 모험자의 말을 듣고서야 겨우 파티에도 『물』에 대한 두려움이 침투하기 시작했다.

모험자가 적의 무대에서 수생 몬스터와 호각으로 싸우려면, 수중활동에 큰 은총을 가져다주는 특수한 『발전 어빌리티』를 습득해야 비로소 해볼 만하다는 말을 들은 적이 있다. 물론 그런 어빌리티를 가지지 못한 우리에게는 허무한 이야기일 뿐이다.

물살에 떨어졌다간 궁지에 빠진다. 그것만은 잘 기억해두자.

"아이샤 씨, 이 물살은 전부 『그레이트 폴』로 이어지나요?"

쏴아아. 소리를 내며 흐르는 물의 흐름에 시선을 고정한 채 아이샤 씨에게 물었다.

"맞아. 그 외에도 시간이 지나면 흐름이 바뀌기도 해. 천장이나 지면에서 간헐천이 뿜어져 나오는 함정 같은 것도 있어."

에이나 누나에게 들은 정보에 따르면 이러한 물살은 전부 계층 중심의 『그레이트 폴』로 합류한다. 다시 말해 계속 흘러가면 그 커다란 폭포에 말려들어 용소로 곤두박질치는 꼴이 된다. 그리고 아이샤 씨도 언급했듯 이 계층영역의 던전 기믹은 『수공』이 주류인 모양이었다.

가는 곳마다 반드시 있는 물살의 존재.

이것도 던전 최초라 불리는 물가 계층이기에 그런 것이 겠지.

"아, 그리고…… 지금처럼 물가를 걸을 때는 항상 조심해야 해."

"네?"

대수롭지 않다는 듯한 아이샤 씨의 말에 하루히메 씨가 고개를 갸웃했던 바로 그때였다.

──쏴아악!! 물살이 거친 소리를 냈던 것은.

『워어어어어어어어!』

"엑, 흐아아아아아아아아아아아아아아아아아아아악?!"

갑자기 수면을 찢고 튀어오른 것은 몸길이가 160C나 될 것 같은 거대 물고기.

물고기 몬스터『레이더 피시』였다.

튀어오른 물방울과 함께 날카로운 이빨을 번뜩이며 밀려드는 그림자에 하루히메 씨가 놀라 비명을 질렀다.

"──봤지? 방심하면 이렇게 덤벼든단 거야."

『어억?!』

하지만 번뜩이는 대형 박도, 그리고 한 자루의 검이『레이더 피시』의 몸통을 가르고 이빨을 부쉈다. 여유만만하게 웃음을 짓는 아이샤 씨, 하루히메 씨를 등 너머로 감싸며 식은땀을 흘리는 미코토 씨가 몬스터를 물리친 것이다.

중열 위치에 있던 릴리 같은 동료들은 하루히메 씨와 함께 경악했으며, 선두에 선 나와 벨프, 오우카 씨는 후방에서 일어난 갑작스러운 습격에 돌아본 채 굳어버린 상태였다.

"몬스터는 물속에서 언제든 우리를 노리고 있어. 명심해 두라고. ……하지만 반응이 빠른걸, 【절†영】. 이 못난이 여우의 뒷바라지는 너한테 맡기면 되겠어."

"아, 아닙니다. 창졸간에 일어난 일이라 반사적으로……. 게다가 벨 공이 파티의 선두에 계시는 지금, 하루히메 공을 지키는 것은 저의 역할인지라……."

참모인 릴리나 요술사 하루히메 씨는 파티의 중추이자 약점이다. 이를 가늠해 그녀들에게 오는 공격은 반드시 저지하고자 미코토 씨는 자신에게 사명을 부과하고 남들보다도 훨씬 신경을 예민하게 가다듬고 있었던 모양이었다.

그 말에 감개무량한 하루히메 씨는 "미코토~!" 하고 울면서 안겼다. 공주님과 닌자의 막간 연애극, 이 아니라 우정에 어째서인지 우리는 짝짝 박수를 쳤다.

"어, 음, 고, 고맙습니다……?"

미코토 씨는 멋쩍어하면서 고개를 숙였다. 덧붙이자면 이 광경이 부러웠는지 카산드라 씨가 살그머니 다프네 씨에게 손을 뻗으려 했지만 다프네 씨가 무뚝뚝하게 쳐내는 바람에 "꺄앙?!" 하고 비명을 질렀다.

"물고기가 육지까지 뛰어올라 덤벼든단 말야……?"

"물속에서 온다는 것이 참으로 성가시군."

진행을 재개하면서, 진저리를 치는 벨프와 마음을 다잡

는 오우카 씨의 대화에 나도 마음속으로 맞장구를 치고 있었다.

땅 위에서도 행동할 수 있는 조금 전의 『블루 크랩』과는 달리, 순수한 수생 몬스터는 물살 속의 수정벽이나 바닥을 가르고 태어난다고 한다. 시야가 탁 트여서 이변을 감지하기 쉬운 육상과는 달리 물속에서 늘어나는 몬스터는 포착하기가 어렵다. 설령 살기나 기척을 감지해도 그렇다. 곁을 달려나가는 물살 속에는 어쩌면 수십 마리나 되는 적이 숨어있을 가능성마저 존재했다.

흘끔 수면을 쳐다보면, 어렴풋이 떠오른 시커먼 그림자가 마치 『쳇』하고 혀를 차듯 물속으로 들어가버렸다.

이거, 익숙해지기 전까지는 신경을 좀 갉아먹겠는데.

물살을 포함해 주위에 신경을 쓰면서 신중하게 나아갔다.

"응? 저건……?"

그리고 그때 벨프가 무언가에 반응했다.

우리도 그쪽을 쳐다보니, 물살을 끼고 건너편의 수정 암반에 나뭇가지 형태의 덩어리가 돋아나 있었다. 색은 선명한 연홍색이었으며 마치 보석처럼 빛을 냈다. 저것은 분명…….

"……미궁산호…… 『언더 코랄』? 『하층』에서밖에 캘 수 없는 아이템…….."

"역시 그렇구만. 헤파이스토스 님의 파벌에 있을 때 딱

한 번 실물을 본 적이 있거든."

내가 『길드』의 미궁도감에서 본 지식을 말하자 벨프가 조금 흥분한 어조로 말했다.

"이봐, 저거 어떻게든 가져갈 수 없을까? 좋은 무기 소재가 된다던데."

스미스의 본성 때문인지 벨프는 이따금 탐색 도중 우리에게 소재 채집이나 『드롭 아이템』 입수를 부탁할 때가 있다. 전속 스미스가 부탁하는 것이니 들어주고 싶은 마음은 있지만…….

"막무가내로 그러지 마세요, 벨프 님! 아이샤 님이 물의 무서움에 대해 말씀해주신지 얼마나 됐다고! 그런 위험은 감수할 수 없어요!"

"저 언더 코랄, 때깔이 아주 좋은걸. 지상에 가지고 돌아가면 아주 비싸게 팔릴 거 같아. 게다가 산호 속에 숨겨진 조개껍데기, 저거 미궁진주…… 『언더 펄』 아냐?"

"큭, 하는 수 없죠……! 채집하고 가기로 해요!"

"자꾸 이러면 나도 화낸다, 릴리돌이?"

결사반대하던 릴리가 아이샤 씨의 정보를 듣고 주장을 뒤집자 벨프가 주먹을 부르쥐었다. 그 모습에 웃음을 터뜨리면서도, 우리는 던전 탐색의 참맛 중 하나인 미궁자원 채집에 착수하기로 했다.

우선 맞은편 기슭의 바위너설로 이동하려면 이 물살을 건널 수밖에 없다.

아이샤 씨의 말을 들은 직후이니 수영은 선택지에서 제외되었다. 수면에는 여러 개의 수정 바위가 튀어나와 있었으므로 저것을 발판 삼아 뛰어가면 갈 수는 있을 것 같았다.

하지만 아무래도 은근히 『함정』 냄새가 난단 말이지…….

"그런데 이 파티에는 시프(도적)가 없는 모양인데, 스카우트(척후)는 있나? 이런 작업은 그런 녀석들이 맡아서 하는 법이잖아?"

스카우트의 주요 역할은 정찰이다. 파티보다 앞장서서 진로에 몬스터가 있는지를 확인하고, 특정한 지역으로 **유인해내기도** 한다. 지형을 이용하는 역할이기 때문에 미궁 자원을 채집하고 채굴하는 일을 맡는 경우도 많다.

그런 역직을 애매하게 두고 탐색을 해왔던 우리 【헤스티아 파밀리아】 멤버들은 아이샤 씨의 질문에 자연스레 한 인물에게 시선을 보냈다.

"……제가 되겠군요."

한데 묶은 흑발을 출렁이는 미코토 씨도 자기 발로 한 걸음 나왔다. 스킬 【야타노 쿠로가라스】로 적의 위치를 탐색하며, 『닌자』의 능력을 구사하는 정찰과 잠입은 미궁탐색에도 도움이 된다.

맞은편 기슭의 바위너설은 공간이 좁아 두 사람이 건너가는 것이 한도였다. 미코토 씨가 자동으로 선출되자, 발이 빠르고 몸놀림이 민첩하다는 이유로 내가 서포트를 맡게 되었다.

"미코토 님, 【야타노 쿠로가라스】에는 반응이 있나요?"

"아닙니다……. 적어도 조금 전에 만났던 블루 크랩이나 레이더 피시는 근처에 없습니다. 물론 물속에도."

"저 바위너설, 크리스탈 터틀이 의태한 거면 어떡하지……?"

"벨 크라넬의 말도 일리가 있군. 일단 화살을 쏴볼까?"

장비를 긴 무기에서 나이프와 단검으로 바꾸어 몸을 기민하게 만들고, 아이템을 수납할 배낭을 짊어지기도 하는 등 장비를 갖춰나갔다. 오우카 씨가 하루히메 씨에게서 받은 활로 바위너설이 몬스터의 의태가 아닌지 확인한 후 나와 미코토 씨는 몸을 날렸다.

수정바위 끄트머리를 박차고 다시 뛴다. 나보다도 앞서 나간 미코토 씨는 그야말로 닌자를 방불케 하는 움직임으로 물살을 건너, 화살과 밧줄을 준비한 채 지켜보던 동료들을 놀라게 했다.

"벨 공과 이처럼 둘이서 작업을 하는 것은 처음이군요."

"그러고 보니……. 【이슈타르 파밀리아】 때도 금세 따로 행동했으니까요."

수정 바위너설에 도착한 우리는 얼른 언더 코랄 채집에 착수했다.

미코토 씨가 단도로 산호를 뿌리께에서 잘라내면 내가 배낭에 수집한다. 참고로 언더 코랄은 지상의 산호와는 달리 식물이다. 게다가 광물 수준의 경도를 가졌다고 한다.

반대편 기슭에서 "진주도 부탁드려요~!!" 하고 고함을 지르는 릴리의 주문에 따라 가지의 무리 속에 숨어있는 주먹만한 조개도 찾아냈다. 일곱 색깔로 빛나 『무지개 보석』이라고도 불리는 『언더 펄』을 순백색 조개와 함께 채집했다.

"그러면 돌아가지요. 욕심이 과해서 좋은 경우가 없으니까요."

던전의 보물을 단단히 배낭에 담은 우리는 재빨리 작업을 마무리했다. 아직도 언더 코랄이 잔뜩 군생한 바워너설에서 냉큼 이탈하기로 했다.

하지만 역시 던전은 던전이었다.

보물을 빼앗은 모험자를 거저 돌려보내지 않고── 수면을 힘차게 『폭발』시킨 것이다.

"헉── 뭐가 저렇게 커?!"

"『아쿠아 서펜트』!!"

반대편에서 벨프와 릴리의 고함이 들리는 가운데, 장대한 그림자에 나와 미코토 씨는 숨을 멈추었다. 거대 뱀 몬스터 『아쿠아 서펜트』. 연녹색 비늘과 뱀의 머리를 가진 대형급. 커다란 지느러미가 달린 머리의 위용은 숫제 용처럼 보일 정도였다.

길드에 보관된 정보에 따르면 몸길이는── 최장 10M!

『워어어어어어어어어어어어어어어어어어어어어어어어어어어어어어어어!!』

물살을 절반 정도 건넜던 우리의 정면을 가로막듯 물속에서 출현한 몬스터는 파도를 일으키더니 두 눈을 번뜩이며 입을 벌렸다.

천장에 거의 닿을 정도로 들어올린 머리를, 나보다 앞서 가던 미코토 씨에게 급강하시켰다.

"미코토 씨!"

"미코토!!"

시간의 흐름이 응축되는 가운데, 나와 하루히메 씨는 고함을 지르고 있었다.

하지만 반대편 기슭에서 화살을 쏘는 오우카 씨, 대형 박도를 투척하려는 아이샤 씨, 파이어볼트를 쏘고자 오른손을 든 나보다도, 표적이 된 미코토 씨의 행동이 빨랐다.

"흐읍!"

파도에 의해 가려졌던 수정 바위에 정확하게 착지하더니, 그대로 도약한다. 그리고 **회전**.

급강하하는 아쿠아 서펜트의 턱을 향해 발을 차올렸다.

『——꾸억?!』

통렬한 오른발 발차기가 아쿠아 서펜트의 머리를 차올려 두 개의 송곳니를 부러뜨려버렸다.

눈을 크게 뜬 나는 그것이 『인술』—— 닌자의 체술임을 인식하는 데 몇 초가 필요했다.

"서, 서머솔트 킥……."

얼굴을 실룩거리는 다프네 씨의 목소리가 느려졌던 시

간의 흐름을 원래대로 되돌렸다.

물살 속으로 떨어진 미코토 씨에게 아이샤 씨가 로프를 던져주고, 몸을 벌렁 젖히는 아쿠아 서펜트의 긴 몸을 향해 뒤이어 내가 달려나갔다.

엇갈려 지나가며, 허점투성이인 뱀의 몸통을 《주신님 나이프》로 양단했다.

"흐읍!"

『————————————!!』

단말마와 함께 아쿠아 서펜트가 물살 속으로 가라앉으며 다시 어마어마한 파도가 발생했다.

가속력을 이기지 못해 균형을 잃어버린 나에게 추가타를 가하는 듯한 파도였다. 물에 휩쓸리기는 했지만 간신히 수정을 박차고 동료들이 있는 기슭으로 착지했다. 로프에 끌려나온 미코토 씨도 무사했다.

"미, 미코토 씨, 어느 사이에 그런 기술을……?"

"사실은, 『원정』 전에 타케미카즈치 님과 수행하다가 그때 새로운 체술을……. 벌써부터 도움이 되었군요…….'

"대단했어, 미코토!"

"누가 아니래. 아까부터 굉장한데."

흠뻑 젖어 두 팔다리로 땅을 짚고 있는 나에게, 미코토 씨는 얼굴을 닦으며 구사일생으로 살아났다는 양 메마른 웃음을 지었다. 치구사 씨와 아이샤 씨의 에누리 없이 칭찬해 파티는 일종의 열기에 휩싸였다.

물에 젖은 통로를 벗어나 조그만 룸으로 이동한 후에도 흥분은 가라앉지 않았다. 지면에 내려놓은 가방의 내용물을 다 함께 들여다보았다.

"수많은 언더 코랄에, 언더 펄······!"

"저기, 잠깐! 이것만 해도 300만 발리스는 되는 거 아냐?!"

"상인 상대로 잘만 교섭하면 350만까지도 치솟을 것 같은데."

"사, 사, 삼백오십만······?! 이게 바로 『하층』의 가치······!"

"무기 대출금을 단번에 갚을 수 있겠군······!"

"오, 오우카, 독차지할 수는 없어!"

"이건 큰 공이에요 미코토 님, 벨 님!!"

자루 속에서 빛나는 산호와 진주를 보며 카산드라 씨, 다프네 씨, 아이샤 씨, 하루히메 씨, 오우카 씨, 치구사 씨, 릴리가 잇달아 갈채를 보냈다. 손뼉을 치는 동료들에게서 칭송을 받아 나와 미코토 씨는 뺨을 긁으며 멋쩍어할 수밖에 없었다.

"『원정』다워졌구만. 안 그러냐?"

"······응!"

어깨동무를 하며 웃음을 짓는 벨프에게 나도 웃음으로 대답했다.

『원정』은 하이리스크 하이리턴. 미궁의 보물을 가지고 돌아온 우리는 이 말의 의미를 몸으로 깨달았다.

동료와 흥분을 나누면서『강해지고 싶다』는 마음과는 또 다른 감정…… 오라리오에 막 왔을 때 품었던 동심을 떠올렸다.

　하염없이 탐색을 즐겼던 그 무렵. 몇 달 전의 시간이 먼 이야기인 것처럼 느껴졌지만, 모험에 대한 그 두근거리던 마음을 되찾고 있었다.

　'하지만 갑자기 아쿠아 서펜트에게 습격을 당해서 좀 위험했어…….'

　다들 웃음을 나누는 한편,『모험자 벨 크라넬』이 마음속에서 아주 작은 경종을 울리고 있었다.

　기쁠 때는 크게 기뻐하면 된다. 하지만 마음을 바꿔먹을 때는 바꿔먹어야 한다. 그러면 핀 씨처럼 될 수는 없더라도, 방심이나 자만심을 떼어낼 수는 있을 것이다.

　파티의 리더를 맡은 몸으로서도 나는 홀로 조용히 마음을 가다듬었다.

　새로운 계층에 대한 흥분, 그리고『물』이라는 지형에 할애할 몸과 마음의 피로를 벌써부터 예감할 수 있었다.『하층』에 관한 지식을, 나는 힘을 빌려준 그 사람의 얼굴과 함께 몇 번이고 떠올리고 있었다.

'벨은 괜찮을까…….'

에이나는 벨의 얼굴을 몇 번이고 떠올리고 있었다.

정오의 햇살이 내리쪼이는 지상, 길드 본부.

휴식 중인 에이나는 점심을 다 먹은 후 자신의 작업용 책상에 양피지 다발을 펼쳐놓고 턱을 괸 채 앉아 있었다. 옆자리에서 "히에엥~!" 소리와 함께 울며 점심시간을 반납한 채 서류작업에 짓눌린 동료는 미샤 플로트다.

'아무리 그래도 아직 『하층』에는 도착하지 않았겠지 만…… 아~ 제2급 모험자 문헌을 좀 더 가져와서 가르쳐 줬으면 좋았을 텐데.'

미션을 받은 벨 일행이 『원정』을 떠난 지 이틀.

아직 『거목미궁』을 나아가고 있으리라 생각하면서, 가만 히 눈을 내리깔았다.

『상층』과 『중층』은 다르다. 이것은 모험자들도 흔히 하는 말이다.

그와 마찬가지로——『중층』과 『하층』도 다르다. 가르쳐 줄 수 있는 지식은 모두 가르쳐주었다고 생각하지만, 해줄 수 있는 일이 더 있지 않았을까 하는 생각이 이제 와서 고 개를 들어 한숨만 쉬는 것은 성실한 엘프의 혈통 때문일까.

양피지의 문면을 이으며, 에이나는 한숨을 거듭했다.

"에이나 씨이~ 혹시 손이 빈다면 나 좀 도와주면 참 좋겠는데~!! 아, 안 될까?!"

"안 돼. 스스로 해야지."

"우우우~! ……근데 아까부터 뭐 보고 있어?"

고개를 숙였던 미샤가 이쪽의 책상을 들여다보았다.

지금 에이나가 보던 것은 『중층』이나 『하층』에 관한 미해결 퀘스트였다.

"응…… 요즘 행방불명되는 모험자가 많은 것 같아서. 특히 『하층』에서……. 벨이 원정을 간 곳이기도 하니까, 좀 마음에 걸렸어."

양피지에 적힌 의뢰 내용은 모두 던전에서 소식이 끊어진 모험자의 수색원이었다. 전에 『중층』에 처음으로 도전했다가 돌아오지 못한 벨 일행을 걱정해 헤스티아가 냈던 것과 같은 종류다.

지금의 『하층』에는 모험자가 돌아오지 못하게 되는 무언가가 있는 것이 아닐까.

그렇게 우려하는 에이나를 보며── 미샤는 깃털 펜의 움직임을 멈추었다.

무어라 형언할 수 없는 표정으로 에이나의 근심 어린 옆얼굴을 바라보았다.

"……저기, 말이야? 그건, 늘 있는 일 아냐?"

"……뭐?"

그 지적에 에이나는 굳어버렸다.

"이렇게 말하는 건 뭣하지만…… 미궁에서 행방불명된

모험자의 수색원은, 접수되지 않는 날이 없는걸."

던전에서 희생자가 나오지 않는 날은 없다. 길드 직원이라면 누구나 아는 일이다.

공략 난이도가 높은『하층』쯤 되면 더더욱 그렇다.

"게다가 에이나, 그 수색 관련 퀘스트는 전부 꽤 오래 전부터 나왔던 것들 아냐……?"

다시 지적을 받은 에이나는 흠칫 깨닫고 말았다.

분명 이 퀘스트도 저 퀘스트도, 예전부터 봤던 것 같아……!!

이제 와서 오래 묵은 수색원을 끄집어내, 이제 와서 리스트까지 만들어, 그것을 볼 때마다 한숨을 쉬고 있었다. 【헤스티아 파밀리아】가『원정』을 떠났던 이 타이밍에.

그런 모습이 미샤의 눈에는 어떻게 비쳤을까.

그렇게 생각한 순간 에이나는 얼굴이 뜨거워졌다.

"아니, 하지만, 정말로 최근 들어 조금 많아진 것 같아서 말이지?! 따, 딱히 벨이 신경이 쓰여서 자료를 가져왔다거나 그런 건 아니고…… 거, 걱정하는 거 아니거든?!"

거짓말이다. 누가 뭐래도 벨만을 생각하고 있었다.

분명히 과보호…… 아니, 지나친 걱정이었다. 얼마 전 같으면 벨이 던전으로 간 동안 이렇게까지 안절부절 못하지는 않았을 것이다.

『원정』. 그래,『원정』때문이야!

높은 안전성이 보장된 평범한 탐색과는 다르니까 이렇

게 안절부절 못하는 거야!

　에이나는 그렇게 생각하려 했다──그런 식으로 자신을 속이지 않고서는 해먹을 수 없었다.

　그러나 에이나의 그러한 갈등과 잇따른 변명은 그녀의 친구에게는 통하지 않았다.

　"저기 말이야, 에이나……."

　"뭐, 뭔데?"

　"전에도 분위기가 이상했는데, 혹시, 정말로 너 그 아이를──."

　"아니거든?!"

　미샤가 이으려던 말을 에이나의 고함이 부정했다.

　무슨 일인가 싶어 온 사무실에서 시선이 모여드는 가운데, 여느 때 같으면 놀려댈 장난꾸러기 동료는 얼굴이 새빨개진 에이나를 앞에 두고 해탈한 표정을 지었다. 마치 언니나 어머니처럼 어른스러운 표정이었다.

　"얘, 에이나. 네가 늘 동생처럼 아끼던 벨은 우리보다 다섯 살이나 어리단다. 아니, 나이는 상관이 없을지도 모르지만 그래도 역시 어드바이저가 담당 모험자에게 그러는 건…… 애초에 모험자와 『그런 관계』는 슬픈 결말이 기다리게 마련이고…… 휴먼이라면 하프엘프하고도 아이는 가질 수 있을지 모르지만…… 그래도 역시……."

　"진지하게 타이르지 마앗!"

　헌신적으로 다독이려 하는 미샤에게 에이나는 견디지

못하고 소리를 질렀다.

　의아한 표정을 짓는 접수원이나 길드 직원들의 시선은 이미 신경도 쓰이지 않았다. 평소 같으면 자신이 챙겨줬어야 할 옆자리 친구에게 진심으로 걱정을 받아 에이나의 생명력은 뚝뚝 깎여나갔다. 결국 책상에 털썩 엎드려, 수치에 타오르는 얼굴만이라도 감추고자 했다.

　'아우~ 아우~!'

　끙끙거리는 목소리만이 나올 뿐이었다.

　여전히 곁에서 타이르는 미샤의 다정한 목소리를 흘려들으며, 에이나는 버들잎처럼 모양 고운 눈썹을 치켜올렸다.

　'결심했어…… 난 결심했어.'

　벨이 돌아오면, 사과의 의미로 저녁을 사줘야지.

　에이나는 마음속으로 맹세했다. 결코 데이트도 아니거니와 공사혼동도 아니다. 머릿속에서 이성을 관장하는 천사——어째서인지 헤스티아의 모습——가 분개하고 있었지만, 의지를 관장하는 파수꾼——이쪽은 리베리아——이 결계를 펼쳐 쪼그리고 앉은 감정——에이나——을 지켜주었다.

　살짝 눈물을 머금은 에메랄드색 눈동자로, 책상 위에 흩어진 양피지를 보았다.

　소중한 사람이 무사하기를 기원하는 퀘스트의 무더기를 손끝으로 가만히 매만졌다.

"그러니까, 꼭 돌아와……."

에이나는 조용히 중얼거렸다.

대공동의 『그레이트 폴』과는 달리, 절벽 내부에 해당하는 미궁 부분은 마치 고층 건축물 같았다.

아이샤 씨가 말했던 것처럼 계단과 언덕이 있었으며, 오랫동안 내려가는가 싶더니 다시 올라가는 등, 이제까지 없었던 다층구조의 행로를 오랫동안 맛보았다. 이런 식으로 오르내리며 모험자들은 건축물의 1층에 해당하는 현관에 도달해, 대공동 남동쪽에 있는 다음 층 연결통로까지 가야 하는 모양이다.

탐색 그 자체는 지면에서 갑자기 솟아난 커다란 간헐천에 진로가 가로막히기도 하고, 우회하려고 다른 길로 갔다가 『몬스터 파티』와 맞닥뜨리기도 하고, 『그레이트 폴』을 스치는 수정다리 루트를 다프네 씨가 한사코 거부하기도 하고, 드랙 옥터퍼스의 흡반에 팔을 붙들린 벨프가 급류에 떠내려갈 뻔하기도 하는 등등…… 온갖 일이 있었지만 착실하게 제25계층 정규 루트를 답파해나갔다.

지금 우리가 있는 곳은 계층 북쪽에 해당하는 미궁구역.

물살을 따라 정남향으로 가면 『그레이트 폴』이 있는 위치다.

몇 층 높이나 되는 미로가 기재된 제25계층의 맵을 읽던 릴리의 말로는 아직 정규 루트의 절반도 오지 않았다고 한다. 길은 아직도 더 이어질 모양이다. 도합 세 차례의 휴식을 취한 우리는 조금만 더 나아갔다가 제24계층으로 돌아가기로 결정하고, 탐색을 재개했다.

"……?"

지면에서 돋아난 백수정이 담담하게 빛을 내는 어스름한 통로를 따라 나아가던 때.

파티 선두에 있던 나는 제일 먼저 그것을 알아보았다.

"저 그림자는…… 모험자인가?"

벨프의 말대로, 정면에서 천천히 이쪽을 향해 걸어오는 것은 인간형 실루엣이었다.

고개를 숙인 얼굴 양옆에서는 가늘고 긴 귀가 뻗어나와 있었다. ……아무래도 엘프인 것 같다. 어스름한 통로를 응시해 간신히 그 사실을 알 수 있었다.

"오랜만에 모험자를 만났는걸. 『중층』에서도 만나는 횟수가 확 줄어들었는데."

"실력이 있는 분일까요? 릴리네하고 원정 기간이 겹친 【파밀리아】는 없었으니…… 통상 탐색으로 여기까지 올 수 있는 제2급 이상의 모험자?"

등 뒤에서 오우카 씨와 릴리가 대화를 나누는 동안에도, 다가오는 모험자의 모습은 점차 또렷해졌다.

품질이 좋다는 것을 알 수 있는 레더 아머에, 허리에 늘어뜨린 화살통. 그리고 【파밀리아】 엠블럼.

눈에 익은 그 장비를 보고 나는 상대가 면식 있는 인물임을 깨달았다.

'저건…… 분명 루비스 씨?'

두 달쯤 전, 에이나 씨의 보디가드를 맡았을 때.

드워프 도르무르 씨와 함께 주신의 부추김에 넘어가 에이나 누나를 밤마다 쫓아다녔던 엘프 상급 모험자다. 그림자가 져서 얼굴은 잘 보이지 않았지만 틀림없었다.

……이 계층에, 겨우 혼자서?

Lv.3이라고는 들었지만 너무 부주의한 것 아닐까. 아무리 제2급 모험자라고는 하지만 파티를 맺지 않으면 충분한 안전성을 확보했다고는 말하기 힘들 텐데.

게다가 화살통은 있는데 왜 활을 안 들고 있지?

몸에 두른 방어구가 흠집투성이로 보이는 것은 내 착각일까?

지릿. 목덜미가 시큰거렸다.

우려가 불안감으로 바뀐 것은 그 직후였다.

"……너희들, 자세 잡아. 저거 뭔가 수상해."

"네?"

내가 자세를 잡은 것과, 아이샤 씨가 경고를 발한 것은 거의 동시.

미덥지 못한 비틀거리는 발걸음.

마치 망자의 것 같은.

어스름 속에서 기분 나쁘게 흔들리는 실루엣에 당혹감과 함께 파티의 분위기가 팽팽해지고, 릴리가 마른침을 삼켰다.

이윽고 루비스 씨는 천장에 돋아난 백수정 바로 밑에 도달했다.

푹 숙였던 얼굴이 천천히 올라오자,

"어…… 그윽……?!"

빛 아래에 드러난 것은 피투성이의 얼굴이었다.

"!!"

"아니……?!"

파티 전원이 그 광경에 눈을 크게 떴다. 그러나 가장 충격을 받은 것은 그 점이 아니었다.

동료들의 말문이 막히게 만든 것은, 루비스 씨의 **오른팔이 없었기 때문이었다.**

몸 뒤에 숨겨진 아래팔, 팔꿈치 아래를 잃은 오른팔을 늘어뜨린 채 루비스 씨는 남은 왼손을 우리 쪽으로 뻗었다.

"살려……줘……!"

말의 파편과 함께 루비스 씨의 몸이 지면에 쓰러졌다.

무너져 내린 그를 대신해 나타난 것은── 등 뒤의 어둠 속에서 걸어 나온 것은 대형 몬스터였다.

『녹색』. 그 한 마디로밖에 표현할 수가 없었다.

인간형을 띤 거구는 2M쯤 되었으며, 온몸이 이끼에 뒤덮여 있었다. 게다가 그 위를 나무뿌리가 갑옷의 골격처럼 뒤덮어 마치 풀 플레이트 아머를 두른 거인 같았다. 머리의 형태가 머리카락을 잃은 사람을 방불케 하는 것도 그 인상에 한몫을 했다. 뿔처럼 짧은 나뭇조각 돌기가 돋아난 부분을 보면 오우거와 비슷하다고 해야 할까. 감정을 전혀 읽을 수 없는 커다란 두 개의 안구가 누런색으로 빛났다.

우락부락한 왼손에 들린 것은 진푸른색의 광채가 깃든 네이처 웨폰—— 수정 메이스.

그리고 반대쪽 오른손에 들린 것은, **인간의 팔**이었다.

뜯겨나간, 루비스의 오른팔.

"흐윽……?!"

철퍽, 불쾌한 소리를 내며 짓이겨져 터지는 엘프의 팔을 보고 하루히메 씨가 짧은 비명소리를 냈다. 수정 바닥에 떨어지는 핏줄기. 내팽개쳐지는 팔의 잔해. 충격적인 광경에 모두가 말을 잃고 움직임을 멈춘 가운데, 나는 술렁술렁 머리카락이 곤두서는 듯한 착각을 느꼈다.

기분 나쁜 거인은 말없이, 쓰러진 루비스 씨에게 피투성이 오른팔을 뻗었다.

"멈춰어어!!"

그 순간, 질주했다.

정체를 알 수 없는 마물을 향해 전력으로 돌격했다.

눈 깜짝할 사이에 거리를 좁히고 베려 하는 나에게——
몬스터의 누런 눈이 뒤룩 움직여 이쪽을 보았다.

"————."

나의 육박에 반응한 몬스터는 왼손에 장비한 수정 메이스에 무시무시한 기세를 실어 수평으로 휘둘렀다.

──빠르다!!

"크윽!!"

바람을 도려내는 소리를 뿌리는 수정의 광채에, 나는 찰나 온 힘을 다해 회피했다.

지면을 거의 스칠 듯이 몸을 앞으로 숙인 내 머리 위를 스치고 지나간 메이스는 그대로 옆의 미궁벽에 작렬했다. 천둥과도 같은 굉음과 진동, 그리고 충격이 발생했다. 절규를 지르는 수정 벽면에서 천장과 지면에 이르기까지 균열이 내달리더니 통로 전체를 뒤흔들었다.

"에엑?!"

후방에서 솟아나는 동료들의 경악성. 이쪽의 예상을 아득히 웃도는 반격속도와 공격의 위력에 나도 놀라면서, 그래도 몸을 앞으로 숙인 자세에서 단숨에 공격에 들어갔다.

흩날리는 몇 가닥의 백발, 비처럼 흩어지는 수정벽의 파편, 살짝 벌어진 괴물의 두 눈, 그러한 것들을 시야 끄트머리로 포착하면서 이번에는 내가 왼손의 《하쿠겐》을 아래에서 위로 올려베었다.

동체를 노린, 기세가 넘쳐나는 백색 검광은── 거구를 뒤로 기울인 창졸간의 움직임으로 아슬아슬하게 빗나갔다.

"!"

──또 반응했어!

우연이 아니다. 내 공격이 보이는 것이다.

전혀 힘을 가감하지 않은, Lv.4의 속공이!

'이 몬스터, 설마——.'

나이프 끝이 스친 이끼의 일부가 피처럼 튀는 가운데, 괴물의 누런 눈과 내 눈이 교차했다.

그 누런 눈 속에 보인 것은 본능에 몸을 맡긴 채 날뛰는 몬스터에게는 없는, 끈적끈적하고 탁한 욕망 같은 전의. 그리고 모험자의 움직임을 관찰하려는 지혜의 빛.

거의 한순간의 교전으로 느낀 높은 잠재력도 그렇다.

오늘 『물의 미로도시』에서 싸웠던 어느 몬스터와도 비교할 수 없다.

다시 말해,

'——『강화종』!!'

이 계층영역에 어울리지 않을 정도의 능력과 판단력에 내 머리가 절규를 질렀다.

『오오오……!』

나의 추측을 긍정하듯 몬스터는 길게 내민 붉은 혀로 입술을 핥았다.

확신한 나는 그대로 허공을 가른 《하쿠겐》의 기세를 이용해 중단 회전차기를 날렸다. 창날처럼 날아든 오른발이 이번에야말로 적의 몸통에 꽂혀, 지면에 쓰러져 있는 루비스 씨에게서 상대를 떨어뜨리는 데 성공했다.

"꼬마, 너무 깊이 파고들지 마!"

"지금 간다!"

이끼 거인이 5M 정도 후퇴한 가운데 아이샤 씨의 날카로운 목소리가 들려오고, 이어서 벨프와 미코토 씨의 발소리가 다가왔다.

《하쿠겐》에 베인 몸에서 구득구득 소리를 내며 새로운 이끼를 피워내 상처를 금세 메워버린 몬스터는, 내 뒤에서 달려온 파티를 보았다.

그리고 분명히 눈을 가늘게 떴다.

그 직후, 루비스 씨를 감싸며 자세를 잡은 내 앞에서 그 굵은 두 팔을 옆으로 벌렸다.

대체 뭘 하려는 거지?

경계심을 높이고 있으려니, 우득우득 기분 나쁜 소리를 내며 거구의 표면에서 조그만 융기가 수없이 발생했다.

팔, 어깨, 목, 몸통, 다리, 곳곳에서.

마치 지금 당장이라도 **무언가를 쏘려는 것처럼**.

"……해……!"

섬뜩한 오한을 느끼고 있으려니, 내 발밑에서 루비스 씨가 목소리를 쥐어짜냈다.

중상을 입은 엘프 모험자는 꺼져가는 힘을 다해 경고했다.

"피해, 그걸 맞으면 안 돼에에!!"

그와 동시였다.

몬스터의 온몸에서 뾰족한 탄환이── 수십 발에 이르

는 『씨앗』이 일제히 발사된 것은.

"크윽?!"

예상하지 못했던 원거리 무기.

화염도 눈보라도 아닌, 엄청난 수의 『씨앗』 탄환은 심지어 직사가 아니라 상하좌우로 뿔뿔이 흩어져 발사되었다. 통로의 벽을 이리저리 튀어다니며 온갖 각도에서 밀려들었다.

——도비탄!!

간파할 수 없다. 온 시야를 종횡무진 내달리는 불규칙적인 움직임과 너무나 많은 수의 탄환. 무엇보다도 발사된 것이 지근거리여서 나는 루비스 씨의 말에 따를 수밖에 없었다. 방어를 버리고 다짜고짜 옆으로 뛰어 회피행동을 취했다.

땅을 박찬 순간 루비스 씨의 몸을 붙들고, 오른쪽에 있는 수정덩어리 뒤로 뛰어들었다.

"하루히메에!! 로브를 뒤집어써!"

"큭, 으아아아아아아아아아아아아아아아?!"

그리고 동료들이 있는 곳까지 『씨앗』 탄환이 도달했다.

제일 먼저 울려 퍼진 것은 아이샤 씨의 여유 없는 고함. 이어서 파티 선두에 있던 벨프와 오우카 씨가 손에 든 대형 방패를 어떻게든 들고 몸을 낮추며 몇 발의 탄환을 막아내며 버텼다. 그러나 전체를 다 막을 수는 없었다. 미코토 씨와 다프네 씨가 낯빛을 바꾸며 몸을 날리고, 튀어나간 아이샤 씨가 대형 박도를 휘둘러 제일 후방의 서포터들을 지켰다. 마지막으로 꼬리를 부르르 떤 하루히메 씨가 릴리와 함께 바닥에 엎드려, 《골라이아스의 로브》로 온몸을 덮었다.

"——꺄윽?!"

벨프와 오우카 씨가 도비탄의 폭풍을 견뎌내고 철벽의 골라이아스 로브가 약한 서포터들을 지키는 가운데, 비명 하나가 솟았다. 치구사 씨였다.

미처 피하지 못한 탄환 한 발을 어깨에 맞은 그녀의 몸이 허리부터 지면에 쓰러졌다.

그 광경에 이를 악문 나는 수정덩어리 뒤에서 도비탄의 맹위가 사라진 통로로 뛰어들었다. 팔을 축 늘어뜨리고 바라보는 몬스터를 베려 했으나——

『————.』

"앗?!"

이끼 거인은 놀랍게도 강하게 땅을 박차더니, 벽에 뚫린 수평굴로 모습을 감추었다.

도망쳤다—— 아니, 『철수』?!

몬스터가?!

나이프를 든 채 아연실색하고 있으려니, 후방에서 이름을 부르는 목소리가 들렸다.

"치구사! 왜 그래?!"

"으, 으으으으……!"

돌아본 나는 다시 자신의 눈을 의심했다.

무릎을 꿇은 오우카 씨의 품에 안긴 채, 괴로워하며 눈을 꼭 감은 치구사 씨의 어깨에서는『덩굴』이 자라나고 있었다.

오른쪽 어깨부터 목이며 팔, 가슴에 걸쳐 배틀클로스 자락으로 파고들어 피부를 침범하듯.

치구사 씨의 목덜미에 구슬땀이 흐르고, 그것마저 녹색 덩굴이 빨아들였다.

"상처에서 식물이 돋아나다니……?! 치, 치구사 공?!"

갈팡질팡하는 미코토 씨의 목소리를 듣고 눈을 깜빡였다.

그『씨앗』탄환이 원인인가――?

흠칫 놀란 나는 수정덩어리 뒤에 눕혀놓았던 루비스 씨에게 눈을 돌렸다.

어두워서 알아볼 수 없었던 엘프의 상반신에는 치구사 씨와 마찬가지로 수많은 덩굴이 얽힌 채 감겨 있었다.

4장 물가의 사냥꾼

© Suzuhito Yasuda

"정신 차려, 치구사!!"

오우카 씨의 외침이 몇 번이나 울려 퍼졌다.

제25계층 미궁구역의 한 곳, 수정으로 이루어진 룸 중 하나.

이끼 거인에게 습격당한 우리는 다른 몬스터와의 교전을 피하기 위해 통로에서 이 룸으로 이동했다. 재빨리 벽면에 흠집을 내고 출입구에 보초를 세운 가운데, 치구사 씨와 루비스 씨의 치료에 들어갔다.

"【햇살이여, 바라옵건대 파멸을 물리쳐주소서】──【솔라이트】."

바닥에 눕힌 치구사 씨와 루비스 씨에게 힐러 카산드라 씨가『마법』을 발동시켰다. 곁에 놓은 지팡이에서 햇빛과도 같은 광채가 뿜어져 나오고, 따뜻한 빛이 부상자를 에워쌌다. 희귀한 치유마법은 피에 물든 상처를 모두 아물게 했으나…… 두 사람을 잠식한『덩굴』이 사라지지는 않았다.

그뿐이랴, 치유마법의 빛을 받자 더욱 성장하고 활성화되어 잎이 우거지기 시작했다.

"으, 으으윽……!"

"아, 안 돼요.『덩굴』을 제거할 수가 없어……! 저는 이걸 치료할 수 없어요!"

땀과 함께 신음을 흘리는 치구사 씨 앞에서 카산드라 씨가 비명을 질렀다.

이미 포션, 해독약 같은 것은 전부 시험해보았다. 하지만 모두 무의미했다. 상처에서 돋아난 『덩쿨』을 제거할 수가 없었다. 억지로 뜯으려 하면 치구사 씨와 루비스 씨는 비명을 지르며 괴로워했고, 검으로 절단해도 새로 돋아날 뿐.

온갖 방법을 다 동원해본 카산드라 씨는 떨리는 목소리로 말했다.

"아마도, 체내에 들어간 『씨앗』이 뿌리를 내려 두 분의 체력을 양분으로 삼는 게 아닐지……. 포션이나 회복마법은, 오히려 역효과일 거예요……."

"회복시킬 수 없단 말인가?!"

"정확하게는, 회복시키자마자 체력을 흡수당한다는 거겠지……."

몸을 내밀고 놀라는 오우카 씨의 곁에서 다프네 씨가 무거운 표정으로 중얼거렸다.

상처는 이미 치유되었다. 그러나 정작 중요한 체력을 시시각각 빼앗긴다면 전투 속행은 불가능할뿐더러, 최악의 경우 목숨까지도…….

모두에게 등을 돌린 채 출입구 쪽을 보며 스킬 【야타노쿠로가라스】로 주위를 경계하던 미코토 씨도 근심을 감추지 못한 채 연신 치구사 씨 쪽을 돌아보고 있었다.

"치료하고 말고의 문제가 아니잖아, 이건. 몬스터에게 기생당한 거나 마찬가지지."

"그야말로……『겨우살이』네요."

『몬스터에게 기생당했다』. 『겨우살이』.

벨프와 릴리의 그 표현에 오우카 씨를 비롯해 모든 이가 얼굴을 창백하게 물들였다.

"치구사……!"

곁에 있던 하루히메 씨가 눈물을 머금고 소꿉친구의 손을 잡았다.

그런 가운데, 잠자코 모두의 이야기를 듣고만 있던 나는 치구사 씨 곁에 있던 루비스 씨를 보았다.

치구사 씨와 마찬가지로 땀투성이인 얼굴. 오른팔은 치료를 해 천으로 묶어놓았지만 잃어버린 아래팔이 돌아올 가능성은 절망적이었다. 괴물이 짓이겨버린 그의 팔은 원형을 잃은 데다 이미 부패가 시작되었다. 이어붙일 수가 없었던 것이다.

"윽, 크악……!"

의식을 잃었으면서도 고통이라는 악몽에 시달리는 루비스 씨의 굳게 감긴 눈꺼풀이 일그러졌다.

솔직히 루비스 씨와 이야기한 횟수는 손으로 꼽을 정도밖에 안 된다. 나는 이 사람이 어떤 엘프이고, 무엇을 위해 던전에 내려오는지도 모른다. 그래도…… 얼굴을 아는 사람이 돌이킬 수 없는 사태에 빠진 광경은 생각보다도 훨씬 충격적이었다.

화려한 공을 세우는 사람이 있는 한편, 항상 희생자를 내는 던전의 현실. 미궁의 어둠.

이를 눈앞에서 보고 한기를 느껴버렸다. 만약 오라리오

에 막 왔던 무렵의 내가 이 사태에 직면했다면 얼굴이 새파랗게 질려 벌벌 떨면서 굳어버렸을지도 모른다.

'하지만 지금은…….'

한쪽 팔을 잃은 동종업계 사람 앞에서, 조용히 주먹을 쥐었다.

고개를 든 내 곁에서 카산드라 씨는 두 팔을 축 늘어뜨린 채 비관에 잠겨 있었다.

"이런 증상은 본 적이 없어요……! 저로서는 치구사 씨와 루비스 씨를……!"

『상태이상』도 『커스』도 아닌 『미지』의 증후 앞에서, 힐러로서 아무 것도 할 수 없는 자신에게 절망했는지 어른스럽던 두 눈에는 눈물이 고여 있었다.

그런 그녀를 보고 나는,

"치구사 씨와 루비스 씨를 구할 방법은요?"

억지로 끼어들며 물었다.

파티에 감돌던 초조함의 공기를 끊어버릴 만큼, 스스로도 놀랄 정도의 강한 어조로.

"네……?"

"감이라도 좋아요. 힐러로서 카산드라 씨의 의견을 들려주세요."

두 무릎을 꿇고 카산드라 씨와 눈높이를 맞추며 그녀의 왼손을 오른손으로 감쌌다.

용기를 북돋워주려는 것처럼 꽉 쥐면서, 눈가에 눈물을

머금고 아연실색한 그녀에게 천천히 말했다.

"아직 아무도 죽지 않았어요."

"!"

"모두 함께 있어요. 모두 같이 생각하면 살릴 수 있어요."

그녀의 눈이 크게 벌어졌다.

의연한 눈빛으로 똑바로 바라보고 있으려니, 카산드라 씨가 갑자기 뺨을 붉혔다.

내가 손을 놓자, 조금 갈팡질팡한 다음, 마치 심장을 누르려는 것처럼 왼손을 가슴에 끌어안았다. 릴리가 뭐라고 말하려는 듯한 시선을 보내는 것이 느껴졌지만 지금은 참아달라고 속으로 부탁하고 있으려니…… 카산드라 씨는 시선을 좌우로 떨면서도 쭈뼛쭈뼛 대답했다.

"서, 서둘러서 지상으로 돌아가, 저보다도 뛰어난 힐러…… 예를 들면 【디안 케흐트 파밀리아】의 【데아 세인트】에게 봐달라고 하거나……."

"네."

"혹은…… 이 『종자』를 심은 『본체』를 해치운다면……."

자신 없이, 그러나 확실하게 자신의 생각을 말해주는 카산드라 씨에게 나는 고개를 끄덕였다.

감사를 전하듯, 웃으며.

"누군가 다른 생각 있나요? 있으면 들려주세요."

"벨 님……."

"벨, 너……."

"난 바보라서 싸우는 것밖에 못하고, 지금은 아무 도움도 안 되니까…… 여러분의 힘을 빌려주세요. 치구사 씨와 루비스 씨를 구하기 위해."

고개를 돌려 모두의 얼굴을 순서대로 돌아보는 나에게 릴리와 벨프가 놀라움을 드러냈다.

아이템이나 『마법』으로 회복시킬 수 없다는 것. 그것은 던전 탐색에서 치명적이다. 모험자라면 그것이 얼마나 두려운 일인지를 똑똑히 안다. 미궁 내에서 회복수단이 사라진다는 『미지』에 지금은 모두가 낭패한 상황.

나는 그런 파티의 동요를 날려버리려 하고 있었다.

모양만이라도 좋다. 허세여도 좋다.

리더로서 행동하자. 그것이 분명 지금 내 『역할』일 테니까.

타개책은 카산드라 씨가 말했듯, 뭐, 아주 무책임하지만…… 동료가 있다.

할 수 있는 일은 스스로 하고, 할 수 없는 일은 망설임 없이 의지한다. 그것은 결코 부끄러운 일이 아니다. 왜냐하면 그게 바로 동료니까. 파티니까.

자신의 미숙함을 호소하면서 도움을 청하는 나에게 동료들은 감탄한 듯── 혹은 기뻐하듯 활짝 웃었다.

"맡겨만 주세요, 벨 님. 벨 님에게 부족한 부분은 릴리네가 도와줄 테니까요!"

"벨하고 릴리돌이 말대로 건설적인 이야기를 하자고. 서로 지혜를 짜내면 돌파할 수 있겠지."

"그래. 시간도 아깝고."

릴리와 벨프, 오우카 씨가 입을 모아 말하고 다른 분들도 고개를 끄덕였다.

"……헹. 난 완전히 장식품이네."

어정쩡하게 입을 벌렸던 아이샤 씨는 마치 나설 차례를 빼앗겼다는 표정을 짓고 있었다. 하지만 이내 씨익 웃더니 내 등을 팔꿈치로 쿡 찔렀다.

"아주 당당하게 말하는구만. 진짜 성장했는데."

휘청 넘어질 뻔한 나는 쓴웃음을 지으면서, 가만히 자신의 내면으로 의식을 돌렸다.

주신님이 몇 번이나 말씀하신 『성장』했다는 내 변화는 분명 『각오』에서 비롯되었을 것이다.

강해지겠다는 『각오』.

위선자가 되겠다는 『각오』.

혹은 눈앞에 있는 루비스 씨처럼, 팔이나 다리를 잃어버릴 수도 있다는 『각오』.

아마 그런 『각오』라 부를 만한 것이 지금까지의 나에게는 부족했을 것이다. 던전에서 만남을 추구해 이곳까지 왔던, 할아버지와의 약속이 시시한 것이라고는 생각하지 않는다. 다만 나는 화려한 영웅담의 겉모습만을 동경했다. 그런 찬란한 이야기의 인물처럼 되고 싶다고.

하지만 그게 아니었다. 영웅이든, 어떤 사람이든, 순식간에 어둠 밑바닥으로 떨어질 때가 있다. 신뢰나 명성을 잃고 절망해버릴 때가 있다.

지금도 분명 수많은 사람이 좌절을 맛보고 있을 것이다. 여기 카산드라 씨 같은 힐러가, 동료를 지키는 전사가, 누군가를 위해 노래를 부르는 마도사가.

맹세는 몇 번이나 꺾인다. 꺾이지 않는 맹세 따위 분명 없을 것이다.

하지만 그것을 몇 번이고 되살려내는, 포기할 줄 모르는 사람이 있다.

그런 포기할 줄 모르는 사람들을——『각오』하고 눈물을 닦으며 앞으로 나아가는 사람들을, 분명 『모험자』라고 부르는 것이리라.

그리고.

되살려낸 마음은 더 강하고 더 다부진 것이 될 테니까.

지금의 나처럼.

새겨진 『각오』를 가슴에 담고, 조금이라도 앞으로 나아갈 것이다.

"실제로 지금 취할 수 있는 방법은 카산드라 님이 말씀하신 두 가지밖에 없을 것 같아요."

"지상으로 돌아가거나, 그 몬스터를 토벌하거나 말이지."

"릴리는 전자. 지상으로 귀환하는 쪽을 추천할래요."

의식을 정면으로 되돌리니 동료들이 재빠르게 의견을 나누고 있었다. 참모인 릴리를 중심으로 다들 발언을 시작했다.

"릴리 공, 이유는 무엇입니까?"

지금도 보초를 서며 묻는 미코토 씨에게 릴리는 막힘없이 대답했다.

"그 몬스터는 십중팔구『강화종』일 거예요. 아마 상당한 양의『마석』을 먹었겠죠. 벨 님과의 교전을 보더라도 Lv. 4이상일 게 분명해요. 25계층에서 조우해도 될 만한 몬스터가 아니에요. 그『씨앗』탄환도 포함해서 공격방법도 미지수고…… 토벌은 너무 위험해요."

『강화종』. 동족을 죽이고『마석』을 섭취해 능력을 높인 몬스터의 총칭. 리드 씨를 비롯한『제노스』도 이쪽으로 분류할 수 있다. 약육강식의 섭리로 잠재능력을 강화시킨 몬스터는『이상사태』로 관측되며, 탁월하게 강한 개체는 현상수배되어 토벌명령이 떨어질 정도다. 그리고 그때마다 적지 않은 피해가 나온다고 한다.

"애초에…… 그 식물 몬스터는 대체 뭐의『강화종』이지?"

"아마『모스 휴지』일 거야.『하층』에는 안 나오는『중층』몬스터……."

벨프의 의문에 나는 머리에 새겨두었던 미궁도감의 페이지를 펄럭펄럭 넘겨보았다.『모스 휴지』는 제24계층에 출현하는 레어 몬스터다. 이끼로 덮인 육체는 인간형 식물처럼 생겼으며, 모두가 보았던 것처럼 나무 골격을 가지지도 않았고, 미궁벽을 파괴할 만한 괴력도 없었다. 나도 처음에는 그것이 모스 휴지인 줄 몰랐다.

베이면 『마석』이 없는 분신체를 만들어내는 것이 가장 큰 특징인데, 해치우고 보니 분신이어서 고스란히 놓쳐버렸다는 모험자의 이야기도 흔하다고 한다. 호전적이라기보다는 의태나 매복, 도주를 구사하는 지성 높은 몬스터일 텐데. ……거듭되는 『마석』 섭취로 심신이 모두 변모해버린 걸까?

출신 계층에서 『하층』으로 내려가, 더욱 질 높은 『마석』을 찾을 정도로.

내가 『상층』에서 『미노타우로스』에게 습격을 당했듯, 아래 계층에서 올라온 몬스터가 위협으로 간주되는 일반적인 『이상사태』와는 그야말로 정 반대다.

"레벨이 낮은 몬스터가 아래 계층으로 내려와서 강화되다니…… 이런 『이상사태』도 있군."

그런 던전의 모습에 다프네 씨가 눈살을 찡그렸다.

"하던 얘기로 돌아갈게요. 『강화종』과의 전투는 위험하기 때문이기도 하지만, 무엇보다 『중층』 이상으로 광대한 25계층에서 원하는 몬스터를 발견하리란 보장이 없어서예요. 오히려 아주 어렵죠. 그러느니 릴리는 확실한 쪽을 선택하겠어요."

파티의 안전을 최우선으로 생각하는 릴리는 신중한 의견을 무너뜨리지 않았다.

우리가 릴리의 의견에 귀를 기울이고 있으려니,

"아니야…… 그 몬스터는, 반드시…… 우리 앞에 나타

나……."

누워 있던 루비스 씨가 희미하게 눈을 떴다.

"루비스 씨! 정신이 들었어요?"

"【리틀 루키】…… 아니, 지금은 【래빗 풋】이었지. 설마 네게 도움을 받다니……."

없어진 오른팔을 흘끔 본 엘프는 수려한 미모를 체념과 슬픔으로 일그러뜨렸다. 그리고는 자신의 팔과 어깨, 오른발에 펼쳐진 『덩굴』을 가증스럽다는 듯이 본 후, 시선을 우리에게 되돌렸다.

"이 계층에, 우리 파티가 남아있어……. 그 끔찍한 괴물을 없애고 동포를 구해줬으면 해……."

그 애원에 우리가 놀라는 가운데 아이샤 씨가 어이없다는 표정으로 눈살을 찡그렸다.

"뭐야. 엘프 너, 동료를 놔두고 도망친 거야?"

"멍청한 소리, 하지 마……! 동포를 내팽개치고 도망칠 것 같나……! 나는, 『미끼』였어……."

종족의 자긍심 때문인지 숨을 헐떡이면서도 루비스 씨는 분개했다. 카산드라 씨가 무리하지 말라면서 황급하게 그를 다독이고 있으려니, 곁에서 릴리가 얼굴을 내밀었다.

"『미끼』라니 무슨 뜻인가요? 그리고 아까 말씀하셨던, 릴리네 앞에 다시 나타난다는 말은……."

한시라도 빨리 정보를 정리하려는 파룸의 질문에 루비스 씨가 눈을 가늘게 떴다.

남성 치고는 긴 금발이 목에 달라붙어 초췌해 보이는 그
는 카산드라 씨의 손을 빌려 품에서 어떤 물건── 주먹
크기의 『자루』를 꺼냈다.
　"이걸 찾아서…… 『놈』은 모험자를 노리고 있어."

　그 몬스터를 『그』라고 부르기로 하자.

　그는 태어난 당초, 약한 존재였다.
　괴물의 본능이 시키는 대로 설쳐봤자 미궁을 짓밟는 인
간들에게 고스란히 유린당했다. 검에 찔리고, 불에 피부가
불타고, 해머에 맞아 날아갔다. 초기의 전투에서 목숨을
잃지 않았던 것은 기적에 가까웠다.
　그는 틀림없이 빼앗기는 쪽의 존재였다.
　하지만 약간, 정말로 미미하지만 그는 다른 동족보다도
지혜가 있었다.
　동족을 미끼로 삼아, 혹은 능력을 구사해 인간들의 손에
서 도망치기를 몇 차례. 그의 몸에 새겨진 숙명이라는 이
름의 분노에 타올라, 지치지도 않고 인간들을 습격하면서
그는 몇 번이나 살아남았다.
　전환점은 느닷없이 찾아왔다.
　어느 날, 그는 인간이 아닌 동족과 싸우게 되었다. 실수

로 상대의 몸을 깎아냈던 것이 아무래도 분노를 초래한 모양이었다. 죽음을 싫어하는 그는 필사적으로 항전해, 주둥이로 동족의 목을 물어뜯었다. 그대로 몇 번이고 몸을 씹어 부수었다.

그리고 동족의 가슴과 함께 그『핵』을 먹었던 것이다.

자남색 결정을 씹어 부수었을 때, 그는 떨었다. 시야에 빛이 내달렸다. 금기를 어겼기에 맛보는 금단의 절정이었다.

온몸에서 솟아나는 힘. 온 신경에 흘러드는 대량의 자극. 자신의 몸이 한층 커진 듯한 감각. 그것은 약한 그가 손에 넣은 첫 번째 전능감이었다. 그는 힘을 얻은 것이다.

처음에는 그 전능감에 도취되었다. 그리고 차츰 그 쾌감에 빠져, 하염없이 추구하고 먹게 되었다. 다시 말해 동족살해. 배후에서 기습하고, 몇 번이나 나무 구멍으로 끌고 들어갔다. 먹으면 먹을수록 자신의 몸이 내부에서부터 다시 만들어지는 것을 여실히 알 수 있었다.

이내 그는 어떻게 하면 동족을 효율적으로 먹을 수 있을지를 생각하게 되었다. 아무 말 없이 지켜보는 어머니 미궁 속에서, 높다랗게 잿더미를 쌓은 채 웅크리고 앉아, 우득우득 수많은 자남색 결정을 먹었다. 탐욕스럽게, 집요하게, 무심하게.

정신이 들고 보니 그는 빼앗는 쪽에 있었다.

힘만으로 휘두른 주먹이 동족을 참으로 쉽게 부수는 모습은 얼마나 통쾌하던지. 몸의 일부를 이용해 인간을 꿰뚫는 희열은 또 어떻고.

여기서도 그는 폭력과 유린의 맛에 도취되었다.

나날이 늘어가는 힘을 억누를 수 없게 되었다.

그리고 그날이 찾아왔다.

동족상잔을 되풀이하던 그는 인간에 대한 관심을 잃을 뻔했으나, 인간들은 그를 놓아두지 않았다. 도당을 짜 덤벼드는 인간은 매우 귀찮았으며 다른 동포들보다도 버거웠다. 싸움을 피하는 것이 최고였다. 보통 때 같으면 될 수 있는 한 몸을 숨기고자 했겠지만, 그날 싸운 인간들은 집요했다. 따라서 그는 오랜만에 본능에 몸을 맡기고 그자들을 짓이겨버렸다.

한 사람도 남김없이 학살한 그는 고깃덩어리가 된 인간이『그것』을 가졌음을 깨달았다.

그것도 대량으로.

그는 겨우 인간들이 자신과 같았음을 알았다. 알아버린 것이다.

그들도 동족에게서『그것』을 뽑아내 모으고 있었음을.

인간들은『그것』── 대량의『마석』을 가지고 있었다.

"모험자가 모은『마석』을, 몬스터가 노린다고요?!"

루비스 씨의 설명을 듣고 릴리의 낯빛이 바뀌었다.

"그런 이야기는 들어본 적도 없어요!"

"하지만, 사실이야……. 우리 파티를 습격했을 때, 놈은 제일 먼저 서포터를 겸임하는 후열을 노려서, 『마석』이 담긴 파우치를 빼앗았어. 눈앞에서 『마석』을 먹고…… 마법조차 통하지 않게 된 놈의 앞에서, 우리는 패배해 도망칠 수밖에 없었어……."

『씨앗』이 박혔던 것은 그때였다고 루비스 씨는 릴리에게 대답했다.

듣자하니 루비스 씨의 파티는 4인 편성이며 모두 Lv.3. 『하층』에도 자주 내려와 익숙했다고 한다. 그만한 실력자들이 유린당했다는 뜻이다.

"원래 이 『물의 미로도시』에 온 건 퀘스트를 받았기 때문이었어……. 행방불명자, 혹은 시신을 수색하는 퀘스트. 우리 【모디 파밀리아】 이외에도, 그놈의 도르무르가 있는 【마그니 파밀리아】가 같은 의뢰를 받아서, 오는 도중에는 티격태격하기만 했는데……."

"어라, 도르무르 씨도 이 계층에 계세요?"

그렇다며 루비스 씨는 고개를 끄덕였다. 『하층』에 내려온 후로는 따로 행동하며 퀘스트를 진행했다고 한다.

"그 몬스터는 우리를 쫓아왔어. 하지만 파티 대부분이 만신창이고, 회복을 위해서라도 수단은 가릴 수 없어서……."

"그래서 댁은 동료들을 위해 남은 『마석』을 안고 『미끼』

가 되었단 말이군."

"그래……."

아이샤 씨에게 루비스 씨가 깊이 고개를 끄덕여 대답했다.

그리고는 표정을 바꾸더니 우리에게 호소했다.

"그 몬스터는 위험해. **효율**을 아는 그놈은, 이제까지의 『강화종』과는 비교도 안 될 만큼 강할 거야……. 『피투성이 트롤』을 능가할 정도로."

그의 절박한 호소에 동료들이 낯빛을 바꾸는 가운데, 카산드라 씨가 고개를 들었다.

"『피투성이 트롤』이라면 분명……."

"……지난 10년 동안 터무니없는 피해를 냈던 『강화종』 중 한 마리지. 『길드』가 놈의 존재를 인식했을 때는 수많은 상급 모험자가 당한 후였고, 토벌을 갔던 제2급 이상의 정예 파티도 되레 당해 50명 이상이 죽었다고 해."

"오, 오십……. 마, 마지막에는 어떻게 됐사옵니까?"

"길드가 애걸복걸해 【프레이야 파밀리아】가 해치웠어. 놈들 말로는…… 상대의 힘은 Lv.5에 해당하는 수준이었다고 해."

아이샤 씨의 설명을 듣고 하루히메 씨가 입을 딱 벌렸다. 그녀만이 아니라 다프네 씨나 오우카 씨도, 어떤 『강화종』이 초래한 처참한 사건에 숨을 멈추었다.

하지만 그 『강화종』은 그런 『피투성이 트롤』을 웃도는 위험성을 내포하고 있다고?

……실제로 정말 그럴지도 모른다.

대량의 『마석』을 모은 모험자를 노린다── 광대한 던전에서 같은 몬스터를 사냥하는 것보다 훨씬 효율이 좋으며, 무엇보다 대가가 막대하다. 그야말로 『하층』까지 오는 모험자라면 보유한 『마석』의 질이나 양도 뛰어날 테니까. 게다가 강화종은 자신이 직접 공격하지 않는 한 동족, 다시 말해 몬스터에게도 습격을 당하지 않는다.

무엇보다 성가신 것이 그 『강화종』은 시간이 지날수록 모험자를 습격하는 기술을 다양하게 익혀나간다는 점이다.

『종자』를 심어놓고 철수한 것이 좋은 증거다.

모험자를 사냥하는 데 탁월한 『강화종』…… 틀림없이 이질적이며 위협적이다.

"이대로 내버려두면…… 유례를 찾기 힘든 대참사가 벌어지겠지."

지금이라도 끊어질 것 같은 루비스 씨의 말에, 룸은 잠시 정적에 잠겼다.

이제는 모두 굳은 표정을 짓고 있었다.

"나 원, 터무니없는 시기에 『원정』을 와버렸네."

목에 달라붙은 장발을 난폭하게 쓸어넘긴 아이샤 씨는 현재의 심각성을 인식하고 내뱉듯 말했다. 모두의 시선을 모으며 말을 이었다.

"방치할 수 없는 것도 분명한 사실이야. 해치우는 게 우리가 될지, 정보를 받아들인『길드』가 파견할 토벌대가 될지는 둘째 치고."

"하지만 시간을 주면 더 해치우기 어려워질 것이 분명합니다. 수많은 모험자가 희생당할지도 모릅니다. 무엇보다 루비스 공의 동료를 내버려둘 수는 없습니다……."

긴박한 표정으로 말하고 나선 것은 미코토 씨였다. 그녀의 견해를 긍정하듯 오우카 씨와 벨프가 입을 모아 말했다.

"게다가 지상으로 귀환하려면 하루는 걸리지. 치구사와 이 친구의 체력이 버틸지 어떨지도 알 수 없어. 하물며 지상의 힐러들이…… 정말로 이『겨우살이』를 치유할 수 있을지도 모르는 노릇이고."

"우리가 산더미처럼『마석』을 가지고 있는 한 그놈의『강화종』은 다가올 거 아냐? 어느 쪽이 시간이 단축될지는 뻔한 노릇이지."

"그렇지만『강화종』본체를 쓰러뜨려서 이『겨우살이』가 제거되리란 보장도 없는걸요……."

"아니야, 가능성은 높지 않을까?『모스 휴지』에서 분열된 이끼도『마석』이 박힌 본체를 해치우면 분명 재가 되잖아? 이『겨우살이』도 마찬가지일 거 같은데."

남성진에게 의견을 제기하는 릴리에게 다프네 씨가 끼어들었다. 무언가 말하고 싶어하는 눈치인 릴리의 두 눈을 바라보는 그녀는 어깨를 으쓱하며 덧붙였다.

"나도 사실은 싸우고 싶지 않아. 하지만 이야기를 들어

보면…… 그놈이 우릴 놓아줄 것 같지 않단 말이지."

그것은 상급 모험자들이 품고 있던 공통된 예감이었다. 『직감』이라고도 할 수 있었다.

그 『강화종』은 우리가 등을 돌린 순간 이를 드러내리라고.

"……릴리의 의견은 다 말했어요. 남은 건…….."

"그렇다는데? 어떻게 할래, 벨 크라넬?"

릴리가 쳐다보고, 아이샤 씨가 나에게 말했다.

자리에서 일어난 나는 그때까지 들은 모두의 견해를 감안해, 마지막으로는 스스로 결정해 말했다.

"그 몬스터를, 쓰러뜨리자."

"좋았어!"

"해 보지."

벨프가 주먹으로 손바닥을 치고, 오우카 씨가 힘차게 대형 도끼를 걸머졌다. 릴리를 비롯한 서포터들도 서로 고개를 끄덕이며 이내 출발 준비를 시작했다.

던전의 『원정』은 생각지도 못한 곳에서 목적이 바뀌었다.

예측불가능한 『이상사태』를 앞에 두고, 우리 파벌 동맹은 『강화종』 토벌에 나섰다.

인간들이 대량의 『마석』을 가졌음을 안 그가 처음으로 한 일은, 인간들을 찾아내 배우는 것이었다.

우선 집단의 뒤에서 『노래』를 부르는 자들이 성가시다는 사실을 깨달았다. 그 자들의 『노래』는 몇 번이나 자신의 몸을 태우고 죽일 뻔한 흉악한 것이었다. 그렇기에 우선 뒤에 있는 자들을 없애야 했다.

집단 앞에 있는 인간은 강인한 존재로, 숨을 죽인 채 바라보는 그의 시선 너머에서 몇 번이나 동족을 죽였다. 인간들 중에서도 종종 저런 탁월한 능력을 가진 자들이 있다. 그러나 단독이라면 자신이 이길 수 있다. 따라서 어떻게 숫자를 줄여 도당을 짜지 못하게 만들지, 그는 그 한 가지에 초점을 맞추었다.

그리고 『마석』을 가진 자는 그들에게 보호를 받았다. 그는 인간들을 앞질러 결정을 빼앗을 생각을 하면서 수많은 무기를 만들어냈다. 『씨앗』도 그 중 하나였다.

준비를 갖추고, 그는 때를 보아 인간들을 습격했다.

대개 『노래』를 부르는 것은 귀가 긴 자들이었으며, 그들을 때려죽이면 인간들은 재미있을 정도로 동요했다. 그 틈에 후려쳐, 머리를 쪼개, 알맹이를 흩뿌렸다. 그렇게나 자신을 괴롭혔던 존재를 유린하는 행위는 그에게 어두운 흥분과 희열을 주었다.

인간의 암컷은 울고 소리를 지르는 경우가 많았다. 그것을 들으면 어째서인지 기분이 좋아졌다. 무언가가 충족되는 것 같아, 나뭇가지처럼 가느다란 팔다리를 붙잡아 휘두르며, 몇 번이나 지면에 패대기쳤다. 몇 번이나 후려치고 깨물었다. 『제발』, 『그만』이라는 소리와 함께 울며 애원했지만 무슨 말을 하는지 그는 알아들을 수 없었다. 다만 그 노래의 음색은 마음에 들었다. 피거품을 토하는 암컷의 살점은 다른 인간들보다도 맛있는 것 같았다.

　　──아아, 죽이고 싶다.

　　──몇 번이고 잡아먹고 싶다.

　　──몇 번이고 몇 번이고 몇 번이고.

　　──설령 죽음의 늪에 떨어져 다시 태어나게 되더라도──

　그러나 약자의 몸에서 시작했던 그는 결코 본능에 몸을 맡기지 않았다.

　자신을 구해주었던 지혜를 먼저 따랐다. 그리고 그것이 정답이었다.

　도망치려 하는 인간을 그는 절대 놓치지 않았다. 놓치면 자신처럼 『바뀔』 것이 분명했다. 직감이었다. 그리고 그것도 옳았다. 자신이 태어난 장소를 버리고 물가에 온 것은 더 질이 좋은 『마석』을 원해서, 그리고 인간들을 놓치지 않기 위해서였다. 물의 굉음은 인간의 비명을 지워주는 그의 편이 되었다. 그도 『물』을 이용하는 법을 익혔다. 잡아먹은 시체는 물살에 던져버리면 아무도 알아차리지 못했다.

　도저히 다 해치우지 못하겠다고 판단하면 『씨앗』을 심어 놓고 도망쳤다. 자신의 분신은 『덩쿨』을 뻗어 인간들을 약하게 만드는데다, 자신에게 위치를 알려주었다. 쇠약해진 인간은 매우 쉽게 잡아먹을 수 있었다. 그는 『씨앗』을 잘 활용했다.

한편으로는 배운 것 또한 많았다. 그에 따라 공포를 느끼게 되는 일도.

가장 두려웠던 것은 금색 머리카락에 금색 눈을 가진 소녀와 그 무리를 보았을 때. 그녀들은 멀리서 보기에도 그를 겁먹게 할 만한 존재였다. 저건 『안 된다』. 얽혔다간 끝장이다. 거리가 더 가까워지기 전에 그는 뒤도 돌아보지 않고 미궁 안쪽 깊이 도망쳤다. 그녀들과 비슷한 인간은 그 외에도 있었다. 결코 싸워서는 안 될 존재가 있다. 적어도 힘이 떨어지는 **지금은 아직**. 그는 그것도 배웠다.

묘한 동족이 있다는 것도 깨달았다. 그와 다른 동족을 배신한, 『이단』에 속한 자들이다. 엄청난 혐오감과 몸을 불태우는 듯한 분노에 지배당해 몇 번이고 충동이 시키는 대로 달려들 뻔했지만, 지혜의 속삭임이 승리했다. 도당을 짠 놈들에게 혼자서는 이길 수 없다. 단독으로 이길 만한 힘을 얻어야만 했다. 그는 『이단』의 동족——특히 그 부드러워보이는 세이렌——에게 이를 들이대기 위해서라도 더욱 힘을 추구하게 되었다. 첫 단계는 이곳에 정착한 그 『암컷』이다.

그는 딱 좋은 타이밍에 사냥을 하는 방법을 익혔다.

언제부터인가, 그는 자신이 『사냥꾼』이라는 데에 자부심을 가지게 되었다.

　질질, 질질. 메이스를 끌며 수정길을 나아간다.

　백수정 빛을 어렴풋이 받은 그는 굵고 우락부락한 손가락으로 몸을 쓰다듬었다. 칼날에 베인 몸통은 이미 원래대로 복원되었다.

　조금 전의『사냥』을 떠올렸다.

　『마석』을 가지고 도망친 사냥감을 추격하던 곳에서 우연히 일어난 일이라지만, 사냥을 끝내지 못했다.

　특히 자신을 상처 입힌 그 하얀 머리카락의 인간.

　그놈은 성가실 것 같았다.

　뒤쪽에 버티고 있던 갈색 암컷도 신경이 쓰였다.『씨앗』의 도비탄을 막아낸 다른 자들도 방심해서는 안 된다. 유능한 인간이 한데 모이면 매우 성가시다는 것을 몸으로 알고 있다.

　『함정』에 빠뜨릴 필요가 있다. 그는 그렇게 결심했다.

　걸음을 멈추고, 노리던 수정기둥을 메이스로 후려쳐 그렇게 생긴 틈에 몸을 비집어넣었다.

　그 너머에 있던 것은 조그만 동굴이었다.

　발밑에는 잡아다 숨겨놓은, **먹다 남은 것들**이 널브러져 있었다.

　"흐, 흐아악……!!"

　"오지 마……!"

귀가 긴 인간들이 떨고 있었다. 눈에는 눈물이 고였다.

많은 인간은 동포를 버리지 못한다는 사실을 그는 알고 있었다. 동포를 조금 건드려 울게 만들면, 아무리 상처를 입었어도 인간들은 분노하고 용감하게 맞서, 마지막에는 되레 당하고 만다.

암컷 쪽은 지분지분 가지고 놀다 죽여 버릴까. 그렇게 생각했지만, 관두었다. 사냥감이 아직 있는데 입맛을 다시 는 것은 어리석은 짓임을 배웠다. 마지막 인간의 숨통을 끊을 때까지 결코 방심해서는 안 된다.

오른손에 든 메이스를 천천히 들어올렸다.

"제발, 안돼에에에에에……."

의미를 알 수 없는 애원에 감정을 느끼지 못하는 그는 그 팔을 아무렇지도 않게 휘둘렀다.

그 직후, 끄아아아아아아아아악!

들어주기 힘든 추한 비명이 터졌다.

출발한 우리는 우선 루비스 씨가 파티와 헤어진 지역에 가보기로 했다.

한쪽 팔을 잃은 엘프 궁수는 몸과 마음이 지쳤을 텐데 도, 다프네 씨의 부축을 받아가며, 릴리가 펼친 지도를 흐 릿한 눈으로 내려다보고 방향을 지시했다. 치구사 씨를 업은 것은 카산드라 씨였다.

"미안, 해요……."

"아, 아뇨, 괜찮아요! 힐러지만 저도 Lv.2니까, 아무렇지도 않아요……!"

등에서 가늘게 속삭이는 치구사 씨에게 카산드라 씨는 꿋꿋하게 고개를 가로저었다.

우리는 부상자를 이 계층에서 탈출시키는 것을, 다시 말해 전력분산을 피했다.

『하층』에서 이 파티를 양분한다는 것은 좋지 못한 생각이다. 최대 전력으로 신속하게 『강화종』을 친다. 릴리와 다프네 씨, 아이샤 씨의 충고를 듣고 그렇게 결정했다.

"그건 그렇다 쳐도 그 모스 휴지의 목격정보가 이제까지 없었다는 게 마음에 걸리는걸."

"아마 이목을 피했겠지……. 확실하게 해치우지 못한다고 판단하면 몸을 숨겼던 거야. 그 정도는 하고도 남아. 교활한 놈이야."

아이샤 씨의 말에, 헐떡이는 목소리로 루비스 씨가 대답했다.

"주의해……. 그 몬스터는, **달라.**"

루비스 씨의 경고는 몇 번이고 이어졌다.

그리고 그때.

"……! 이건……."

파티의 선두를 나아가던 나는 막 접어든 교차로에서 어

떤 것을 발견했다.

오른쪽 길에서 바닥에 그려진 굵고 붉은 선…… 마치 무거운 무언가를 끌고 간 듯한 자국.

"이 붉은 무늬는, 설마……."

"……피로군."

미코토 씨가 망설인 뒷말을 오우카 씨가 입에 담았다.

입을 다문 우리는 어느 사이엔가 걸음을 빠르게 놀리고 있었다. 몬스터와 몇 차례 교전하며, 유인당하듯 그 핏자국을 따라 나아갔다.

이윽고 우리가 도착한 곳은 어떤 『룸』이었다.

물살이 거미집처럼 사방팔방으로 내달려 여울과 뒤섞여 있었다. 육지 곳곳에 하얀 수정의 무리가 마치 거대한 얼음처럼 돋아난 것이 보였다. 『그레이트 폴』이 가까운지 미궁에 울리는 대폭포의 소리가 더욱 크게 들렸다.

그런 가운데, 우리의 시선은 광대한 『룸』의 중심으로 빨려 들어갔다.

"저건……!"

중앙지대에 자리 잡은 한층 거대한 수정 기둥의 아래쪽.

엘프 모험자들이 바닥에 드러누운 채 쓰러져 있었다. 남성 하나, 여성 하나. 몸에는 『겨우살이』가 돋아났으며 다리는 둔기에 얻어맞은 것처럼 짓이겨져 있었다.

"웁……?!"

하루히메 씨가 입가에 손을 가져다대는 것도 당연한 반

응이었다. 원형을 알아볼 수 없을 정도로 시뻘건 하반신은 참혹하다는 한 마디밖에는 나오지 않았다. 저래서는 일어나 움직이기는 불가능할 것이다.

그리고 그들 바로 곁의 수정 좌대에는.

『.............』

"그 『강화종』……?!"

벨프의 말대로, 모스 휴지가 앉아 있었다.

살짝 고개를 숙인 채, 침묵을 관철하며.

눈앞에 널브러진 인간들에게는 전혀 관심을 기울이지 않은 채, 그저 무언가를 기다리는 듯했다.

"셜리오, 라나……!"

"……동료들이 맞아?"

"그래. 하지만, 한 명이 부족해……! 알렉……!"

아이샤 씨의 질문에 루비스 씨는 피로로 창백해진 얼굴을 분노로 물들이며 분함에 미간을 일그러뜨렸다. 엘프의 두 눈이 살짝 젖어들었다.

그의 말을 듣고 나의 심장도 불길한 소리를 내고 있었다.

비네 때처럼, 이번에도 구하지 못했다…… 그런 생각이 드는 것은 오만일까. 하지만 말로 설명할 수 없는 감정이 미친 듯이 날뛰는 것을 억누를 수 없었다.

질끈 주먹을 쥐고 있으려니…… 마치 지면에 그려진 핏자국에 이끌린 것처럼, 룸을 교차하는 수면 곳곳에서 몬스터가 막 모습을 드러냈다.

블루 크랩을 비롯한 마물의 무리는 『강화종』과 엘프 모험자들이 있는 중앙의 기슭으로 향하기 시작했다.

"아, 아아아……!"

이미 만신창이인 여성 엘프 모험자가 갈라진 비명을 지르며 눈에 눈물을 머금은 채 영문 모를 몸짓을 되풀이했다.

"야, 야…… 저거, 설마 『미끼』야?"

"움직이지 못하는 모험자를 미끼로 삼아, 우리를 유인하려는 건가?!"

벨프와 오우카 씨의 추측이 분명 옳을 것이다. 이런 걸 어떻게 부정하겠는가.

저 『강화종』은 모험자를 인질로 사용해 우리를 이 룸으로 끌어들이려는 것이다.

믿을 수 없었다. 몬스터가 『함정』을 설치하다니.

──그 몬스터는, 달라.

조금 전 루비스 씨의 경고가 머릿속에서 깜빡거렸다.

통로 입구 앞, 수정기둥 뒤에 숨어 지켜보던 나는 동료들과 함께 전율의 표정을 짓고 말았다.

"……야, 꼬마돌이. 저 『강화종』이 『제노스』는 아닐까? 몬스터가 이렇게 교활한 짓을 하다니, 난 들어본 적이 없는데."

"모, 몰라요! 『제노스』 분들은 물론이고 펠즈 님에게도 그런 정보를 들은 적은……!"

아이샤 씨도 목소리를 죽이며 당황한 릴리와 대화를 나

누고 있었다.

아마조네스 여걸은 아니꼽다는 양 얼굴을 찡그렸다.

"우리를 낚아 몬스터 놈들을 상대하게 만들고, 그 사이에 『씨앗』을 뿌리려는 속셈인가……? 【절 † 영】, 몬스터의 수는 알 수 있겠어?"

"아뇨, 안되겠습니다. 이 룸에는 몬스터가 너무 많습니다……! 물속에도 아직 다수가 숨어있어서……!"

스킬 【야타노 쿠로가라스】로 주위를 탐색한 미코토 씨가 답답하다는 듯 낯을 찡그렸다.

저 『강화종』모든 것을 알고 이 장소를 『함정』으로 선택했을까…….

우리가 온 줄 모르는지, 『강화종』은 아직 움직이려 하지 않았다.

"아이샤 씨……!"

"나도 알아. 사실은 여기서 『마법』을 쏘는 게 가장 좋겠지만 말이야. 저 엘프들까지 말려들고 말겠지."

시시각각 엘프 모험자들에게 다가가는 몬스터의 무리를 바라보며 내가 참지 못하고 몸을 내밀자, 아이샤 씨는 몬스터의 의도대로 돌아가는 것이 어지간히 마음에 들지 않았는지 가증스럽다는 듯 끄덕였다.

루비스 씨의 동료를 버릴 수는 없었다.

설령 그것이 『강화종』의 『함정』이라 해도.

"나와 벨 크라넬이 『강화종』을 상대하지. 【절 † 영】하고 너희는 다른 몬스터를 맡아. 우리가 엘프 친구들한테서 저 덩치를 멀리 떼어놓으면 일단 밖으로 옮기고."

"알겠습니다."

"하루히메랑 꼬마돌이는 미궁벽이 없는 넓은 장소로 이동해. 여기 통로 입구는 안 돼. 몬스터가 갑자기 태어나기라도 했다간 대처할 수가 없으니까."

"네, 네엣."

아이샤 씨의 재빠른 지시에 미코토 씨와 하루히메 씨가 고개를 끄덕였다.

엘프 모험자들의 구출은 아이샤 씨와 미코토 씨, 오우카 씨와 벨프, 그리고 나.

대기조는 릴리와 하루히메 씨, 카산드라 씨, 부상자인 치구사 씨와 루비스 씨. 그리고 호위로 만약을 위해 다프네 씨를 남겨두었다.

"——간다!"

시간이 없다. 모험자들을 구하기 위해서라도 우리는 단숨에 뛰어들기로 했다.

룸 남동쪽에 있는 통로 입구에서 우리는 중앙지대, 릴리와 하루히메 씨는 『스킬』로 적의 유무를 판별한 미코토 씨의 지시에 따라 룸 남쪽 끝으로. 몬스터는 『강화종』에게 모여들고 있었다. 남쪽 기슭에는 적의 모습이 없었다.

아이샤 씨를 선두로 우리는 물살을 뛰어넘으며 쭉쭉 가속했다.

몬스터가 이쪽을 알아차리고 공격을 시도하겠지만, 우리는 뿌리치거나 튕겨내며 상대하지 않는다. 순식간에 중앙지대로 다가갔다.

하지만.

'……여전히 움직이질 않잖아?'

나는 그때 눈살을 찡그렸다.

다른 몬스터와 마찬가지로『강화종』또한 급속도로 접근하는 우리를 알아보았을 것이다. 그럼에도 좌대에 앉은 채 꼼짝도 하지 않았다.

어떻게 된 거지? 뭔가 공격을 준비하나? 아니면 달리 노림수가?

한번 조우했던 몬스터는【야타노 쿠로가라스】를 가진 미코토 씨의 지각범위에서 벗어날 수 없다. 미코토 씨가 아무 말도 하지 않는다면 저것은 조금 전에 교전한『강화종』이 분명하다. 옆을 흘끔 보니 미코토 씨도 시선을 떼지 않았다. 무언가 불가사의한 것을 보는 양『강화종』을 응시했다.

벨프도 오우카 씨도, 아이샤 씨도 의아한 표정을 감추지 못했다.

으스스한 느낌을 받으며, 그래도 달려가지 않을 수 없었지만.

"……안, 돼……."

주위의 물소리에 섞여, 지면에 쓰러져 있던 남성 엘프의 목소리가 간신히 들렸다.

필사적으로 호소하듯, 엘프 모험자는 경련하는 입술을 움직였다.

"······이 녀석은, 아니야······. 오면, 안 돼······!"

그 말을 청각이 또렷이 들은 순간.

투욱.

좌대에 앉아있던 『강화종』의 눈가에서 이끼의 일부가 **떨어졌다.**

"＿＿＿＿＿."

떨어져나간 이끼 속에서 드러난 것은, 인간의 피부.

쇠약해져 눈에 초점이 없는 인간의 눈.

지면에 쓰러진 모험자들과 같은, 엘프.

루비스 씨의, 나머지 동료.

오싹. 심장을 붙들린 것 같은 기분을 느낀 순간, 미코토 씨의 숨이 멈추는 소리가 똑똑히 들렸다.

――들은 적이 있다.

미코토 씨의 스킬 【야타노 쿠로가라스】는 몬스터를 찾아 낼 수는 있지만 개체를 식별하지는 못한다. 발동 중에는 뇌리에 까만 종이가 펼쳐지고 붉은 점이 떠오르는 듯한 감 각에 가까우며, 몬스터를 나타내는 점은 크기도 색도 완전 히 똑같다는 것이다.

그녀의 【야타노 쿠로가라스】는 분명 정확하게 반응했다.

다만 그것은 **겉껍질**에 대해.

『강화종』이 모험자에게 붙여 의태시켰던, 수많은 분신——이끼에 반응한 것이다.

몸의 일부를 떼어낸 몬스터에게 우리는 속았다.

『모스 휴지』가 이끼를 이렇게 쓰다니, 들어본 적도 없다.

"큭?!"

한순간 후, 미코토 씨가 튕기듯 고개를 돌려 남쪽을 보았다.

무언가를 감지한 듯—— 피 냄새에 이끌려 중앙지대로 모여드는 다른 몬스터들과는 달리 **맹렬한 기세로 릴리와 하루히메 씨에게 접근하는** 적의 모습을 알아차린 것처럼 낯빛을 크게 바꾸었다.

"도망치십시오, 릴리 공!!"

시선을 돌린 나의 눈에도 그것이 비쳤다.

갑작스러운 목소리에 놀란 릴리와 하루히메 씨의 등 뒤, 물속에서 천천히 모습을 드러내는 녹색 그림자.

물을 뚝뚝 흘리며 오른손에 수정 메이스를 들고 무감정한 표정으로 두 사람의 모습을 바라보고 있었다.

"——크윽!!"

그리고.

그 광경을 인지하기도 전에, 미코토 씨가 목이 터져라 지른 소리를 듣기도 전에.

나의 발은 급제동을 걸고 있었다.

수정 지면을 깎으며 억지로 진로전환을 단행하고, 흉악

한 관성을 떨치며, 경악하는 아이샤 씨와 동료들에게서 떨어졌다.

남쪽으로 진로를 잡은 나는 혼신의 가속을 행했다.

『──────.』

몬스터가 메이스를 쳐들었다.

나의 왼발이 물살을 뛰어넘어 다음 기슭으로 향했다.

소리도 없이 다가온 그림자를 다프네 씨가 겨우 알아보았다.

나의 오른발이 발판으로 삼은 수정을 박차 부수었다.

이미 늦었다. 대처할 수 없다. 그렇게 확신한 다프네 씨의 얼굴이 얼어붙었다.

내 입술이 떨리며 숨을 들이마셨다.

뒤를 돌아본 릴리와 하루히메 씨도 얼어붙고, 『강화종』이 죽음의 철퇴를 내리치려 했다.

그리고 다시 한 번 내디디려 하던 나의 왼발이── 지릉, 지릉.

작은 종소리를 울리며 희게 빛을 뿜었다.

2초 분량의 차지.

내디딘 발로 지면을 폭발시키며, 나는 탄환이 되었다.

"흐으읍!!"

땅에 내리꽂은 발차기의 위력을 반동이라는 이름의 추진제로 바꾸어, 허공을 관통했다.

말도 안 되는 가속을 감행한 나는 거리를 단숨에 좁히며

《주신님 나이프》를 뽑았다.

"이 자시이이이이이이이이이익!!"

배에서 터져나오는 고함을 지르며, 최고속 참격을 날렸다.

릴리와 하루히메 씨에게 날아들던 수정 둔기를 칠흑의 검광이 양단했다.

♠

그는 눈을 크게 떴다.

『미끼』와『분신』을 이용한 함정은 완벽했을 터.

인간 암컷들의 배후를 차지했을 터.

그러나 말도 안 되는 가속으로 달려온 백발 소년에게, 그것이 차단당했다.

수정 무기가 갈라지며 허공에서 춤을 추었다.

그는 화가 났다. 『사냥』의 예정조화가 흐트러지고 『마석』을 먹을 기회도 빼앗겼다.

분노의 감정이 시키는 대로, 지면을 깎으며 착지한 소년과 마주보고, 그를 먼저 해치우려 했다.

『――――.』

그러나 그때, 고개를 든 소년의 눈을 보고 직감했다.

이 인간 또한 위험하다고.

동요하지 않고, 냉정하게, 그리고 끝없는 전의를 불태우며 루벨라이트색 안광이 이쪽을 꿰뚫어본다.

안광을 보고 공포와도 비슷한 전율을 느낀 것은 오랜만이었다.

그 붉은 눈에 비친 것은 분노의 불꽃이었다.

같은 인간이 상처 입은 것을 보고, 동포가 위험에 빠진 것을 보고 격앙했다.

"——아아아아아아아아아아아아!"

두 자루의 칼날을 들고 돌격한다.

빠르다. 빠르다. 빠르다.

검고 흰 검광이 그를 가르고자 교대로 날아들었다.

하지만—— 그가 아직 조금 더 **강했다**.

"크윽?!"

몸에 파고든 칼날을 무시하고 주먹을 내질렀다.

창졸간에 회피한 소년이 지면을 굴렀다. 그의 몸에서 떨어져나간 이끼의 일부는 금세 아물었다.

그의 몸은 편리하다. 재생한다. 먹은 『마석』의 양만큼 온몸의 세포가 증식한 것이다.

자리에서 일어난 인간은 경악한 표정을 보였다. 이내 공격에 나섰지만 그 속도와 기세는 『토끼』라기보다는 마치 제정신을 잃은 말과도 같았다. 적어도 많은 인간을 사냥했던 그의 눈에는 그렇게 비쳤다. 정신없고 그저 빠르기만 한 상대에게 그는 당황하지 않았다.

날카롭지만 가느다란 참격 따위 얼마든지 받아 내주지.

"벨 님!!"

착잡하게 일그러진 소년의 얼굴을 보고 조그만 암컷이 비명을 지른다. 저기에서 『마석』의 향기가 난다. 이 인간을 엉망으로 부숴버린 다음에는 저 암컷이다.

"큭?!"

그가 두 팔을 휘두르자 견디지 못하고 거리를 벌린 소년은 왼팔을 내밀었다.

인간들이 사용하는 그것을 그는 잘 안다. 『마법』이라 불리는 것이다.

아직 나약했을 무렵, 저것에 다른 동포들과 함께 몇 번이나 불에 탔던가. 가장 조심해야 하는 인간들의 포격이다.

그러나 그는 알고 있다. 『마법』을 쏘려면 노래를 해야만 한다. 시간이 필요하다. 아무리 노래가 짧아도 지금 당장 휘두를 자신의 공격이 더 빠르다.

멍청한 놈. 그는 비웃었다.

한달음에 뛰어들어 거리를 좁히고 소년을 짓밟으려던 순간── 예기치 못한 사태가 일어났다.

"【파이어볼트】!"

순식간.

순식간에 터져나온 불꽃과 빛.

굳어버린 그는 경험한 적이 없는 그 『마법』을 앞에 두고 직격을 허용했다.

그의 목에서 비명이 터져나왔다.

『끄아아아아아아아아아아아아아아아아아아아아악?!』
몬스터의 비명이 메아리쳤다.

접근하기 전에 발동한 『속공마법』이 몸 한복판을 헤집어, 모스 휴지는 두 팔을 이리저리 휘두르며 괴로워했다.

'이 몬스터, 영창을 읊기 전에 짓밟으려고 왔어……!'

상대의 움직임을 통해 그것을 알 수 있었다.

무서운 사실이었다. 『제노스』도 아닌 몬스터가 모험자의 공격마법을, 『마법』의 구조를 이해하고 대처하다니.

이것도 던전이 낳은 『이상사태』. 그것도 지극히 특이하고 위험한 것이었다.

반드시 여기서 해치워야 한다.

나는 그렇게 결심하고 달려들었다.

"하아앗!"

『오오오오……?!』

오른손에 든 칠흑의 나이프로 적의 어깨를 깎아내고, 이어지는 왼손의 휘백색(輝白色) 칼날로 상대의 몸을 갈랐다. 좌우에서 날아드는 나의 연격에, 고통스러워하는 모스 휴지는 타오르는 몸을 몇 번이고 뒤틀며 불꽃과 참격의 맹위로부터 벗어나려 했다.

놈이 아무렇게나 몸을 휘둘러대며 후퇴한 곳에는 힘차게 흐르는 급류가 있었다.

──그렇게 놔둘 줄 알고!

물에 몸을 던져 다시 도망치려 하는 몬스터를 향해, 나는 눈꼬리를 세우며 땅을 박찼다. 몸을 앞으로 숙인 채 달려가 마지막 일격을 꽂고자 했다.

『────.』

그때였다.

이리저리 도망치고 당황하기만 하던 괴물의 누런 두 눈이 요사스러운 살기에 젖으며 매처럼 날카로워졌다. 몬스터는 궁지 속에서도 나의 조바심을 놓치지 않았다.

달려가는 내 발밑에서, 힘차게 **나무 채찍**이 사출되었다.

"아니?!"

부츠에 감기는 나무뿌리, 조여드는 무릎.

다리를 붙든 나무뿌리는 모스 휴지의 장판지, 내 시야에서는 가려져 사각이 되는 위치에서 땅속으로 파고들고 있었다. 몬스터의 온몸을 덮은 나무 골격을 늘려 뻗은 원거리 무기였다.

함정에 빠졌다── 아니, **수를 잘못 읽었다.**

지혜를 가진 『강화종』은 숨겨놓은 패를 꺼냈고, 이 순간 분명히 『허허실실』에서 모험자인 나를 능가했다.

『으으으으으으으으으으으으오!』

고통과 분노에 불타는 포효와 함께, 뒤로 몸을 날린『강화종』은 자신과 함께 나를 물속으로 끌고 들어갔다.

"벨 님──!!"

수정 지면을 부수며 모습을 드러낸 나무뿌리, 울려 퍼지는 릴리의 비명.

허공에 뜬 채 발이 묶인 나는 저항도 못하고, 팽팽하게 당겨진 나무뿌리에 이끌려 그대로 물살 속에 떨어졌다.

"윽──?!"

충격과 물보라, 그리고 온몸을 감싸는 물의 감촉.

시야가 새파란 물색으로 바뀌었다. 막에 덮인 것처럼 소리가 멀어졌다. 육지의 모든 정보를 차단하는 싸늘한 물의 세계에 휩싸였다. 부유감과도 비슷한 감각을 맛보았던 것은 몇 초뿐, 수면에서 5M 이상 잠긴 물속에서 나의 몸은 휩쓸려갔다.

『당했다』. 물에 잠긴 뇌리에서 깜빡이는 그 한 마디.

지체 없이, 나와 나무의 끈으로 이어진 끔찍한 그림자가 주먹을 쳐들며 급속도로 다가왔다.

『크아아아아아아아아아아!!』

어마어마한 기포와 함께 포효의 진동이 물을 타고 밀려들었다.

모스 휴지의 거대한 주먹이 내 목덜미에 꽂혔다.

"컥?!"

폐 속의 공기가 커다란 거품이 되어 뿜어져 나왔다.

언어맞은 몸이 수압이며 저항 따위를 무시하고 물 밑바닥을 화살처럼 가로질렀다. 쫓아오는『강화종』또한 마찬가지.

등이 힘차게 수정벽을 부수는 가운데, 다시 접근한 몬스터에게 광대뼈를 얻어맞았다.

"~~~~~~~~~~~~~~~~~~~~~~~~~?!"

날아가버려 그대로 물의 흐름에 휩쓸렸다. 그런 나를 적은 놓아주지 않았다. 서로의 다리를 연결한 나무뿌리는 마치 내 생명을 깎아내는 쇠사슬과도 같았다. 눈꼬리를 추켜올린『강화종』은 그야말로 노도 같은 추가공격을 감행했다.

충격에서 억지로 자세를 회복한 나는 힘겹게 두 손에 든 나이프로 응전했다.

적이 달라붙는 타이밍에 맞춰《주신님 나이프》를 휘둘렀지만, 늦었다. 공격이 너무 느렸다. 나이프의 수평공격은 적의 바로 앞에서 허우적거리고, 몬스터의 주먹은 내 배에 깊이 꽂혔다. 다시 입에서 방출되는 기포.

육지와는 간격과 동작의 감각이 완전히 달랐다.

물에 팔다리를 붙들린 나는『강화종』에게 계속해서 한수 밀렸다. 장비 중인 푸른색 옷이 어렴풋이 빛을 뿜기는 했지만 몸을 마음대로 움직일 수 없었다. 수중에서 은혜를 주는『운디네 클로스』의 힘을 빌려도 이 모양이다. 수중에 익숙하지 않은 나는 몬스터에게는 물에 빠진 어린아이와 별반 차이가 없었다. 육지와는 완전히 다른 몸놀림이 요구되어, 대응하지 못한 채 비참하게 희롱당했다. 주위에서는 수로의 형상이 이리저리 바뀌어 룸 바깥의 수류로 나가버렸음을 직감했다.

아름다운 푸른색 물의 세계는, 아름다워도 역시 잔혹했다.

숨을 쉴 수 없다는 공포감, 당황하면 할수록 확실하게 깎여나가는 목숨. 얻어맞을 때마다 이리저리 흘러가는 시야 끄트머리에서, 물 밑바닥에 가라앉은 모험자의 해골과 그의 팔이『너도 이리 와』하고 손짓했다.

몸이 회전하며 발이 위, 머리가 아래로 되기를 몇 차례고 몇 차례고.

평형감각이 파괴되어갔다. 이미 어느 쪽이 물 밑바닥이고 어느 쪽이 수면인지 알 수 없었다. 발이 땅을 밟지 않는다는 것만으로도 인간은 이렇게나 불안정해지고 마는 걸까.

Lv.4에 이르렀을【스테이터스】가『압도적인 지형의 불리』앞에 전혀 도움이 되지 않았다.

물가의 던전이 얼마나 무서운지, 『물의 미로도시』의 진수를 이때 똑똑히 이해했다.

이것이 —— 수중전!!

『오오오오오오오오오오오오오오오오오오!!』

"크, 으으으으으으으으으으으으으으으으으으으윽?!"

수생 몬스터가 아닐 텐데도 모스 휴지의 움직임은 나보다 한 단계 빨랐다.

　나무 골격을 이용해 촉수를 내뻗는다. 물의 저항을 줄이는 형상도 궁리했는지, 때로는 그것으로 벽을 치거나 수정을 휘감거나 해 가속하며 방향전환을 구사했다. 오래 전부터 이 『물의 미로도시』에 진출했던 상대는 그만큼 유리했다.

　나의 반격은 모조리 물을 가르는 데서 그쳤다.

　360도 전방위에서 날아드는 공격을 어떻게든 건틀렛이며 갑옷으로 막아냈다. 『운디네 클로스』가 없었다면 대처도 못한 채 죽었을 것이다. 【랭크 업】한 덕에 늘어난 폐활량에는 아직 여유가 있지만, 언제까지 버틸지. 몇 번이나 물가로 나가려 했지만 다리에 감긴 속박이 이를 용인해주지 않았다.

　얻어맞아 찢어진 입에서, 뾰족한 나무뿌리가 방어구 틈을 찌른 상처에서 피가 새나간다.

　흘러나가는 혈액은 푸른 물을 붉고 탁하게 더럽혔다. 그리고 그 피안개에 이끌린 것처럼, 시야 저 멀리서 거대한 그림자가 몸을 꿈틀거렸다.

　'저건——『아쿠아 서펜트』?!'

　다른 물살에서 합류한 대형급 몬스터.

　물속에서 형형히 빛나는 안광은 그 위용과도 맞물려 공포의 덩어리였다.

　『카아아아아아아아아악!』

진짜 수생 몬스터는 모스 휴지 이상의 속도로 달려들어, 나의 응전을 용납하지 않고 어깻죽지에 이를 박았다.

"으악?!"

타는 듯한 아픔과 한층 더한 출혈이 일어나고, 뼈째 짓씹으려 하는 턱에 생명의 위기를 느끼고 있으려니── 스륵, 발에 감겼던 속박이 사라졌다.

'어?'

나무뿌리를 푼 모스 휴지는 나를 빤히 바라본 후, 그 자리에서 이탈을 시도했다. 나무 촉수를 뻗어 흐름을 거스르며 다른 지류로 모습을 감추었다.

'구속을 풀다니? 사냥감을 해치울 절호의 기회에?'

아쿠아 서펜트를 두려워했던 걸까? 의아하게 생각하면서도, 앞뒤 가릴 때가 아닌 나는 어깻죽지를 물고 있는 몬스터에게 오른손의 나이프를 꽂았다.

『~~~~?!』

괴로워 몸부림치는 거대 뱀의 몸에 이리저리 흔들리며, 이빨에서 벗어나고자 씨름하던 그때.

물속을 통해 전해지는 어마어마한 『굉음』의 존재에, 나는 그 사실을 겨우 깨달았다.

'──────.'

등 뒤에서 전해진 소리의 진동에, 돌아보았다.

시야 저 멀리 보인 것은 수류의 경계.

마치 종점을 알리는 듯한 물의 흐름은 **아래로 떨어지고**

있었으며——

'——설, 마.'

계층의 수류는 모두『그레이트 폴』로 이어진다——.

에이나 누나에게 배운 지식. 나 자신이 했던 말.

내 몸은 흐름에 휩쓸려 계층 중앙부, 대폭포에 도달하려 하고 있었다.

"으윽?!"

폭포의 입구를 앞둔 수류는 이제는 격류가 되었다. 흐름이 너무 빨랐다. 가속이 멈추질 않았다. 바로 아래로 내리꽂으며 모든 것을 산산이 부수는 폭포의 입이 온갖 것들을 빨아들였다.

창백하게 질려버린 나는 온 힘을 쥐어짜내 아쿠아 서펜트를 떼어놓으려 했다. 칠흑의 나이프를 목에, 안면에, 눈알에 마구잡이로 찔러댔다. 비명과 붉은 피를 뿌린 몬스터가 긴 몸을 크게 뒤튼 반동으로, 내 몸은 물 위를 향해 올라갔다.

"푸하악?!"

수면으로 얼굴을 내밀었다.

하지만 고대하던 공기의 맛도 전혀 알 수 없었다. 초조함에 사로잡힌 채 아쿠아 서펜트의 머리에 《하쿠겐》을 꽂아 넣고, 힘을 잃은 턱에서 겨우 해방되었다.

그러나 이미 늦었다.

그곳은 이미 종착점. 코앞까지 다가온 폭포가 내 등을

단숨에 빨아들였다.

팔을 뻗었지만 아무 것도 잡지 못한 채, 무시무시한 부유감이 한순간 몸을 에워쌌다.

다음으로, 나는 물의 흐름과 함께 아래로 끌려가──

"으으──아아?!"

쏟아져 내리는 폭수(暴水). 피부를 후려치는 방대한 물의 파편.

절규는 물의 굉음에 묻혀버리고, 나는 미궁 최대의 폭포, 『그레이트 폴』에 휩쓸려 떨어졌다.

제5장 물의 도시에서 만난 신부

© Suzuhito Yasuda

"벨 님! 벨 님?!"

릴리의 고함이 물에 휩쓸려 떠내려간다.

거미집처럼 물살이 이리저리 펼쳐지고 수많은 수정이 여기저기 흩어진 룸. 물속으로 사라져버린 소년을 향해 릴리는 몇 번이고 고함을 질렀다.

"벨 님이, 몬스터에게 끌려 들어갔사옵니다……."

"어서 구해야 해요! 물의 흐름이 빨라서, 이대로 두면 룸 밖으로 떠내려가버릴 거예요!"

멍하니 서 있는 하루히메 씨의 곁에서, 릴리는 골라이아스 로브와 백팩을 벗어던졌다. 반바지와 반팔 형태의 『운디네 클로스』에 싸인 가녀린 팔다리를 드러내며 수면에 뛰어들려 한다.

"안 돼, 릴리루카!"

하지만 이를 다프네가 저지했다. 부축하던 루비스를 바닥에 내려놓고 소녀의 손목을 잡았다. 다음 순간 홱 끌려간 릴리의 코앞을 수면에서 튀어나온 『레이더 피시』의 이빨이 지나갔다. 뺨을 긁혔는지 피가 살짝 흘렀다. 릴리는 아연실색했다.

"뭐 하는 거야! 너나 내가 뛰어들어봤자 몬스터한테 잡아먹힐 뿐이야! 여기 물살이 얼마나 위험한지 잊어버렸어?!"

"그, 그렇지만요…… 그렇지만요, 벨 님이?!"

이제까지 보지 못했을 정도로 이성을 잃은 릴리에게 다

프네가 눈을 크게 뜨고 입을 다물자, 엘프 모험자들을 구해낸 아이샤와 벨프가 돌아왔다.

블루 크랩에게 발이 묶여 벨을 도우러 가지 못했던 만큼, 뭍에 있었던 몬스터는 모두 전멸시킨 후였다.

"아이샤 님! 벨 님이!"

"나도 알아. 봤어."

당황하는 카산드라에게 부상자를 맡긴 아이샤는 미코토 쪽을 흘끔 보았다.

【야타노 시로가라스】── 몬스터를 감지하는 【야타노 쿠로가라스】와는 반대로, 같은 『팔나』를 가진 권속을 탐지하는 『스킬』을 가진 소녀는 통한의 심정을 억누르듯 고개를 가로저었다.

"벨 공의 반응이 지금, 이 룸 밖으로 사라졌습니다……."

"그럴, 수가……."

『강화종』과 함께 떠내려갔다는 말에 릴리의 얼굴에서 온갖 색이 다 빠져나갔다.

숨을 헐떡이던 벨프와 오우카도 눈을 크게 뜨는 가운데, 탄식한 아이샤가 입을 열었다.

"야, 너희. 벨 크라넬을 구하러 갈 생각은 마."

"뭐……!"

"이 빠른 물살에 떨어졌으니, 그냥 쫓아가봤자 따라잡을 방법은 없다고. 게다가 이렇게 많은 부상자를 데리고 얼마나 민첩하게 이동할 수 있겠어?"

"아, 아이샤 님! 잠깐만요!"

"진정해, 꼬마돌이. 파티의 머리인 네가 그래서 어떡하겠다는 거야?"

릴리는 대들려 했지만 가늘고 긴 손가락이 눈앞으로 다가오더니 이마를 튕겨버렸다.

"흐큐욱?!"

몸을 벌렁 젖히며 눈물을 머금은 파룸 소녀는 당혹감에 사로잡히면서도 아이샤를 보았다.

"벨 크라넬이라면 이 계층영역을 솔로로도 돌아다닐 수 있어."

"!"

"그 꼬마의 【스테이터스】는 **이상해**. 그건 이미 Lv.4 중에서도 중견 이상, 『민첩』만 보면 상위권한테도 싸움을 걸 수 있을 정도야. 【랭크 업】 때마다 잠재치를 얼마나 저금했던 건지 모르겠어."

제25계층의 적정 레벨을 크게 웃돈다는 사실을 강조한 아이샤는 "헹!" 하고 코웃음을 한번 치더니 불만스레 단언했다.

"벨 크라넬은 나보다 강해. 인정하고 싶진 않지만."

"아이샤 님……."

"수중전에 말려들었어도, 그 꼬마는 끈덕지게 목숨을 부지하고 있을걸. 자력으로 뭍에 기어오르길 기도하자고. 물에서만 벗어나면 뒈질 일은 없을 테니까."

제2급 모험자의 보장에 릴리의 격앙되었던 감정이 겨우 가라앉기 시작했다.

참모의 표정을 되찾기 시작한 그녀를 보고, 아이샤는 마지막으로 타이르듯 말을 이었다.

"걱정을 하려거든 너희 걱정이나 해. 내가 틀린 말 했어?"

릴리는 잠시 간격을 두고, 천천히 고개를 끄덕였다.

어린아이처럼 조그만 파룸의 손이 꽉 주먹을 쥐었다.

"……아이샤 님 말대로, 지금 벨 님을 돌아보지는 말기로 해요."

"릴리 님?!"

"야, 릴리돌이!"

"일단 진정하자고요."

하루히메와 벨프 앞에서 릴리는 자신을 타이르듯 심호흡을 했다.

"지금은 파티의 안전을 우선시해야 해요. 릴리네가 살아나지 못하면 그 분에게 더 큰 족쇄가 되고 말 거예요."

"릴리돌이, 너……."

"벨 님이라면, 괜찮아요. 믿도록 해요."

르나르 소녀와 함께, 지금 누가 가장 소년을 걱정하는지는 명백했다.

그러나 릴리는 그런 태도는 조금도 드러내지 않고, 삿된 정을 버린 『지휘관』의 가면을 썼다.

"상황이 바뀌었어요. 릴리는 이 계층에서 탈출하자고 제안할래요."

"!"

그리고 단숨에 비약한 판단에, 벨프나 하루히메만이 아니라 아이샤마저도 놀라움을 드러냈다.

"벨 님이 없어진 지금, 이만한 중상자를 보호하고 있으면 통상 몬스터의 습격을 벗어나기도 어려울 거예요. 아이샤 님의 부담이 너무 커요."

치구사와 루비스를 비롯해 지금 있는 부상자는 다섯. 부축하는 데 한 명씩만 배정해도 제대로 싸울 수 있는 인원은 겨우 셋뿐이다. 카산드라가 치료를 시작한 엘프 모험자들을 곁눈질하며 릴리는 논리정연하게 설명했다.

"하지만 릴리 공, 벨 공을 내버려두고 이 계층에서 탈출한다니……."

"탈출이라고는 해도 24계층 연결통로가 있는 절벽, 그 앞까지만이에요."

"무슨 소리인가?"

"거긴 탁 트인 곳이고 물도 없어서, 비행계 몬스터만 조심하면 습격을 당할 일은 없어요. 절벽길 이외의 통로도 없으니 수비하기도 편하죠……. 그『강화종』에게 기습을 당하지도 않을 거예요. 그곳에 긴급 진지를 세우겠어요."

대드는 미코토와 오우카에게도 애써 평탄한 목소리로 대답했다. 제24계층에서 내려오는 몬스터를 주의하면 실수는 일어나지 않을 거라고.

"아이샤 님은 혼자『리빌라 마을』로 가서 지원을 요청해 주세요. 릴리네는…… 하루히메 님의 레벨 부스트도 빌려서, 그 연결통로 앞을 방어하겠어요. 부상자를 지키는 거예요."

"거기 절벽을 즉석 요새로 삼겠단 말이지."

"하긴, 이만한 부상자를 데리고 18계층으로 가기는 어렵지. 25계층 입구까지는 그나마 이동할 수 있겠고, 그 조건이라면 구조대가 올 때까지 버틸 수 있을지도 몰라. 뭣하면『중층』에서 내려오는 파티에게도 도움을 청할 수 있을지도."

루비스 일행에게 들리지 않도록『레벨 부스트』이야기도 작은 목소리로 언급하자 벨프와 다프네가 수긍하는 기색을 보였다.

"게다가 벨 님도 릴리네와 떨어진 이상 한번은 대공동으로 나갈 거예요.『물의 미로도시』에서 낙오됐을 때는 그게 정석…… 에이나 님이 가르쳐주셨겠죠. 연결통로 앞의 절벽에 있으면 그것도 발견할 수 있어요."

설명을 마치고 한숨 돌린 릴리에게 오우카가 마지막으로 딱딱한 표정을 지으며 물었다.

"……그 절벽을 거점으로 삼는다는 건 이해했다. 하지만 그『강화종』이 쳐들어오면 어떻게 하지? 기습을 당하진 않는다 해도,【안티아네이라】가 없으면 상대하기 힘들 텐데."

"오히려 그게 노림수예요. 그곳은 외길. 도망칠 곳이 없는 그 장소로 유인하고…… 미코토 님의 중압마법 【후츠노 미타마】로 절벽길과 함께 무너뜨려서 아래쪽의 지면에 처박아, 없애버리겠어요."

그 진의에 오우카를 비롯한 모두가 말을 잃고 꼴깍 목을 울렸다.

이 역경 속에서, 앙갚음을 하겠다는 양 『지형』을 이용한다는 릴리의 싸늘한 옆얼굴을 다프네도 빤히 바라보았다.

'지휘 방법을 가르쳐준 건 나지만…… 역시 애는 나보다 **훨씬 수완이 있어**.'

자신이 하나에서 열까지 가르쳤던 파룸 소녀를 보고 다프네는 이때 분명 외경심을 품었다.

딱 한 번 본 적이 있는 【로키 파밀리아】의 대전투. 제17계층의 골라이아스를 상대로 부대를 지휘하던 그 냉철한 용사의 옆얼굴을, 다프네는 자신보다도 훨씬 약한 『짐꾼』에게서 겹쳐보고 말았다.

"문제는 그때까지 부상을 입은 분들의 체력이 버티느냐 어떠냐예요. 그리고 물론, 미로 안에서 쫓아올 『강화종』을 따돌릴 수 있어야 한다는 게 전제지만요………… 어때요?"

말을 모두 마친 릴리는 마지막으로 불안을 내비치며 아이샤를 올려다보았다.

역전의 아마조네스는 씨익 입가를 틀어올렸다.

"좋잖아. 그걸로 가자고."

냉큼 행동을 개시하자는 그녀의 호령에 따라, 일행은 신속하게 움직이기 시작했다.

벗어던졌던 골라이아스 로브와 백팩을 다시 장비한 릴리도 준비를 갖춰나가고 있으려니, 이를 옆에서 거들던 하루히메가 말을 걸었다.

"역시, 릴리 님은 든든하옵니다. 벨 님도 그렇게 말씀하셨지요."

"네?"

"벨 님께서 줄곧 의지했던 것은 릴리 님이셨다고…… 저택을 청소할 때 저에게 그렇게 가르쳐 주셨사옵니다."

눈을 크게 뜬 릴리는 자신이 모르는 그런 벨의 말에 자기도 모르게 뺨을 붉혔다.

"그에 비해 소녀는 당황하기만 하고, 아무런 도움도 되지 않아서…… 우우~."

"……무, 무슨 말을 하는 거예요! 여차할 때 필요한 건 하루히메 님의 힘이라고요!"

누가 봐도 멋쩍음을 감추려는 태도로, 어깨를 늘어뜨린 르나르의 꼬리를 찰싹! 있는 힘껏 두드렸다.

"캐앵?!"

"놀지 말고 냉큼 움직여!"

여우 비명 소리에 이어 아이샤의 일갈이 날아들었다.

일행과 함께 룸을 나가기 직전, 릴리는 마지막으로 돌아보았다.

"…………."

물속에서 탈출한 벨이 이미 『강화종』을 쓰러뜨리고 이쪽과 합류하려고…… 그런 희망적 관측은 버려야 한다. 적어도 치구사와 루비스의 『겨우살이』가 사라지지 않은 이상, 그 괴물은 아직 살아있다. 동료를 위해서라도 지금은 떠나야만 한다.

"벨 님…… 미안해요."

아무도 보지 않는 가운데, 소년이 끌려들어간 물살을 향해, 연약한 소녀의 얼굴을 한순간 드러냈다. 이내 북북 눈가를 문지른 릴리는, 이번에야말로 파티와 함께 그 자리를 떠났다.

끊일 줄 모르는 폭포 소리가 쩌렁쩌렁 들려온다.

전해지는 진동으로 그것을 알았다. 어두운 물 밑바닥은 차가운데도 온몸은 타는 듯이 뜨거웠다. 부글부글 소리를 내며 가라앉았던 몸이 멈추자, 죽음의 늪으로 끌고 들어가려 하는 싸늘한 물의 손을 뿌리치고 단숨에 부상했다.

솟구치는 대량의 기포와 함께, 빛이 일렁이는 수면을 찢었다.

"푸하악?! 콜록, 캐액── 커헉?!"

힘차게 수면에서 얼굴을 내밀고 요란하게 기침을 했다. 물을 잔뜩 먹어버린 목이 몇 번이나 구역질을 했다. 끊어지지 않고 발생하는 무시무시한 굉음과 대량의 물보라가 시끄러워 견딜 수 없다. 하지만 그 감정은 벨 크라넬이 살아있다는 무엇보다도 큰 증거였다.

『그레이트 폴』 바로 아래, 광대한 용소 한복판에서 나는 목숨을 건졌다는 사실을 확인했다.

"하아, 헥, 아아…… 아우욱~~~~~~~~~~~~~~~?!"

고통으로 점철된 바보 같은 신음소리가 이 사이에서 새 나왔다.

깜빡거리는 본능의 목소리에 따라 나는 물에 빠진 어린 아이처럼 팔을 이리저리 휘둘러 용소와 인접한 물가로 향했다. 철벅철벅 소리를 내며 물을 헤치고 발버둥친 발끝이 바닥에 닿은 순간, 힘차게 박차며 수면에서 몸을 일으켰다. 그대로 휘청거리면서 구르듯 앞으로 나아가, 물이 정강이 정도까지 오는 여울에 도달했다.

"으, 아아아아아……!"

철퍽 두 손을 짚고 팔다리로 몸을 지탱했다.

혈관이 터져버린 것처럼 온몸이 아팠다. 시야도 새빨갛다. 지금 자신의 모습이 대체 어떻게 되었는지 상상조차 하고 싶지 않았다. 아마 뼈에도 여러 군데 금이 갔을 것이다. 신경이 비명을 지를 정도의 격통에서 벗어나기 위해 강화 렉 홀스터에 넣어두었던 하이포션을 꺼내 사용했다. 몇 번씩이나, 몇 개씩이나.

머리부터 용액을 들이붓고, 입을 통해 몸속으로도 흘려

넣고, 모든 포션을 다 쓴 후…… 나는 겨우 고개를 들고
『그레이트 폴』을 올려다보았다.

　"……저기에서, 떨어졌구나."

　에메랄드색 물을 수직으로 떨어뜨리는 대폭포. 이 계층
으로 내려왔을 때 멀리서 보이던 웅대한 물의 흐름은 넋을
잃을 정도로 아름답게 비쳤지만, 거리가 50M도 되지 않는
이곳에서 우러러보는 폭포는 터무니없는 몬스터처럼 보였
다. 그 무엇보다도 거대하고 무서웠다. 왜소한 자신을 내
려다보는 대자연의 적에게 몸을 부르르 떨고 말았다.

　내가 떨어졌던 곳은 아마 『그레이트 폴』의 중단 언저리.
다층구조를 가진 절벽 내부의 미로에서 물살에 휩쓸렸으
니 틀림없을 것이다. 만약 계층 천장 부근에서 흐르는 최
상부의 폭포 입구에서 떨어졌다면…… Lv.4의 육체를 가
졌더라도 산산이 박살나버렸으리라.

　목덜미에 오싹 소름이 돋는 것을 느끼면서, 일어나 주위
를 둘러보았다.

　용소는 마치 호수 같았다. 대공동의 절반을 차지할 정도
로 광대하며, 폭포 바로 아래는 바닥의 깊이를 말해주듯
짙은 푸른색을 띠었다. 연신 피어오르는 가느다란 물보라
는 흰 안개를 이루었다. 폭포 소리는 너무 커서 고막이 터
질 것 같았다. 용소에서 100M 정도 남하하면 그곳은 다시
폭포의 시작지점이다. 제26계층으로 이어지는 저 대폭포
에서 떨어지면 그때야말로 살아남을 수 없다.

용소, 아니, 호수에 등을 돌리니 환상적인 광경이 펼쳐져 있었다. 마치 바위너설처럼 보이는 수정의 물가, 수정의 계곡, 수정의 절벽. 모두 청수정으로 이루어졌다. 유일한 식물은 청백색 꽃잎을 떨어뜨리는 푸른 벚꽃『아주라』였다. 유곽에서 한 번 본 적이 있는 미궁의 나무에 한순간 시간을 잊고 말았다.

"……넋을 잃고 있을 때가 아니지. 동료들과 합류해야 해."

나는 생각을 바꿔먹고 장비를 확인했다. 창졸간에 칼집에 꽂았던 《주신님 나이프》와 《하쿠겐》은 무사하고, 아이템은 해독제 같은 것을 제외하면 하나도 없다. 갑옷은 찰과상투성이였으며, 마인드만은 아직 충분히 남았다.

현재의 위치는 대공동의 동쪽 방면. 기슭을 따라 남동쪽으로 가면 제26계층으로 이어지는 연결통로가 있으며, 반대로 눈앞의 북동쪽에는 절벽 내부의 미로로 통하는 동굴이 있다.

『강화종』은 지류를 따라 사라졌다.

내가『그레이트 폴』의 고기밥이 되었다고 보고, 다시 릴리나 동료들을 노릴 것이다. 서둘러야 한다.

'다들 무사할까…….'

내가 지금 서 있는 여울에는 수정의 무리가 암초처럼 존재했다. 까마득한 머리 위, 점으로 보이는 저것은『하피』와『세이렌』일 것이다. 아직 나를 발견하지는 못한 모양이다. 쓸데없는 전투를 피하기 위해서라도 나는 아주라가 자라는 기슭의 안쪽, 북동쪽 동굴로 발을 돌렸다.

그때였다.

"_____."

쉭, 하고 바람 가르는 소리가 들린 것은.

움직일 수 있었던 것은 그동안 기른 모험자의 감 덕분이었다 해도 과언이 아니었다. 나는 반사적으로 몸을 옆으로 치우고 있었다.

다음 순간, **뒤쪽부터 어깨를 베여** 내 몸은 여울에 쓰러졌다.

"앗……?!"

물이 얼굴을 적히고, 어깨에서부터 흘러나온 피가 에메랄드색 수면을 더럽혔다.

고개를 든 나는 등 뒤에 우뚝 솟은 『그레이트 폴』 방향을 올려다보았다.

가느다란 물보라가 피어나는 공중에서는 여러 줄기의 붉은색 사선이 날아다니고 있었다.

"아차…… 『이구아수』……!"

초조함에 사로잡힌 채 그 몬스터의 이름을 중얼거렸다.

제25계층에서 제27계층, 『물의 미로도시』에 출현하는 제비 몬스터. 『그레이트 폴』의 뒤쪽, 절벽 표면을 근거지로 삼으며 모험자들 사이에서는 『보이지 않는 몬스터』라고 불린다.

그 이유는 경이로운 속도.

대폭포에 다가오는 자가 있으면, 저 맹렬한 폭포를 뚫을 정도의 속도로 허공에서 돌격한다. 그 광경은 그야말로 탄환이 쏘아져나가는 것과도 같다.

『섬광』이라는 별명까지 얻을 정도로, 이 층역에서 가장 두려움의 대상이 되는── 하층 최고속 몬스터!

『──!!』

"으윽?!"

용소 부근에 멍청히 서 있던 나의 어리석음을 저주할 틈도 주지 않고, 다시 붉은 섬광이 내달렸다.

【랭크 업】해 강화된 동체시력으로도 완전히는 간파할 수 없었다. 이번에는 뺨을 베이고, 그 어마어마한 풍압에 몸의 균형을 잃었다.

여기에 두 번째 공격.

이번에야말로 몸 한복판을 향해 밀려드는 붉은 점을 보며 눈을 크게 떴던 나는 창졸간에 한쪽 팔을 들었다.

갑옷의 건틀렛── 딜 아다만타이트의 가드로 그 붉은 마탄을 저지했다.

"으아악?!"

그 순간 둔중하면서도 커다란 소리가 터졌다.

해머로 얻어맞은 듯한 충격에 견디지 못하고 여울에 꼴사납게 엉덩방아를 찧었다.

돌격을 막아낸 건틀렛을 보니…… 그곳에 달라붙은 것은 너덜너덜하게 짓이겨진 제비의 시체. 젖은 붉은색 깃털

이 툭 떨어지고, 분홍색 살점에서 『마석』이 드러났다. 튀어 나와 피투성이가 된 안구와 눈이 마주쳐 나는 얼굴을 찡그렸다.

이것이 공격에 실패한 『이구아수』의 최후.

방패나 장애물 같은 단단한 물체에 격돌한 순간, 그 속도를 이기지 못하고 스스로 박살이 나버리는 것이다.

덧없고도 끔찍한 죽음에 내가 전율하고 있으려니——

피융, 피융.

바람을 가르는 무시무시한 선율이 수없이 겹쳐져 들려왔다.

"……이럴 수가."

머리 위를 올려다보니 절망적인 광경이 펼쳐져 있었다.

있을 수 없는 숫자의 붉은색 사선.

한두 마리가 아니었다. 동시에 확인할 수 있는 궤적의 수만 해도 스물 이상. 무수한 『이구아수』가 날아다니는 것이 분명했다.

던전의 『이상사태』, 몬스터의 대량발생? 하필이면 이구아수가?

등줄기가 얼어붙었던 나는 사선 중 하나가 번뜩인 순간 눈을 크게 뜨며 튕겨져 나가듯 그 자리에서 움직였다.

"큭?!"

『——!!』

이구아수의 강습이 시작되었다.

수십 발이나 되는 돌격포. 공중에서 짓쳐드는 사선은 내 반걸음 전에 있던 장소를 모조리 통과하고, 팔이며 다리를 스쳐 지나가며 수면을 가느다란 간헐천처럼 폭발시켰다.

틀렸어, 역시 사선밖에 보이지 않아!

여울을 달려가는 나는 혼신의 힘을 다해 수면에 솟아난 수정 뒤로 뛰어들었다.

"~~~~~~~~~~~~~~~~~~~~~~~~~~~~?!"

꽈과과과과과과과과과과광!! 순식간에 수정이 부서져나가는 소리가 연속으로 이어졌다.

등을 댄 수정의 무리에서 전해지는 진동과 노도처럼 흩어지는 수정의 파편에 눈을 크게 떴다.

믿을 수 없다── 바위처럼 두꺼운 수정이 순식간에 깎여나가고 있어!

제비떼는 몇 마리나 짓이겨져 목숨을 잃으면서도 사냥감이 숨은 장애물을 없애려 했다. 위협하는 울음소리조차 돌진하며 바람을 가르는 소리에 지워질 정도로 속사포 같은 비가 쏟아졌다.

시시각각 밀려드는 수정의 붕괴. 낮고 빠르게 울어대는 심장 고동.

이마에서 한 줄기 땀이 흘러내렸다.

자신의 목숨을 건 일격필살. 강하지 않을 리가 없다. 『이 구아수와 만나면 짐을 내팽개치고 도망쳐라』. 상급 모험자들이 입을 모아 하는 말이다. 몸에 바람구멍이 뚫릴 정도의 위력이 있는 것도 당연하다. 적은 덧없는 목숨을 침입자의 말살에 바치는 타고난 사냥꾼이다.

수중전에 이어 받게 된『하층』의 세례.

언제 봐도 던전은 발을 잘못 디딘 모험자에게 가차없다.

'어떡하지, 어떡하지, 어떡하지?'

여울에 있는 이 수정에서 절벽 내부의 동굴까지는 너무 멀었다. 틀림없이 도망치는 도중에 벌집이 되고 말 것이다. 운이 좋아 용소로 도망쳐 물속에 숨는다 해도 수생 몬스터에게 잡아먹힐 뿐. 이탈은 불가능. 이구아수의 대처법은 크고 튼튼한 방어구로 견뎌내는 것뿐. 방패도 중장 갑주도 없는 나는 맨몸이나 다를 바 없다. 견뎌내지 못한다. 대책은, 없다.

——싫어. 받아들일 수 없어, 그런 건.

여기서 죽을 수는 없다. 파멸의 운명 따위 엿이나 먹으라지. 아차차 입이 험해졌네. 아니 알 게 뭐람. 여길·돌파할 수만 있다면.

헤어져버린 동료들이 있다. 구하기로 결심한『제노스』와의 약속이 있다.

이기고 싶은 라이벌이, 쫓아왔던 동경이 있다.

나는 아직—— 아무 것도 해내지 못했어!

다음 순간, 마침내 마지막 수정기둥이 소리를 내며 부서졌다.

"큭!"

즉시 수면으로 몸을 던져 이구아수의 돌격을 회피했다.

수많은 물보라가 솟구치는 가운데, 여울 위를 구른 나는 재빨리 일어났다.

무리의 절반을 잃은 이구아수는 다시 공중에서 피융, 피융 오가며 태세를 재정비하고 있었다. 헤아릴 수도 없는 붉은색 사선을 노려보던 나는……『각오』를 다졌다.

오른손을 허리에 뻗어, 한 자루의 나이프를 뽑았다.

그것을 역수로 쥐고, 자세를 살짝 낮추며, 몬스터의 무리와 대치했다.

──전부 **베어버린다**.

이탈도 방어도 불가능한 나의 결단은, 정면 요격.

선배 모험자가 있었다면 하늘을 올려다보며 졸도해버렸을지도 모르는 선택이었다.

딱히 머리가 이상해진 것은 아니었다. 자포자기한 것도 아니다.

그저 생각했을 뿐이다.

그 사람이라면──【검희】아이즈 발렌슈타인이라면.

이 방법을 선택하지 않았을까.

그렇다면…… 나도 그것을 넘어서고 말겠어.

"──승부다."

선택한 무장은 《하쿠겐》.

단도 계열 중에서도 유례를 찾아보기 힘들 정도로 가벼워 휘두르기가 매우 편한 유니콘의 나이프로, 저 최고속 몬스터에게 대항하겠다.

다른 무장은 필요 없다. 이 한 자루, 오른손에 의식을 모두 쏟아부을 것이다.

보고 나서 반응하면 늦는다. 느껴라. 바람의 흐름을, 살기를. 궤도를 예측해라.

"…………."

폭포의 물이 뿌옇게 터지고, 폭포 소리 사이로 날카로운 바람 소리가 교차했다.

이내 시야에서 색이 사라지더니, 세계가 조용해져갔다. 심장 고동도, 발밑의 수면을 흔드는 파문조차도. 극한까지 집중한 정신이 나를 어딘가로 끌고 가려 했다.

입술이 숨을 살짝 들이마시고 토해냈다.

그 직후.

허공을 달리던 붉은 사선이 일제히 내 쪽으로 방향을 틀었다.

"──흡!!"

한층 기백을 담아.

선두에서 돌진하는 한 줄기 벼락에 휘백색 검광을 날렸다.

소리는 없었다. 비명도, 단말마도. 그저 둘로 갈라져나간 이구아수가 내 뒤에서 물에 처박혔다.

그리고 그것이 정면승부 개시의 신호.

『――――――――――――――――――!!』

날개의 섬광이 쇄도했다.

《하쿠겐》을 쥔 나는 이를 모두 받아냈다. 휘두른 오른손
을 이내 되돌려 베어올렸다. 한 치의 시차도 없이 밀려드
는 다음 탄환을 고개만 기울여 회피. 동시에 세 차례 쏘아
진 돌격을 한 차례의 참격으로 베었다. 정면에서 초고속
사선과 교차하기를 37회, 첫 번째 파상공격에 실패한 살인
제비는 수면을 스치고 활공하더니 공중으로 날아올라, 전
방위에서 재습격을 감행했다.

돔에서 쏟아지는 유성과도 같은 섬광에, 나도 검신이 뿌
옇게 흐려질 만한 기세로 가속했다.

"~~~~~~~~~~~~~~~~~~~~~~~~~~~~~~아아아!!"

갑옷 바로 위를 스치는 이구아수의 날카로운 부리. 딜
아다만타이트 어깨받이에서 불꽃이 튀고『운디네 클로스』
이너웨어가 찢겨나갔으며 핏방울이 솟았다. 적의 날개를
가를 때마다 상처가 늘어만 갔다.

흘러내렸던 땀이 다시 솟구쳤다. 온몸이 뜨겁다. 머리가
익어버릴 것 같다.

다른 더 좋은 방법은 없었겠느냐고 팔다리가 고함을 질
러댔다. 여기에 마음의 목소리가 반론한다. 공격범위가 면
이 아니라 점인 파이어볼트로는 무리를 섬멸할 수 없다.

몇 마리의 목숨과 맞바꾸어 자신의 몸이 구멍투성이가 될 것이다. 그렇다면 역시 나에게는 이것밖에 없다.

모두가 어이없어하며 칭송해준, 이『속도』밖에는.

'적도 목숨을 걸고 있어——.'

이 섬광은 몸을 버리는 일격. 최고속도에서 펼치는 필살. 목숨을 모조리 공격으로 바꾸기에 저 육탄돌격은 강하다. 앞뒤 가리지 않고 빠르게 날며, 그저 관통하기에.

그러니 나도, 아무 생각 없이 이 팔을 휘두를 뿐.

——근성 대결이다!!

"아아아아아아아아아아아아아아아아아아아아아아아아아아아아아아아아아!!"

무심(無心)이 되어 모험자의 본능에 몸을 맡긴 채, 휘백색 원호를 주위에 그려댔다.

나이프를 휘두르는 속도가 올라갔다.

적을 포착하는 정밀도도 올라갔다.

마치『어긋났던』감각이 궁지를 겪으면서 육체와 정신이 하나로 합쳐지는 듯한——.

'좀 더, 좀 더, 좀 더!'

미궁거리의 밤에 맛보았던, 동경의 연속참격.

그 처절하고도 아름다운【검희】의 모습을 뇌리에 떠올리며, 나는 검광의 선율을 연주하고 있는 대로 가속했다.

그리고.

"——쉭!!"

머리 위에서 급강하하는 최후의 한 마리를, 갈랐다.

『마석』을 정확하게 가른 휘백색 참격이 이구아수의 몸을 재로 바꿔 사방으로 흩뿌렸다.

마지막 공격을 펼친 나는 《하쿠겐》을 휘두른 자세로 정지하고 있었다. 주위에 떠도는 안개비와도 같은 물보라가 달아오른 뺨을 식혀주었다.

극한까지 갔던 집중이 풀리면서, 『그레이트 폴』의 폭음이 귀에 돌아왔다. 나는 조용히 자세를 풀고 주위를 둘러보았다.

일대의 여울에는 헤아릴 수도 없는 드롭 아이템 『이구아수의 깃털』이 무수히 떠 있었다.

"……견뎌, 냈다……."

이구아수의 대량발생 『이상사태』를, 견뎌냈다.

뺨이며 팔에서 핏줄기를 흘리고, 몸이 늘어지는 것을 느끼면서도 나는 《하쿠겐》을 든 오른손을 내려다보았다.

너무 오랫동안 발이 묶이고 말았다. 체력도 소비해버렸고, 시간을 대폭 낭비해버렸던 것은 틀림없다.

그러나.

'조금, 알 것 같아…….'

만용과 무모는 다르다.

그러나 반드시 위험을 무릅써야만 하는 때가――『모험』을 해야만 하는 날이 찾아온다.

그것이 1년 후가 될지 하루 후가 될지, 혹은 몇 초 후가 될지는 모르지만.

그때를 넘어서기 위해, 함양해야만 한다. 많은 것들을.

항상 최선을 모색한다. 준비해둔다. 마음을 다진다.

제1급 모험자라 불리는 사람들은 분명 그렇게 해왔을 것이다. 후회하지 않기 위해서라도.

던전의 세례를 받은 나는 또 한 번 모험자로서 성장한 기분이 들었다.

새로이 얻은 무기, 휘백색 나이프를 꼭 쥐었다.

그때 문득———— 짝짝짝.

긴장된 미궁에는 어울리지 않는, 『박수』 소리가 울려 퍼졌다.

"어?"

나도 모르게 얼빠진 목소리를 내고 말았다.

몬스터가 모험자에게 박수를 보내는 일은 있을 수 없다. 평범하게 생각하면 같은 모험자일 것이다. 하지만 이 용소에 나 말고 다른 사람은 없었을 텐데.

생각을 이리저리 굴리며 천천히 뒤를 돌아보니, 그곳에는——.

"_____."

시야에 펼쳐진 것은 제26계층으로 이어지는 거대한 폭포의 입구.

© Suzuhito Yasuda

그 대자연의 경치를 등진 채 수정 바위너설에 앉아있던 것은, 투명한 녹색 비늘과 물고기의 꼬리지느러미. 『그레이트 폴』과 똑같은 에메랄드색 하반신과는 달리 **인간의 몸을 가진** 상반신은 옅은 남색으로 물들어 있었다.

매끄럽고 싱그러운 피부, 고스란히 드러난 모양 좋은 유방, 하반신과 같은 색의 긴 머리카락, 귀 언저리에 돋아난 귀여운 지느러미. 그리고 비취처럼 아름다운 눈.

조개와 진주로 된 머리장식을 찰랑거리는 『그녀』를 보고 숨을 멈추며 나는 중얼거렸다.

"『머메이드』……"

몬스터에게는 존재할 리 없는 미모를 가진 『인어』에게 눈을 빼앗겼다.

이구아수와의 연무를 펼쳤던 나를 칭찬하듯, 혹은 순수하게 감탄하듯 『그녀』는 웃으며 천진난만하게 손뼉을 치고 있었다.

☙

"【웅대한 전사여, 다부진 호걸이여, 탐욕스러운 외도의 영걸이여. 여제의 허리띠를 탐하려거든 증명하라】."

노랫소리가 이어지고 있었다.

몬스터의 흉악한 포효를 누비며 울려 퍼지는 것은 낭랑한 영창이었다. 적의 발톱이며 이빨을 피한 아이샤는 대형 박도와 긴 다리를 휘둘러 공격을 이어나가며 주문을 거듭했다.

『병행영창』이었다.

"【굶주린 나의 칼날은 히폴뤼테】!"

수많은 몬스터를 상대하면서 공격, 회피, 영창을 동시에 전개한 아마조네스는 눈 깜짝할 사이에 주문을 마치고 자신의 『마법』을 해방시켰다.

"【헬 카이오스】!"

지면에 내리찍은 박도에서 상어의 등지느러미를 방불케하는 거대한 참격파가 뿜어져 나가, 진로에 있던 몬스터의 무리를 폭발시켜버렸다. 전방에 늘어섰던 강건한 블루 크랩은 물론이고 공중에서 떠다니던 데블 모스키토, 나아가서는 물속에 있던 대형급 몬스터 아쿠아 서펜트까지 양단해버렸다.

"물살까지 베고 앉았어……."

"벨 크라넬도 대단하지만, 【안티아네이라】도 역시 상당하군……."

파티 본대의 수비로 빠진 벨프, 부상자를 짊어진 오우카가 그 광경을 보고 전전긍긍했다. 육지만이 아니라 물살까지 종단해 물 밑바닥을 노출시킨 【헬 카이오스】는 전방의 장애물을 한꺼번에 날려버렸다.

갈라진 수로로 쏴아아 물이 돌아오는 가운데, 홀로 몬스터를 상대한 아이샤는 대형 박도를 어깨에 걸머지고 벨프

쪽을 돌아보았다.

"자, 길이 뚫렸을 때 냉큼 가자고. 포위당하기라도 했다간 나도 너희를 다 지켜줄 수가 없어."

"그렇게 혼자서 몬스터를 다 해치워놓고 말은 잘해……."

뛰어난 능력을 보인 제2급 모험자에게 중얼거린 것은 루비스를 부축하는 다프네였다.

중상을 입은 엘프 모험자들을 옮기는 파티는 이제 아이샤에게 모든 부담을 집중시킬 수밖에 없었다. 미궁 진행을 재개하면서, 땀을 흘리는 그녀에게 릴리가 쪼르르 다가가 듀얼 포션을 건넸다.

"아이샤 님, 괜찮으세요?"

"문제없어……라고 허세 부리면 되겠냐? 뭐, 너희가 그놈의 어마무시한 『마검』으로 지원을 해주니까 이 정도라면 괜찮아."

벽 한쪽에서 떨어지는 조그만 폭포에 손을 뻗어, 꼴깍꼴깍 목을 울리며 던전의 물을 마신 아이샤는 입을 닦으며 대답했다.

【모디 파밀리아】의 모험자들을 부축하는 사람은 오우카, 미코토, 다프네, 그리고 힘이 없는 하루히메까지 동원해 넷. 여기에 치구사를 업은 카산드라를 더하면 다섯 명이나 되는 파티 멤버가 전투에 참가하지 못하게 된 셈이다. 아무리 아이샤가 분전한다지만 『하층』을 나아갈 때는 매우 힘겨운 숫자였다.

하지만 여기에 단검형 『크로조의 마검』을 가진 벨프와 릴리가 절묘한 지원을 더해주었다. 속도가 빠른 고위력 지원사격이 아이샤의 손이 미치지 않는 곳에 있는 몬스터를 몇 번이나 태워버려, 아직까지 파티는 별 어려움 없이 전진할 수 있었다.

"『냄새 자루』를 쓸 수 있었으면 좋았겠지만요……."

"수생 몬스터는 육지의 냄새에 별로 반응이 없다는 말, 아까 들었지? 그 『강화종』도 후각은 없는 것 같았고. 게다가 지금 그 엄청난 냄새를 풍겼다간 부상자들이 죽어버릴걸?"

강렬한 악취를 풍겨 몬스터를 다가오지 못하게 만드는 냄새 자루의 이야기를 꺼낸 릴리에게 벨프가 농담처럼 되받아쳤다. 하지만 파티를 에워싼 긴박감은 조금도 누그러지지 않고, 묵묵히 청수정으로 이루어진 미로를 나아가려니…… 선두에 있던 아이샤가 흠칫 어깨를 떨었다.

"아이샤 님?"

"몬스터냐?"

"아니, 이 발소리는——— 모험자다."

아이샤의 말에 릴리와 벨프가 흠칫했다. 수평굴이 있는 모퉁이까지 파티가 나아가자, 그녀의 말대로 모험자들과 맞닥뜨렸다.

"도르무르, 너냐……?"

"루비스, 루비스냐?! 너 살아있었어?!"

다프네의 어깨에서 루비스가 고개를 들고, 상대 파티에

있던 드워프도 목소리를 높였다. 실처럼 가느다란 눈에 커다란 코, 드워프 치고는 커서 170C에 이르는 키. 투구를 비롯한 갈색 중장갑으로 몸을 감쌌으며 두 손에는 거대한 전투용 해머를 들었다.

릴리 일행은 이내 깨달았다. 그가 루비스가 말한 【마그니 파밀리아】의 단원임을.

"도르무르 님이라고 하시나요? 릴리네는 【헤스티아 파밀리아】예요. 지금은 원정 중이고요."

"【래빗 풋】이 있는?! 그럼 너희도 그 『강화종』에게 습격을 당해서……!"

재빨리 소개를 마치자, 덩굴이 돋아난 치구사를 본 도르무르도 이내 사정을 알아차린 모양이었다.

상대 파티는 도르무르를 포함해 4명의 드워프. 모두 Lv.3의 강자였으며, 든든한 풀 플레이트 아머를 장비했다. 그러나 지금은 그 갑옷도 곳곳이 파손되어 파티의 소모 상태를 짐작하게 해주었다.

게다가 모두에게 예외 없이 『겨우살이』가 기생하고 있었다.

"너희는 움직일 수 있나? 그 『겨우살이』가 있는데도……?"

"으, 으하하하! 우린 드워프야! 비실거리는 엘프하고는 몸부터 다르다고!"

놀란 오우카가 지적하자, 도르무르는 특유의 억양이 있는 어조로 웃어넘겼다. 그러나 눈 밑이 시커멓게 죽은 그의 얼굴을 보면 허세임은 명백했다.

파티를 위해 몸을 바쳐가며 강행군을 했던 것이리라.

"후…… 그렇군. 짐만 되는 우리 엘프보다 네놈들 드워 프 쪽이 차라리 낫겠어……."

"어, 어라…… 네가 그런 소릴 하다니, 어떻게 된 거야……."

루비스가 자조하는 웃음을 흘리자, 도르무르는 대들지 않는 그의 모습에 맥이 풀려버렸다. 드워프와 늘 옥신각신 해야 할 엘프는 초췌한 얼굴에 힘없는 표정을 지었다.

"도르무르…… 네놈, 퀘스트 목표인 파티는 발견했나?"

"……그래, 발견했어. 시체로, 말이지만. ……여기보다 도 아래, 『하층』의 세이프티 포인트에서."

"세이프티 포인트?"

표정을 고치며 모양 좋은 눈썹을 틀어 올리는 루비스에 게, 도르무르는 침통한 표정으로 고개를 끄덕였다. 그 의 외의 단어에 릴리는 앵무새처럼 그 말을 되풀이했다.

"맞아. 남의 눈이 뜨이지 않는 곳에 숨어있었지. 잡것들 한테 뜯어 먹혀서 바짝 마른 시체에는 『덩쿨』이 감겨 있고, 『꽃』까지 피었더라고……."

"그, 그러면……."

"그래. 그 『강화종』, 세이프티 포인트에 **매복했다가** 모험 자를 죽였던 거야."

그 말을 들은 릴리 일행은 충격을 받았다.

몬스터가 태어나지 않는 세이프티 포인트. 모험자들이

마음을 놓는 순간을 그『강화종』은 알고서 기습을 가한 것이다. 사냥감이 빈틈을 보이는 그 때를 노리고.

"이제 와서 놀랄 일도 아니라고 생각하지만…… 정말 쓸데없이 똑똑한 모양이군, 그놈의 괴물은."

아이샤의 가증스럽다는 듯한 감상이 모든 이의 심정을 대변하고 있었다.

"『피에 젖은 트롤』보다 성가시다는 얘기, 딱히 틀린 말도 아닐 것 같은데."

모험자의 습성을 익힌 몬스터. 전례가 없는 존재. 아마조네스 여걸은 그런 말로 심경을 토로했다.

"달리 뭔가 정보는 없나요? 그『강화종』의 생태나 약점을 혹시 아신다면……."

"아냐, 우리도 얼른 리빌라까지 돌아가는 도중에 공격을 당해서 미안하지만 거기까진……. 하지만 암만 때려도 베어도 그 괴물은 버티더라고. 내가 비장해둔 벼락『마검』도 별로 효과가 없었고……."

"역시 눈에 뜨이게 효과가 있었던 건 벨 님의【파이어볼트】뿐이군요……."

"약점은『불』이란 소리구만. ……릴리돌이, 붉은『마검』을 꺼내줘. 내가 쓰겠어."

도르무르의 설명을 듣고 벨프와 릴리가 장비를 변경했다.

벼락 계열의 단검형을 들었던 벨프는 백팩에서 꺼낸 장

검형 『마검』을 받아들고, 비스듬히 걸쳐놓은 등의 검대에 달아놓았다.

"너희는 이제 어떡할 거야? 우리는 이 모양이라, 부탁이니 동행하게 해줬으면 좋겠는데……."

"상관없어요. 긴급사태일 때 서로 돕는 건 모험자님들의 규칙이니까요. 릴리네는 이 계층의 연결통로 앞으로 가서 거점을 설치할 예정이에요."

도르무르의 애원을 받아들인 릴리는 현재의 방침을 재빠르고도 정확하게 전달했다.

이를 이해하고 그녀에게 찬성의 뜻을 보인 드워프는 흘끔 루비스를 부축한 다프네를 보더니, 깜짝 놀라는 그녀에게 성큼성큼 다가갔다.

"내놔봐! 그딴 비실거리는 짐짝은 우리가 들고 가줄 테니까!"

"도르무르, 너……."

"착각하지 마! 한심한 말이지만 우린 이제 제대로 싸우지도 못한다고! 아이템도 『마검』도 다 써버렸어! 하지만…… 서포터 흉내 정도는 낼 수 있으니까!"

다프네에게 억지로 루비스를 빼앗아 그 커다란 어깨에 짊어진다. 다른 드워프들도 마찬가지로 미코토와 하루히메, 오우카에게서 엘프들을 맡아 부축했다. 놀란 엘프 청년에게 도르무르는 침을 튀겨가며 그 이상 말하지 못하도록 가로막았다. 감사 같은 거 하지 말라고 행간으로 선언하듯.

한편 릴리 일행은 드워프 특유의 강인함에 감탄하고 있었다. 이렇게 피로할 때 그들만큼 든든한 종족은 없다. 중전사로서 모험자들이 의지하고 채용하려 하는 이유 중 하나였다.

"고, 고맙습니다! 뭐라고 감사를 드려야 좋을지……!"

"진짜 덕분에 살았어. 고마워."

"아, 아무 것도 아냐! 이렇게 힘쓰는 일은 우리 드워프들 일이니까! 가, 가가가, 가련한 여자들에게 시킬 수는 없지!"

보호욕을 자극하듯 양끝이 늘어진 카산드라의 눈, 다프네의 초롱초롱 치켜 올라간 눈. 아폴론에게 구애를 받을 만한 두 미소녀에게서 고개를 돌려버린 드워프는 더듬거리며 귀까지 새빨갛게 물들였다. 다른 늙수그레한 얼굴의 드워프들도 반응은 비슷했다.

"좋은 분들이라 다행이네요."

그들의 행동에는 모험자에게 거부반응을 가진 릴리도 키득 웃음을 지었다.

"이야기 끝났냐? 가자."

아이샤의 목소리에 모두가 따랐다.

드워프 서포터를 더해 파티는 더욱 커졌지만, 조금 전보다도 더욱 행동이 가벼워졌다. 엘프들을 부축하던 오우카 일행도 전투요원으로 복귀했다.

"그런데 벨 크라넬은 어떻게 된 거야? 어, 거기 그, 르나르 미인 아가씨?"

"……벨 님은."

다프네나 카산드라 이상의 미모를 가진 하루히메에게 긴장하며 도르무르가 벨에 대해 물었다.

등 바로 뒤에서 이어지는 그런 대화를 들으며, 릴리는 두 손으로 잡고 있던 백팩의 어깨끈을 꼭 쥐었다.

🔥

박수 소리는 폭포 소리에 섞여 여전히 들려왔다.

넋이 나간 나에게 『그녀』는, 머메이드는 어린아이처럼 비취색 눈을 반짝반짝 빛냈다.

외견은 인간의 연령으로 환산한다면 나보다도 조금 위, 아이즈 씨랑 비슷한 정도가 아닐까. 언더 펄을 이용한 머리장식은 물가에 있는 그녀에게 매우 잘 어울렸다.

인간에게 박수를 치는 몬스터…… 인간에게 우호적인 태도를 보이는 괴물의 존재라면, 나는 하나밖에 모른다.

"넌……."

아연실색하며 입술을 움직이자, 그녀는 귀엽게 고개를 갸웃하더니 흠칫 눈을 크게 떴다.

입에 손바닥을 대고, 누가 봐도 『아차』 하는 표정을 지었다.

설마, 역시──.

비네의 얼굴이 뇌리를 가로지른 그 순간.

『아아아아아아!』

"윽?!"

까마득한 상공에서 날갯짓 소리와 찢어지는 울음소리가 들려왔다.

고개를 든 나의 시야에 비친 것은 『하피』와 『세이렌』. 대공동 위쪽에서 날던 몬스터들이 나를 알아보고 맹금과도 같은 두 눈을 번들번들 빛내고 있었다. 이구아수와 그렇게나 요란하게 싸웠으니 알아차리지 못할 리가 없지⋯⋯!

『!』

내가 이를 악물고 있으려니 『그녀』는 하피를 보고 어깨를 떨더니 서둘러 물속으로 뛰어들어 도망쳐버렸다. 솔직히 말해 굉장히 신경이 쓰였지만 지금은 의식 밖으로 밀어낼 수밖에 없었다.

이구아수에게 체력을 뭉텅 빼앗긴 채, 나는 비행 몬스터들과의 연속전투에 돌입했다.

『샤아아아아아아아아악!』

『──────────아아!』

하피와 세이렌은 여성형 얼굴에 새의 몸을 가진 몬스터.

한쪽은 다홍색, 또 한 쪽은 진한 노란색 깃털을 가졌으며, 깊은 주름이 새겨진 얼굴이 노파보다도 추악한 것은 공통점이다. 『물의 미로도시』에 어울리지 않는 분뇨 같은 악취도 연신 코를 찔렀다. 이렇게 보면 역시 『제노스』의 레이 씨나 피아 씨가 얼마나 일탈된 존재인지를 잘 알 수 있었다.

똑같은 여성형 얼굴에 새의 몸을 가진 몬스터지만, 하피는 비행능력이 더 뛰어나고, 세이렌은 『괴음파』라는 원거리 공격을 사용한다. 다시 말해 공격의 차이는 근거리와 원거리. 나는 날카로운 발톱을 겨누고 급강하하는 하피에 맞서면서, 머리 위에서 체공하며 『괴음파』를 쏘는 세이렌에게 주의했다.

"흡!"

『꼐엑?!』

갈고리 발톱을 회피하며 연동된 움직임으로 《주신님 나이프》를 휘둘렀다. 목이 잘린 하피에게서 핏줄기와 무수한 깃털이 흩어지는 가운데, 일제히 달려들었던 나머지 무리에도 《하쿠겐》을 퍼부었다.

주신님과 아이즈 씨, 그 두 사람과 함께 맞닥뜨렸던 『베올 산지』에서도 하피의 싸움은 본 적이 있다. 지상의 개체보다 훨씬 빨랐지만 그래도 공격수단을 알면 큰 우위성을 유지할 수 있다. 이구아수와 싸우느라 지쳤던 몸도 이 정도 상대라면 숨이 차는 일 없이 싸울 수 있었다. 예전의 나에게는 없는 Lv.4의 강인함을 실감하며, 마지막 하피에게 왼쪽 발끝을 꽂아 턱을 부쉈다.

『———————아아아!!』

즉시 날아드는 세이렌의 『괴음파』를 뒤로 뛰어 물러나

회피했다. 착지한 여울에서 물줄기가 솟는 가운데, 초음파를 받아 수정의 일부에 금이 가 후둑후둑 무너져 내렸다. 레이 씨만큼은 아니지만 역시 위협적인 위력이다.

합계 4마리의 세이렌은 나와 근거리에서 맞붙는 것을 경계해 공중에서 내려올 기색을 보이지 않았다.

그렇다면…….

"【파이어볼트】!"

『?!』

내뻗은 오른팔을 왼손으로 잡고 가차 없이 『마법』을 발동했다.

마인드만은 남아돈다. 공중을 자유로이 날아다니는 네 마리의 세이렌을 상대로, 몇 번이나 빗맞히면서도 나는 『속공마법』의 특성을 유감없이 발휘했다.

연사하고, 난사한다.

수없이 허공을 관통하는 고위력 염뢰. 『괴음파』도 쏘아가며 필사적으로 피하던 세이렌들의 움직임도 차츰 퇴색해, 그때를 놓치지 않고 즉시 저격했다. 불꽃의 벼락에 꿰뚫린 네 마리의 시체가 용소―― 호수 중앙에 추락했다.

내밀고 있던 오른팔을 내렸다.

이로써 적은 전부 쓰러뜨렸지만…… 역시 『그녀』는 이제 돌아오지 않겠지. 가능하다면 여러 가지 확인하고 싶은 것이 있었지만.

조용해진 물가를 둘러보고 있으려니…… 첨벙, 하고 무

언가가 올라오는 소리가 들렸다.

나는 조금 전의 머메이드가 돌아왔나 싶어 흠칫하며 자세를 풀고 돌아보았다.

『——우후후.』

물가 근처의 수정으로 올라온 것은 분명 물고기의 하반신을 가진 머메이드였다. 하지만.

'아냐—— 아까 그 머메이드가 아니야!'

진짜 몬스터다!

수정 암초에 올라온 그림자는 둘. 마치 시들어버린 식물 같은, 거무죽죽한 녹색 머리카락을 가진 반인반어『머메이드』. 이 계층영역의 레어 몬스터 중 하나이기도 하다. 하피들보다는 나은 용모를 가졌지만 새하얀 안구나 핏기가 전혀 느껴지지 않는 청백색 피부는 역시 끔찍했다.

허점을 드러내버린 나에게, 두 마리의『머메이드』는 씨이익 웃으며 목을 떨었다.

『라아아아아———…………』

높은 목소리로, 요사스럽게, 여행자를 환혹하는 듯 파멸적인『노래』를 자아낸다.

'야단났다?!'

한 수 늦어버린 나는 뒤늦게 사태를 이해하면서도 두 귀를 막았다.

직접적인 전투능력이 거의 없는『머메이드』가 가진 유일하고도 극악한 무기, 그것이 노래에 의한 매료,『참』이다.

『참』만은 수많은 『이상효과』 중에서도 특별하며, 가장 성질이 고약하다. 심리적 요인에서 오는 증상은 아이템으로 해제할 수 없고 어빌리티 『내성』으로도 막지 못한다. 말하자면 『정신공격』이다.

노래에 환혹당한 모험자를 어떤 때는 물속으로 끌어들이고, 어떤 때는 착란에 빠뜨려 내부분열을 유도한다. 이겨낼 방법은 귀를 막거나 인어의 파멸적인 노랫소리에 굴하지 않을 정신력으로 대항하는 것뿐.

고스란히 『머메이드』의 노래를 듣는 바람에 당황한 내가 이를 악물고 있으려니——

"…………어라?"

——아무 이상도 일어나지 않았다.

현혹되지 않았다. 비틀비틀 물속으로 끌려가지도 않았다. 마음이 전혀 움직이질 않는 것이다.

아직도 파멸의 노래가 이어지는 가운데, 귀에서 뗀 두 손을 내려다보며 연신 고개를 갸웃거렸다.

암초에 앉아있던 몬스터들도 『참』이 전혀 통하지 않는 내 모습에 명백히 동요했다.

"어⋯⋯ 【파이어볼트】?"

『삐갸아아아아아아아아아아아아아악?!』

일단 오른손을 뻗어 염뢰를 날리자, 멋지게 직격당한 『머메이드』들은 비명을 지르며 물속으로 도망쳤다.

"뭐였담, 대체⋯⋯."

『참』을 무효화하는 값비싼 액세서리나 매직 아이템 같은 걸 장비하지도 않았을 텐데…….

아, 하지만 몬스터의 『참』 같은 건 비교도 안 될 만한 『미의 신』의 매력…… 이슈타르 님과 옥신각신한 적도 있었으니까, 나도 모르는 사이에 내성을 얻었다거나?

땀을 삐질삐질 흘리며, 나는 조금 전부터 슬며시 열기를 띠는 것 같은 등을 손가락으로 문질러보았다.

"……괜찮아?"

그때 들려온 방울처럼 아름다운 목소리에 나는 이번에야말로 흠칫 놀랐다.

바로 옆을 보니, 바위처럼 생긴 물가의 수정에서 『그녀』가 살짝 고개를 내밀고 나를 걱정하듯 바라보고 있었다. 하반신은 물속에 담근 채 뭍에 올라온 상반신을 감추고, 쭈뼛쭈뼛.

한동안 굳어버렸던 나는 상대를 자극하지 않도록 천천히 다가갔다.

경계심이 별로 없는지, 아니면 호기심이 강한지, 몬스터가 말을 해도 위해를 가하거나 도망치지도 않는 나를 불안스레, 혹은 흥미진진하게 바라보고 있다.

아까 분명 사람 말을 했지.

역시, 틀림없어──.

수정 뒤에 숨은 그녀의 눈앞에서, 한쪽 무릎을 꿇고 물어보았다.

"넌…… 당신은,『제노스』인가요?"

『제노스』라는 말을 들은 순간, 비취색 눈이 크게 뜨였다.

다음 순간──놀랍게도── 숨어있던 수정에서 뛰어나와선 내 목에 두 팔을 감았다.

"으이익?!"

가려져 있던 상반신, 충분한 용기를 가진 가슴의 계곡이 또렷이 시야에 들어와 나도 모르게 몸을 뒤로 젖히고 넘어질 뻔했지만, 목에 감은 그녀의 두 팔이 이를 용납하지 않았다.

멍청하게 얼굴만 붉히고 있으려니, 머메이드는 목덜미에 코를 가져다대고 킁킁 소리를 냈다.

"레이랑, 친구들 냄새……."

귓전을 간지럽히는 『레이』라는 이름에 놀라 나는 정신을 차렸다.

같은 『제노스』, 세이렌 레이 씨를 알고 있다.

"어, 다른 『제노스』도 알고 계세요? 리드 씨라든가, 그로스 씨라든가……."

"응, 알아. 리드는, 귀엽고…… 그로스는, 부끄럼쟁이. 맞지?"

가녀린 두 어깨를 잡고 목에서 떼어내자 머메이드는 고개를 갸웃하며 웃음을 지었다.

귀엽다…… 부끄럼쟁이…… 어쩐지 내가 아는 리저드맨과 가고일하곤 안 맞는 것 같지만…… 그래도 보아하니 틀림없는 모양이다.

『제노스』의 동포. 여기서 만난 건 운이 좋다고 할 수 있으리라.

목에 감긴 두 팔을 간신히 떼어낸 나는 빤~히 지근거리에서 나를 바라보는 그녀에게, 우선 무엇을 물어보아야 좋을지 한참 고민한 후 입을 열었다.

"저기, 저는 벨이라고 해요. 당신은요?"

내가 처음 했던 일은 이름을 가르쳐주는 것과 이름을 묻는 것.

사람에게 하듯 그렇게 말을 걸자, 그녀는 에메랄드색 머리카락을 출렁이며 다시 고개를 갸웃했다.

"······?"

"아――····· 벨, 벨, 벨······."

무슨 말인지 모르겠다는 그녀의 표정에, 나는 자신을 가리키며 이름을 입에 담았다.

검지로 자신을 가리키기를 몇 차례. 머메이드는 얼굴에 파앗! 하고 꽃과도 같은 미소를 피우더니 두 손을 짝 마주쳤다.

"벨!"

"응, 맞아요."

"난 마리!"

이름을 기억해준 것과 함께 자신의 이름도 가르쳐주었다. 머메이드 마리 씨란 말이지.

아직 잘은 모르겠지만, 비네나 레이 씨와 비교하면 의사소통 능력이 조금 낮은 걸까? 언동이 어려보인달까 조금 서툴달까⋯⋯.

일단은 다음으로 무엇을 물어봐야 좋을지 생각하고 있을 때── 그녀가 갑자기, 까득.

자신의 검지를 입에 물고 깨물더니, 피가 배어나온 끄트머리를 내 코앞에 내밀었다.

"벨."

"어, 네?"

"먹어."

엥⋯⋯?

생각이 멈춰 입을 헤벌리고 있으려니, 마리 씨는 그대로 손가락을 내 입에 쑥 집어넣었다. 으엑, 저기요?!

"핥아."

흐에아?!

"빨아."

네에에에에에에에에에에에에에에에에에에에?!

눈 깜짝할 사이에 얼굴 전체가 새빨갛게 달아올랐다. 그러자 머메이드의 검지는 원을 그리듯 내 입안을 유린해댔다. 으악, 끼야악─?! 입 안에서 꿈틀거리지 말아요──?! 손가락이 혀에 얽혀서어어⋯⋯?!

새빨개진 얼굴로 땀을 폭포처럼 흘리며 호흡곤란에 빠진 채 얼른 그녀의 오른손을 잡아 빼려 했지만, 마리 씨는 이를 거부하고 손가락을 갈고리 모양으로 구부려 잇몸에 고정했다. 아야야야?!

"빨~리~!"

불쑥 몸을 내밀며 상반신까지 밀착하는 바람에, 나는 이젠 몸을 돌처럼 굳혀버렸다. 몬스터라고는 하지만 미모의 소녀가 이렇게 달라붙으면…… 눈물을 머금으며 따를 수밖에 없었다.

핥고, 빨고…… 입 안에 머금은 타액을, 삼켰다.

혀로 손가락을 핥아도 그녀는 간지럽다는 기색조차 보이지 않은 채 방글방글 웃고 있었다. 이젠 됐나 싶어 떼려하자 "더!" 라고 하며 놓아주질 않았다.

얼굴이 내 얼굴이 아닌 것처럼 뜨거웠다. 귀에서 연기가 나올 것 같았다. 비유가 아니고.

솔직히 말해 이런 부끄러움에 시달린 것은 처음인 것 같았다. 그렇지 않더라도 분명 태어나서 세 번째 안에는 들어간다. 아이즈 씨의 물놀이 장면을 목격해버렸을 때라든가, 유곽에서 하루히메 씨의 몸에 깔렸을 때라든가, 그와 거의 비슷한 파괴력……!

어째서인지 엄지를 척 세운 할아버지의 시원한 미소가 뇌리에 떠올랐다.

'제삼자가 보기엔 애인 사이보다도 더 터무니없는 짓을 하고 있는 거 아닐까……?!'

뇌리에 추가되는 사람들. 팔짱을 낀 채 우뚝 선 주신님과 릴리, 빤~히 바라보는 아이즈 씨, 게다가 전혀 웃지 않는 눈으로 미소를 지은 에이나 누나.

영문도 모르고 몸이 맹렬하게 부들부들 떨리기 시작했을 때…… 나는 뒤늦게 그 변화를 알아차렸다.

"으아, 허아?"

어라? 라고 말하며 자신의 두 손과 몸을 내려다보았다.

몸에 남아있던 권태감이, 이구아수와의 교전에서 깎여나갔던 체력이, 회복되고 있어……?

'아냐, 이건…… 전체회복?'

경악을 드러내고 말았다. 틀림없이 완전회복이었다.

아연실색한 나에게 눈을 가늘게 뜬 마리 씨는 겨우 손가락을 빼주었다. 그와 동시에 깨달았다. 그녀의 『피』가 내 몸을 치유해주었다는 사실을.

"아, 『머메이드의 생혈』……."

희소종인 머메이드에게서 발생하는 『드롭 아이템』. 회복계 아이템의 소재로 쓰이는 그것은 가공하지 않아도 체력을 회복시키고 상처를 치유하며, 독까지 해독해버린다고 한다. 『유니콘의 뿔』과도 견줄 만큼 지극히 희귀한 물건이다.

그렇구나. 상처 입은 내 몸을 걱정해 치유해주려고 했던 거구나…….

"저기…… 죄송해요. 그리고 고마워요."

내가 감사를 담아 고개를 숙이자 머메이드 『제노스』는

방긋 웃음을 지어주었다.

그리고는…… 끈적끈적 침투성이가 된 자신의 손가락을 바라보는 마리 씨. 그것을 본 순간 나는 억지로 그녀의 손목을 잡고 있었다.

내가 입은 『운디네 클로스』 자락을 끌어당겨 북북북북 북!! 초고속으로 손가락을 닦기 시작했다. 어리둥절한 마리 씨의 눈앞에서 얼굴을 새빨갛게 물들이며 자신의 침을 박멸했다. 마무리로 물에 손가락과 함께 손을 담그고 잘 헹궜다.

헥, 헥……?! 요란하게 어깨로 숨을 쉰 나는, 회복되었는데도 힘이 빠져버릴 것 같았다.

"저쪽, 가자?"

"네……?"

톡톡 어깨를 두드려 내가 고개를 들자, 마리 씨는 불안스러운 표정을 짓고 있었다.

"여기, 싫어."

시선을 따라가보니, 까마득한 머리 위에서는 또 새로이 던전에서 태어났는지 하피며 세이렌으로 보이는 그림자가 날개를 치고 있었다. 그렇구나. 『제노스』도 동족에게 습격을 당하니까…….

분명 이 대공동은 주위가 탁 트인 곳이라 몬스터의 표적이 되기 쉬울 것이다. 새로 이 계층에 온 모험자가 절벽 위에서 내려다볼 가능성도 있다. 나는 장소를 옮기자는 마리 씨의 의견에 동의했다.

"어, 저쪽, 말인가요? 미궁 쪽으로……?"

"응."

마리 씨가 가리킨 곳은 대공동 북동쪽의 동굴. 육지를 걸을 수 있는 나는 그렇다 쳐도 반인반어인 그녀는 무리가 아닐까 생각했지만, 어떻게든 상대의 손짓발짓을 해독해 보니, 용소 밑바닥에는 구멍이 있고 그곳이 미궁의 수로로 이어진다고 한다. 『그레이트 폴』에서 떨어진 몬스터는 이 경로를 통해 다시 절벽 내부로 돌아갈 수 있다나.

수중으로 뛰어드는 마리 씨와 잠시 헤어져 여울을 떠났다. 아주라를 올려다보며 나는 다시 수정의 미궁으로 돌아갔다.

"어라…… 합류한다고는 했지만 어떻게 한다? 용소가 어느 물살로 이어지는지 나는 모르는데……."

구체적인 문제를 떠올리고, 이미 복잡해지기 시작한 갈림길 한복판에서 당혹감에 잠겼다.

아뿔싸. 제대로 이야기를 해볼걸…….

내가 그렇게 머리를 싸쥐고 있으려니 —— 『노래』가 들려왔다.

"아……."

매끄럽고 아름다운, 영롱한 노래소리.

가사가 없는 라, 라 하는 소리의 집합체는 사람을 환혹시키는 몬스터의 파멸적인 노래와는 전혀 달랐다.

물러났다가는 밀려드는 파도 같은, 혹은 달밤의 바다를 연상케 하는, 그런 조용하고 부드러운 멜로디였다.

"미궁에, 울려 퍼지는 노래……."

마음이 떨리는 그 노래에 이끌리듯 진로를 선택했다.

몬스터와 조우하지도 않고 나아가기를 한동안, 소규모 룸에 도착한 나의 시야에는 물과 육지의 경계에 앉아 노래를 흥얼거리는 한 머메이드가 비쳤다.

달빛과도 같은 수정의 빛을 받으며, 눈을 감고, 미소를 지으며 노래를 흥얼거리는 그 모습은 마음을 빼앗겨버릴 정도로 아름다웠으며 환상적이기까지 했다.

"벨♪"

나를 알아본 머메이드가 손을 흔들었다. 제정신을 차린 나도 서둘러 다가갔다.

룸에는 물살이 아니라 샘이 있었으며, 마리 씨는 그 기슭의 수정바위에 앉아 있었다. 얼음처럼 푸른 수정에 에워싸인 그녀의 곁까지 간 나는…… 새삼 얼굴을 붉히고 말았다.

"?"

"어, 아니, 그게요……."

말을 흐린 내 눈에는 그녀의 무방비한 상반신이 비치고 있었다. 특히, 그 뭐냐, 가슴이.

여러 가지 일이 있어서 그럴 상황이 아니었던 조금 전이라면 모를까, 이렇게 정면으로 대하면 아무리 눈을 돌려도 시야에 들어오고 만다. 좌우에서 늘어진 긴 머리카락이 간신히 가려주고는 있지만…….

가슴께가 몇 번이나 어른거려 내가 얼굴을 붉히고 있으려니 마리 씨는 이해했다는 양 손뼉을 쳤다.

"기다려~."

웃으며 샘으로 뛰어들고, 내가 기다리기를 1분 정도.

힘차게 수면에서 뛰어나온 그녀가 에메랄드색 긴 머리를 뒤로 쓸어 넘기는 바람에 나는 황급히 손으로 얼굴을 가리려 했지만, 가슴을 덮고 있는 그것이 보였다.

"조, 조개껍질 속옷……?"

"벨네랑 똑같아!"

수중에서 마리 씨가 몸에 걸치고 나온 것은 조개껍질과 실로 만든…… 그 뭐랄까, 어— 음— 브, 브래지어였다. 푸른 조개껍질이 남색의 두 융기를 감싸고 있었다.

우리와 똑같다는 건, 옷을 말하는 걸까. 그야 뭐 아마조네스는 비슷한 차림이긴 하지만……. 조개껍질과 진주 머리장식도 그렇고, 마리 씨는 모험자들의 복식에 관심을 보여 자신도 흉내를 내고 있는지도 모른다.

어때? 어때? 하고 팔을 벌리며 보여주는 머메이드에게 쓴웃음을 지으며, 어린 여자아이 같다고 흐뭇하게 생각하고 말았다.

'그렇다 쳐도…… 역시 몬스터라기엔 얼굴은 넋을 잃을 정도로 예쁘고, 몸치장까지 하니까 이제까지 다른 모험자

들에게 들키지 않았던 걸까…….'

그런 나의 시선을 알아보았는지 아닌지, 웃음을 지은 머메이드는 머리를 이리저리 만지기 시작했다.

평소에는 이렇게 하고 있다고 말하듯, 젖은 긴 머리를 얼굴 쪽으로 내린다.

녹색 머리카락이 얼굴에 찰싹 달라붙어 눈을 포함한 대부분이 보이질 않았다. 입술이 방글방글 웃고 있지만, 응, 이러면 들키지 않겠네……라기보다 꽤 무섭네. 이게 바로 주신님이 말했던『호러』? 라는 건지도 모른다.

'이제까지 만났던『제노스』와는 좀 다른 것 같기도 하고…….'

나에게 박수를 치기도 하고, 걱정이 되어 말을 걸었던 것도 그렇다.

천진난만하고, 언동이 어리다. 호기심도 왕성하다. 리드 씨네를 아는 걸 보면 던전에서 이제 막 태어난 것도 아닐 테고.

처음 만났을 때부터 언뜻 생각하기는 했지만, 역시 레이 씨나 비네와도 다르다.

뭐랄까,『제노스』가 아니라…… 자아가 희박하다고 하는『정령』같다.

"어, 그런데요 마리 씨……."

"마리 씨? 나 마리."

"아니, 이건 경칭이라고 해서 인간의 문화 같은 건데

요…….."

"마리인데?"

"…………마리."

얼굴을 가까이 들이대는 그녀의 천진난만한 행동에 이
번에도 밀려버리고 말았다.

꺅꺅 신이 난 머메이드 미소녀에게 나는 아까부터 얼굴
을 붉히기만 했다.

"……마리, 그래서 말인데. 이 계층에 리드 씨네는……
다른 『제노스』는 있을까?"

"리드네는, 위에 갔는데?"

이젠 자포자기하고 비네와 대하듯 이야기하자, 마리는
수정 천장을 올려다보았다.

위? 『중층』이라는 뜻일까? 아니면…… 지상?

의문을 느끼면서도 그 이상의 추궁은 하지 않았다. 리드
씨네의 도움은 얻을 수 없으리라는 것만을 인식했다.

"레이네는, 늘 같이."

"응?"

"난 레이처럼 못 날아. 리드처럼 못 걸어."

"………… ."

"그래서, 계속 여기. 집 봐."

부족한 어휘를 더듬더듬 늘어놓으며, 마리는 토라진 것
처럼 입술을 내밀었다.

그것은 육상에서는 행동할 수 없는 머메이드이기에 나

온 불만이었다. 그녀의 말로 미루어보건대, 어쩌면 비네와도 아직 만나지 못했는지도 모른다.

내가 그런 생각을 하거나 말거나, 마리는 땅에 올려놓은 꼬리지느러미를 파닥파닥 울리며 수정바위에 두 손을 짚고 몸을 내밀었다.

"벨, 얘기하자."

동포 이외에 자신을 받아준 방문자인 나에게 마리는 매우 좋아하며 그렇게 졸랐다.

뺨을 붉히며 활짝 웃고, 처음 만난 손님에게 기뻐한다. 정말로 『정령』 같다.

이런 상황이 아니었다면 얼마든지 함께 놀아주고 싶지만⋯⋯.

"마리, 잠깐 들어줄래? 난 동료들이 있는 곳으로 가고 싶어."

"⋯⋯?"

"인간이 있을 법한 곳으로, 안내해줄 수 있을까?"

시선을 맞추고 그녀에게 호소했다.

무턱대고 던전을 돌아봤자 동료들과 합류할 수는 없을 것이다. 수중으로 끌려들어가 헤어져버린 이상 그 룸으로 돌아가는 것도 맵이 없는 지금은 곤란하다. 나는 어떻게든 이 계층에 대해 잘 알고 있을 마리의 도움을 청하고 싶었다.

마리는 나의 그런 바람에, 눈썹을 서글프게 늘어뜨리고

고개를 가로저었다.

"가면, 안 돼."

"뭐……?"

"지금, 여기, 무서운 『그것』 있어."

움직임을 멈춘 나는 그녀의 그 말에 흠칫했다.

"마리, 그 『강화종』을 알아? 어, 녹색이고, 크고, 눈이 노
란……!"

"……응."

같은 것을 인식했는지 확인하기 위해 특징을 열거하자
머메이드는 고개를 끄덕였다.

마리는 그 모스 휴지를 알고 있어!

"벨 친구, 많이 잡아먹은…… 엄청 무서운 것."

"큭……! 그 몬스터를 어떻게든 하고 싶어! 어디 있는지
몰라?!"

"싫어. 안 돼. 벨, 가지 마."

"마리……!"

나의 호소에 마리는 계속 고개를 가로저었다.

그뿐이랴, 그녀의 경고를 무시하려는 나를 만류하려 했
다. 『운디네 클로스』 자락을 가녀린 손가락으로 꼭 쥐었다.

"벨도, 나도, 잡아먹혀. ……무서워. 다들, 무서워……!"

비통한 목소리를 내며 안기는 마리를 보며 나는 입술을
깨물었다.

뚝, 뚝. 흠뻑 젖은 몸에서 물이 떨어진다.

물방울과 함께 난폭하게 내리꽂은 다리가 수정 지면에
균열을 일으켰다. 그는 짜증을 감추려고도 하지 않고 미로
한곳을 나아갔다.

굵은 다섯 손가락이 몸의 표면을 훑는다. 멋들어지게 타
버린 이끼가 아픔이 되어 그를 잠식했다. 그 인간, 백발 소
년이 쏜 화염에 당한 것이다. 『사냥꾼』인 그가 『토끼』 따위
에게 당해, 고스란히 부상을 입고 말았다. 물살을 통해 귀
환한 몸이 분노로 떨렸다.

그러나 뭐, 상관없다.

그 백발 소년은 폭포로 떨어졌다. 그는 알고 있다. 그곳
에 떨어지면 인간들은 살아남지 못한다. 산산조각이 나 수
면에 뇌수를 흩뿌렸을 것이다. 그 점을 생각하면 조금 속
이 후련해졌다. 그 묘하고 성가신 화염을 받을 일은 이제
없다.

하지만 확실에 확실을 기하는 것이 좋다. 그는 그렇게
생각했다. 통로를 나아가기를 한동안, 다시 수정 기둥을
파괴해 미궁 속에 설치한 둥지 중 하나에 몸을 비집고 들
어갔다.

그곳에는 냄새가 나기 시작하는, 인간이었던 것이 널브
러져 있었다. 그의 비상식이다. 이를 난폭하게 굴려 몸에

걸친 것을 벗겨냈다. 그는 인간들이 몸에 걸친 것과 같은
장비에 전부터 관심을 두고 있었다. 이러한 방어구가 동족
의 숨결까지 막아내는 것을 본 적이 있다. 굵은 손가락으
로 서툴게 자신의 몸에 감아 얽어 넣은 그것을 슬금슬금
길러낸 이끼로 뒤덮어 억지로 피부 밑에 넣었다. 다음으
로는 배를 채우기 위해, 비상식량인 시체를 깔끔하게 먹
어치운다. 그제야 비로소 인간들의 도당을 습격할 차례가
되었다.

인간들이 한데 뭉쳐 이동한다는 사실은 『씨앗』이 가르쳐
주었다. 한 사람 한 사람이라면 얼마든지 물리칠 수 있지
만 저 숫자는 성가시다. 아무리 『씨앗』을 심었다고는 하지
만 중과부적이다. 백발 소년과 비슷한 존재감을 가진 그
갈색 암컷도 건재하다. 조금 전에는 『함정』에 걸리기 직전
에 알아차렸을 정도로 묘하게 감이 좋기도 하다. 이번에야
말로 놓치지 않도록 확실한 수단을 마련해야 한다.

──그래. 오랜만에 『그 방법』을 쓰자.

조용히 서 있던 그는 이동을 개시했다.

어머니 미궁에서 무기도 받지 않은 채, 굴을 나와, 으스
스한 그림자를 흔들며 한동안 수정 동굴을 헤맸다.

그리고 『어떤 무리』를 가차 없이 습격했다.

"……?"

그 이변을 가장 먼저 알아차린 것은 아이샤였다.

"이봐, 왜 그래?"

"……묘한걸. 던전이 소란스러워."

주의 깊게 주위를 경계하던 벨프가 고개를 들고 선두에 선 그녀에게 물었다.

아마조네스 여걸은 머리카락을 뒤로 쓸어 넘기며 귀를 기울였다.

현재의 위치는 계층 북서부. 절벽 내부에서도 고층에 위치한 곳이다.

검푸른 수정으로 이루어진 미궁, 수많은 수평굴이 교차하는 광대한 정규 루트. 그곳에서 전해져오는 조용한 『진동』을 Lv.4인 아이샤는 민감하게 탐지했다.

"설마 물살 트랩인가요?"

"아니, 그런 게 아니야. 이건…….."

이변을 감지하면 도망쳐라. 정체를 알아차리지 못해도 거리를 벌려라. 그것은 모험자의 철칙이다.

시큰거리는 자신의 감에 눈살을 찡그리며 아이샤가 지시를 내리려던 그때였다.

"──아! 몬스터가 옵니다!"

미코토가 먼저 목소리를 높였다.

한 발 먼저 감지한 탐지계 『스킬』의 효력대로, 전방의 통로에서 다수의 몬스터가 모습을 나타냈다.

"몬스터 떼……! 이럴 때!"

"하는 수 없지. 『마검』을 쓰자!"

고함을 지르는 오우카의 곁에서 붉은 장검 자루를 쥔 벨프가 뛰어나갔다.

파티의 선두에 있는 아이샤까지 추월해 등에 멘『마검』을 뽑으려 했다.

"──────."

그런 그들을 놔둔 채 미코토가 다시 반응을 보였다. 수려한 미모가 얼어붙었다.

"미코토 님?"

"……**뒤에서도**, 몬스터가──."

의아해한 릴리도 그 말을 듣고 굳어버렸다.

흠칫 놀라 돌아보니, 전방의 무리와 비교해도 떨어지지 않는 수의 몬스터가 포효와 무수한 발소리를 울리며 밀려들고 있었다.

"앗……?!"

"자, 잠깐잠깐?! 오른쪽에서도 오는데?!"

"대각선 전방에서도 오고 있사옵니다?!"

악몽이 폭소를 터뜨리는 것과도 같은 진격의 소리에 다프네와 하루히메의 비명도 메아리쳤다.

『마검』을 쏘려던 벨프가 경악하고, 눈을 크게 뜬 오우카와 함께 등 뒤를 돌아본 채 굳어버렸다. 『겨우살이』에 잠식당한 루비스, 도르무르 이하 엘프와 드워프들도 얼굴을 창백하게 물들였다.

"빌어먹을! 어떻게 된 거야, 대체!"

사방팔방, 정규 루트로 쳐들어오는 몬스터의 무리에 아이샤가 욕설을 내뱉었다.

그리고 대형 박도를 겨누며 주위를 둘러보던 그녀의 눈은 그것을 포착하고 말았다.

"아니——."

통로 안쪽.

밀려드는 괴물들의 까마득한 뒤쪽에서, 불쑥 수평굴을 통해 모습을 나타낸 추악한 진녹색의 거인.

놈의 손은 붉게 물든 상태였다. 모험자의 것이 아닌 『몬스터의 피』다.

아이샤는 깨닫고 말았다. 밀려드는 몬스터들이 지르는 고함, 저것은 위협성이 아니라—— 비명. 『겨우살이』에 기생당한 개체까지 있는 괴물들은 등 뒤에서 **몰이를 당하듯**이 정규 루트로 달려오는 것임을.

"……장난하는 것도 아니고."

모스 휴지의 누런 두 눈과 아이샤의 두 눈이 교차했다.

이쪽을 꿰뚫어보는 무감동한 괴물의 눈에, 그녀는 이번에야말로 욕설을 퍼부었다.

"괴물이 『괴물증정』이라니!!"

던전이 쩌렁쩌렁 울리고 있다.

그것은 한데 겹쳐진 몬스터의 포효일까, 아니면 괴물들의 행군일까.

이 룸에도 미미하지만 확실하게 찌릿찌릿 전해지는 진동에 나와 마리는 놀라면서 천장을 올려다보고 있었다.

후둑후둑, 수정 파편이 빛의 모래가 되어 샘에 떨어지고 수많은 조그만 파문을 일으켰다.

"……마리, 들어줘."

가슴에 안겨있는 머메이드의 가녀린 어깨에 손을 대고 가만히 떼어냈다.

불안스레 나를 올려다보는 그녀에게 단언했다.

"내가, 그놈을 쓰러뜨릴게. 반드시."

인어의 두 눈이 크게 뜨였다.

아이를 달래듯, 『정령』에게 부탁하듯, 괴물 소녀에게 애원했다.

"마리가 더 이상 무서워하지 않게 해줄게. 무서운 건 전부 내가 해치울게. 그러니까—— 데려가줘."

스스로 생각해도 부끄러운 말이었다. 평소의 나 같으면 얼굴을 붉히며 더듬었을지도 모른다.

하지만 지금만은 쉽게 입 밖으로 낼 수 있었다.

모험 동료를 구하기 위해, 지금도 겁을 먹고 있는 이 조그만 어깨를 안심시키기 위해.

나는 눈앞에서 흔들리는 비취색 눈을 바라보았다.

"……나, 지켜줄 거야?"

머메이드 소녀는 고개를 갸웃하며 천천히 물었다.

"응. 지켜줄게."

"나, 구해줄 거야?"

"──응, 구해줄게!"

그것만은 틀림없다.

비네에게 약속했던 때와 마찬가지로, 동포인 그녀에게
도 맹세했다.

힘차게 고개를 끄덕이는 나를 보고, 마리의 얼굴에는 활
짝 웃음이 꽃피었다.

"알았어! 벨, 가르쳐줄게! 내가 데려갈게!"

웃음을 지은 마리는 고개를 들고 천장을 노려보았다.

그리고 눈을 감더니, 가슴에 손을 대고 『노래』를 불렀다.

『아아아━━━━━━━━………….』

"으윽?!"

그 노래 앞에 나는 창졸간에 귀를 막고 말았다.

인간의 귀에는 거슬리는 불협화음. 던전 구석구석까지
울려 퍼지는 거은 아닐까 싶을 정도의 성량.

『세이렌』의 괴음파와도, 『머메이드』의 파멸적인 노래와
도, 아까 나를 이끌어주었던 아름다운 노래와도 달랐다.

놀라는 나를 내버려둔 채, 이윽고 주위에서는 미궁 안쪽

으로부터 울려 퍼지는 몬스터의 울음소리가 수없이 겹쳐
지기 시작했다.

"이건……."

"──찾았어."

노래를 그친 마리가 눈을 떴다.

"저쪽에, 있대."

웃음을 짓는 그녀를 보고, 나는 깨달은 것과 동시에 경
악했다.

──몬스터에게『참』을 걸었어?!

믿을 수 없었다. 하지만 그것밖에는 생각할 수 없었다.

지금 그 노래는 모험자를 환혹시키는 것이 아니라 몬스
터를 환혹시키는『노래』였다고.

"나보다, 얌전한 애가 가르쳐줄 거야."

자신보다 능력이 낮은 몬스터를 매료시켰다고 말한 그
녀는 몸을 날려 물속으로 뛰어들었다.

수중에서 완만한 호를 그린 마리는 샘 중앙에서 뛰어나
오더니, 머리카락과 피부에 물을 뚝뚝 흘리며 나에게 웃음
을 지었다.

"…………."

그녀의 등 뒤로 이어지는 것은 샘 밖으로 흐르는 물살.
그리고 그 옆으로 이어지는 육지의 통로.

이제는 아무 것도 물을 필요가 없었다.

고개를 끄덕이고 달려가, 몸을 돌린 그녀와 나란히 룸

을 뛰어나갔다.

"가자!"

동료의 곁으로 가고자, 나는 수면을 가르고 헤엄치는 머메이드와 함께 수정미궁을 질주했다.

6 영웅성화(英雄聖火)

© Suzuhito Yasuda

솟구치는 비명, 그치지 않는 퍼레이드의 소리.

『겨우살이』에 기생당한 괴물들이 노성을 지르며 사냥감을 향해 돌진한다.

눈에 들어오는 그 무시무시한 광경에 모험자들은 아연실색했다.

"괴물이, 『괴물증정』……?!"

"그걸 농담이라고 해?! 이건 웃을 수가 없다고?!"

인위적으로, 아니, 괴물 자신의 손으로 일으킨 현상에 릴리와 벨프의 조바심이 겹쳐졌다.

몬스터가 『괴물증정』을 유발한다. 전대미문이었다.

그 『강화종』은 자신을 미끼로 삼은 것이 아니라 그 괴력과 『씨앗』으로 등 뒤에서 몰아붙여 몬스터들을 정규 루트로 밀어낸 것이다. 꼼꼼하게도 여러 방향에서, 모험자들의 퇴로를 차단하고자 순차적으로.

『오오…….』

이를 악물며 전방을 노려보는 아이샤의 시야에서 『강화종』이 자취를 감추었다.

통로를 가로질러 또 다른 수평굴로 이동하는 것이다. 마치 새로운 자객을 준비하듯, 『지혜』를 익힌 추악한 거인은 미궁 안으로 몸을 날렸다.

"다들 뛰어! 도망쳐!!"

제2급 모험자의 판단은 빨랐다.

등 뒤의 파티를 향해, 여유를 잃은 표정을 지으며 도주한 수를 명령했다.

"저『강화종』, 몬스터로 이 에어리어를 가득 채울 생각이야!『마검』으로 날리겠다고 말할 때가 아니야!"

정확하게 몬스터의 속셈을 읽은 아이샤의 말에 벨프와 동료들은 경악했다.

아무리『크로조의 마검』이 무시무시한 화력을 발휘한다지만 효과범위는 한 방향. 다방면에서 밀려드는 몬스터를 퇴치하려면 아무래도 시간손실이 발생한다. 수에 밀려 괴물의 무리에게 붙들린 그 시점에서 끝장이다. 적과 아군이 뒤섞인 난전은 혼돈의 양상을 띠고, 결국에는 무참하게 유린당한 모험자의 시체를 남길 것이다.

무엇보다도『마검』에는 사용한계가 있다.

검신이 부서져나간 후에도 놈이 퍼레이드를 계속 부추긴다면——.

"젠장!"

욕설을 내뱉으며 벨프는 지시에 따랐다.

막 뽑았던『마검』을 칼집에 거두고, 오우카와 함께 전력으로 뛰어갔다. 그들을 선두에 둔 파티는 정규 루트에서 갈라진 통로 중 하나로 뛰어들었다.

『오오오오오오오오오오오오오오오오오오오오오오오!!』

뒤를 따르는 몬스터의 포효. 아껴두었던 하루히메의『레벨 부스트』를 사용할 틈도 없었다. 밀려드는 악몽의 연쇄에 중견 위치에서 필사적으로 달리는 드워프들이 괴로움

에 땀을 흘렸다. 그들이 짊어진 엘프도 『겨우살이』의 고통
과는 다른 종류의 초조함 때문에 몸에서 열을 일으켰다.

"헥, 헤엑—?! 젠장~ 다리가 꼬일 것 같구먼~?!"

"둔한, 드워프, 같으니……. 빨리 뛰어."

"뭐라고오~?! 나한테 업힌 주제에 뭐라고 하는 게야?!"

"사이가 좋은 건지 나쁜 건지……."

몸에서 돋아난 『덩쿨』에 체력을 빼앗겨 약한 소리를 뱉
는 도르무르에게 루비스가 귓속말로 깔보는 발언을 했다.
분노의 힘으로 속도를 부활시킨 도르무르의 모습에, 옆에
서 백팩을 출렁거리며 뛰던 릴리가 먼 곳을 보는 표정을
지었다. 말 눈앞에 매단 당근이 아니라 드워프 귀에 속삭
이는 엘프의 잔소리라고나 할까. 루비스와 도르무르 이외
의 다른 엘프와 드워프도 비슷한 광경을 연출하고 있었다.

부상자들이 필사적으로 몸을 채찍질해 파티의 도주속도
를 늦추려 하지 않는 가운데, 벨프와 오우카는 적과 맞서
싸우는 데 몸을 던지고 있었다.

"비켜, 덩치!"

"웃!"

『크가아아아아아아아아아악?!』

진로를 산발적으로 가로막던 『블루 크랩』을 향해 벨프가
『마검』을 휘둘렀다. 장검형과는 별도로 소유했던 단검형
『마검』이 벼락의 줄기를 쏘아 몬스터의 몸을 태웠다.

벨프가 놓친 적은 오우카의 도끼가 옆쪽의 물살을 향해

쳐서 날려버렸다. 억지로 격파하지 않고 진로 확보를 최우선으로 삼았다.

최악의 『괴물증정』을 겪으며 아이샤는 최후방 수비수를 맡고 있다. 필연적으로 전열은 벨프와 오우카가 맡아야만 했다.

"윽……! 젠장?!"

벨프의 손 안에서 소리를 내며 『마검』이 터져나갔다.

씁쓸함과 후회를 내비치며 검의 파편을 내팽개치고, 벨프는 등에 짊어졌던 대도를 뽑았다. 『마검』을 아껴두기 위해 앞길을 가로막는 몬스터에게 잔재주 없는 근접전투를 단행했다.

"가자, 대장장이!"

"그래, 망할! 얼마든지 같이 놀아주지!!"

대형 배틀액스를 든 오우카와 함께, 하이 스미스 청년은 전방의 적을 향해 돌격했다.

"벨, 이쪽!"

마리의 목소리가 나를 인도했다.

제25계층 미궁구역. 나는 팔을 휘두르며 달리고, 마리는 꼬리지느러미를 쳐 물살을 갈랐다.

육로와 수로가 인접한 통로 안에서, 땅 위와 물속을 나란히 달린다. 나는 그녀의 손가락이 가리키는 방향으로 몇 번이나 방향을 틀며 갈림길을 선택했다.

"벨 친구, 저기 멀리! 우리 동족도 잔뜩!"

노랫소리를 이용해 모험자들의 위치를 알아낸 마리는 나를 몇 번이나 채근했다. 그곳에는 그 『강화종』도 있다고 한다. 뺨에 땀이 흘러내렸지만 수정 바닥을 박차는 다리에 더욱 힘을 주었다.

『——크아아아아아아!』

"아쿠아 서펜트?! 또?!"

수면을 호쾌하게 가르며 나타난 대형급 몬스터를 보고 소리를 질렀다.

수로의 폭을 가득 메운 연녹색의 거대한 몸을 꿈틀거리며 머리를 치켜든 물뱀은 내가 아닌 눈 아래의 마리를 노렸다.

"마리?!"

내가 외치며 오른손을 뻗은 순간,

"!"

물속에 잠겨있던 마리의 모습이 사라졌다.

『꾸악?!』

송곳니 일격이 허공을 씹은 아쿠아 서펜트는 놀라고, 마법을 쏘려던 나도 경악했다.

그 한순간을 나의 눈은 간신히 포착했다. 빠르고도 유려한 움직임으로, 춤을 추듯, 수로를 가득 메운 아쿠아 서펜트의 거대한 몸을 빠져나간 것이다.

──엄청 빨라!!

수생 몬스터 중에서도 머메이드는『물속의 새』로 비유될 때가 있다.

물이라는 지형에서 자유자재로 헤엄치는 그녀들은 수중 속도와 선회능력이 매우 뛰어나기 때문이다. 수중에서 놓 쳤다간 해치울 수 없다. 모험자들이 혈안이 되어 찾는 레 어 몬스터인 이유이기도 하다.

조금 얼빠진 것처럼 여겨지기도 하는 그녀가 다른 몬스 터의 먹이가 되지 않았던 이유도 이것이었다. 아마『제노 스』인 그녀는 보통 머메이드보다도 더 빠를 것이다.

"벨! 이쪽, 이쪽!"

"으, 응!"

마치 순간이동을 한 것처럼 몬스터의 뒤쪽 수면에서 마 리가 얼굴을 내밀었다. 육지를 달리는 나보다도 물속을 헤 엄치는 그녀가 더 빠르다는 데 경탄하면서, 아쿠아 서펜트 의 노성을 내버려둔 채 서둘러 나아갔다. 전방에서 진로를 몇 번이고 가리키는 머메이드의 모습에, 정말로 동화에 등 장하는『정령』의 인도를 얻은 것 같다는 착각마저 들었다.

'그렇다고는 하지만 역시 싸움을 전부 피할 수는 없 어……!'

물가에서 조우하는 몬스터는 솔로인 나를 집요하게 공 격했다. 돌기형 수정이 수없이 돋아난 크리스탈 터틀, 모험자에게 달라붙어 피를 빠는 추악한 데블 모스키토, 나아가서는 광선을 쏘는 부유수정 라이트 쿼츠까지. 빠른 전투를 염두에 두기는 했지만 모두 다 상대할 수도 없었다. 안 그래도 광대한 제25계층에서 릴리와 동료들에게 도달하려면 시간이 걸린다. 『참』의 노래를 끝없이 불러대는 것도 비효율 그 자체. 서두르는 마리의 길안내에 따라, 몇 번이나 진로를 변경했다.

그리고 몇 번째인지 알 수 없는 방향전환을 되풀이한 후.

"앗……."

"물살이?!"

육지의 통로와 나란히 달려가던 수로가 끊어지고 말았다.

앞으로 이어지는 육지의 길과는 달리, 마치 하구처럼 앞이 가로막힌 것이다. 길을 몇 번이나 틀었던 폐해인지 이래서는 마리는 따라오지 못한다. 나도 그녀의 길안내를 받지 못하게 된다.

"벨, 미안해…… 난, 여기서부터는……."

추욱 어깨를 늘어뜨리는 그녀의 곁에서 무언가 방법은 없을까 생각을 굴렸다.

그리고 몇 초 후, 머릿속에서 모험자인 내가 기세에 몸을 맡긴 채 소리친 수단은 너무나도 『단순』하며 『원시적』인 것이었다. 엄청난 저항감이 발생해 얼굴을 실룩거리면서도, 체면을 차릴 수는 없다고 마음을 바꾼 나는 그 생각을 채용했다.

"마리, 미안!"

"어? ──흐악?!"

하구에 첨벙첨벙 들어가, 수면에 뜬 머메이드의 몸을 **안 아들었다.**

흔히 말하는 『공주님 안기』를 한 나는, 다시 육지로 올라가 달리기 시작했다.

"이, 이러면 마리하고 같이 갈 수 있으니까! 그러니까 미아아안!!"

변명 같은 사죄를 하면서 더더욱 가속했다.

헤엄칠 물이 없다면 내가 안고 달리면 된다. 정말로 단순한 이야기다. 하지만 너무나 얼빠진 방법이기도 하다…… 아랫도리가 물고기인 여자아이를 안고 달리다니.

물고기 지느러미가 놀란 것처럼 파닥파닥 흔들렸다.

남의 집에 온 고양이처럼 어깨를 굳혔던 마리가 바로 곁에 있는 내 얼굴을 빤히 바라보는가 싶더니, 살짝 뺨을 붉히고는 가슴에 머리를 폭 기댔다.

머메이드를 안고 육지를 달리다니…… 정말로 인류 사상 최초일지도 모른다. 이것도 『위업』의 【엑세리아】에 가산되지 않으려나…… 하고 가벼운 현실도피를 하면서 나는 메마른 웃음소리를 냈다.

"와아……!"

그런 나와는 대조적으로 마리는 눈을 빛내기 시작했다.

흔들리는 시야 속에 펼쳐진 육지의 광경. 자신이 본 적이 없는 수정동굴의 광경이 잇달아 흘러가 어지러이 바뀐다. 그것은 그녀에게 육상의 모험과 다를 바 없었으리라. 얼굴을 흥분으로 물들이고 이제까지 보지 못했을 정도로 기뻐했다.

"벨! 굉장해! 너무 좋아!!"

"으우오오아오아아아아아아아아아아아아악?! 아, 안기지 마아앗—?!"

지상을 나아간다는 『미지』의 체험에 완전히 흥분해버린 마리가 목에 매달렸다.

조개껍질 브래지어 너머로 밀려드는 가슴의 탄력에 나는 절규를 질렀다. 전방을 가로막은 『블루 크랩』의 무리를 혼란에 빠진 토끼처럼 크게 도약해 뛰어넘었다.

'그보다도 이런 모습을 다른 모험자들에게 보였다간 끝장이야……!'

『벨 크라넬이 머메이드를 보쌈하려 했다』. 그런 정보가 나돌기라도 했다간 이번에야말로 『괴물 취향』의 낙인이 찍히고 말지도 모른다.

땀을 삐질삐질 흘린 나는 여러 가지 위기감에 등을 떠밀려, 아무튼 목적지로 서둘러 달렸다.

"……이렇게 안는 것도 슬슬 익숙해지기 시작했어……."

"?"

문득 떠오른 말에 마리가 가슴속에서 고개를 갸웃했다.

전에는 주신님, 바로 최근에는 하루히메 씨, 혼란을 틈타 릴리도 이렇게 안은 적이 있고…… 절절하다기보다는 메마른 마음으로 생각했다. 어쩐지 먼 곳까지 와버린 것 같아…….

이 모습을 릴리와 동료들에게 들켜도 박해를 받을 것 같다는 수수께끼의 예감을 품으며, 의식을 되돌린 나는 마리의 환성과 함께 가속했다.

♠

『워어억!』

블루 크랩의 거대한 집게발이 수직으로 꽂혔다.

창졸간에 대도로 받아 흘린 벨프는 자세를 무너뜨리면서도 칼날을 반전시켜 적을 후려쳤다. 불꽃을 뿜는 단단한 껍질에 튕겨났지만 한 차례, 두 차례, 세 차례의 참격으로 겨우 틈새를 비집고 들어가 몸을 가를 수 있었다.

"망할……!"

몬스터를 쓰러뜨린 벨프는 목 아래에 맺힌 굵은 땀방울을 닦았다.

힘겹다. Lv.2의 【스테이터스】로도 이 충역의 몬스터에게는 통할 거라고 아이샤는 말했다. 분명 그 말이 옳았다. 벨프가 『진심』을 다하면 확실히 잡을 수 있다.

하지만 고전이었다. 한 마리를 쓰러뜨리는 것도 버거워 시간이 걸렸다. 잇달아 몬스터가 덤벼드는 던전이라는 장소에서 그것은 치명적이다. 미궁의 가장 큰 무기인 물량에 붙들려 결국 밀려버리고 만다.

길드가 설정한 계층 도달기준의 의미. 그것을 통감했다.

전열의 역할을 다하지 못하자 파티 전방에서 늘어나기 시작하는 몬스터. 아직까지 도피행을 이어나가는 가운데, 벨프는 뺨을 일그러뜨렸다.

"타아앗!!"

『키이아아아아아아아아아아아아아아아아아아?!』

"!"

그러나 동료를 보완해주는 것이 파티이기도 하다.

벨프에게 달려든 『블루 크랩』을 거한의 배틀액스가 뿜어낸 굵은 참격이 일도양단했다.

"왜 그러나? 벌써 지쳤나, 대장장이?"

"……망할 자식, 매번 으스대기는."

몬스터를 해치운 배틀액스를 한 손으로 든 오우카에게 벨프는 밉살맞다는 양 웃음을 지어주었다.

"하지만 무기를 멋들어지게 써먹는 그 모습을 봐 용서해주지!"

"그래? 그렇군…… 그거 고마운걸."

자신의 포션을 들이켜고 뛰어나가는 벨프와 함께, 오우카는 몬스터들의 정면으로 파고들었다.

"흐으읍!"

정면으로 육박한 후 거구에 어울리지 않는 몸놀림——극

동의 무술――으로 블루 크랩의 측면을 쳤다. 그 상태에서 휘두른 은백색 도끼는 쉽게 적의 단단한 껍질을 부수고 부드러운 살점을 분쇄했다.

배틀액스 《코고우(皇剛)》.

헤파이스토스가 벨프에게 숙제 겸 선물로 내려준 미궁산 상급 광물 『백강석(白剛石)』. 『하층』 이하에서밖에 캘 수 없는 무기소재를 벨프는 오우카의 전용무기에 썼다. 남은 소재도 그의 대형 방패에 이용했다. 큰 중량을 가진 무구는 파격적인 위력과 날카로움, 그리고 방어력을 발휘한다.

덧붙여서 소재비가 사실상 공짜라고는 하지만 스미스로서 팔 수 있는 것은 파는 벨프가 붙인 가격은 70만 발리스. 그것도 한참 깎고 또 깎아준 것이었다.

대출의 힘을 돌파력으로 전환해, 오우카는 미친 듯이 날뛰었다.

"우워어어어어어어어어어어어어어어어!!"

푸른 핏대를 세운 굵은 팔을 번뜩여, 두 손으로 든 《코고우》를 휘두른다.

제2급 모험자와 비교하면 미숙한 능력을, 헤파이스토스도 보증해준 제2등급 무장으로 보완해 몬스터를 격파했다. 수평으로 휘두르자 상반신과 하반신이 갈라지고, 너무나 엄청난 위력에 『마석』이 함께 분쇄되어 재로 바뀌었다.

앞을 가로막던 괴물의 벽이 얇아지고, 파티의 앞에 길이 열렸다.

"전열공격수 역할을 톡톡히 해주니 고마운걸⋯⋯!"

"릴리 공, 지금입니다!"

늠름한 오우카의 뒷모습에 다프네가 땀에 찌든 미소를 짓고, 미코토가 파티에게 전진을 촉구했다.

측면에서의 기습에만 집중할 수 있었던 다프네는 지휘봉처럼 생긴 단검을 휘둘렀다. 릴리와 도르무르 일행의 수비는 그녀에게 맡기고 미코토는 전열의 지원에 종사했다.

치구사가 빠진 구멍을 그녀가 혼자 메우고 있었다. 『스킬』로 순식간에 적의 존재를 간파하고, 거리가 줄어들기 전에 원거리 무기를 투척했다.

칼날 끝이 붉게 장식된 쿠나이 《샤쿠야(赤夜)》. 미코토의 주문에 따라 벨프가 만들어준 닌자 도구였다. 소재는『중층』의 광물『블러드 오닉스』. 비거리는 떨어지지만 활보다도 훨씬 기동성이 뛰어난 쿠나이를 손가락 사이에 네 개나 끼우고 투척해 몬스터의 눈을 없앴다. 그렇게 적이 움츠러든 사이에 오우카와 벨프가 베어버렸다. 때로는 자신도 카타나를 들고 전열로 나아가 과감하게 두 사람의 구멍을 메웠다.

'머리가 타들어간다⋯⋯!'

최후방에서 몬스터의 대군을 끌어들여 해치우는 아이샤를 제외하면, 지금 파티 내에서 가장 많은 부담을 지고 있는 것이 미코토였다.

중견 위치에서 지원하고, 전열의 대타를 맡고, 나아가 적의 탐색까지. 체력은 물론이고 【야타노 쿠로가라스】의 연속사용에 따라 마인드까지 눈 깜짝할 사이에 깎여나갔다. 그러한 것들은 아이템이나 『마법』으로 회복할 수 있다지만 심리적인 부담은 크다. 온갖 무기를 구사하며 온갖 포지션을 소화할 수 있는 올라운더이기에 맡은 중책이었다.

'벨 공이 없는 지금, 나도 몸을 바쳐야만 해……!'

구슬땀을 흘리며 몸을 채찍질하고, 투척도구와 카타나를 휘둘러댔다.

하지만 그때, 전열에 있던 벨프와 오우카가 술렁거렸다.

"뭐야 저게?!"

전방에서 돌진하는, 오우카만큼 거대한 그림자.

미코토의 『스킬』 지각망에 걸리지 않았다── 다시 말해 처음 조우하는 몬스터였다.

"『크리스탈로스 어친』?! 너희들 도망쳐!"

하층영역의 지식이 있는 아이샤가 파티 최후열에서 목소리를 높였다.

공 형태의 몸에는 길고 날카로운 바늘이 돋아나 있었다. 푸른색을 띤 극피(棘皮)를 가진 그 몸이 고속회전하며 이쪽으로 달려온다. 수정 바닥을 분쇄해 파편을 휘감아대는 그 격렬한 돌격에 말려든 순간 온몸이 산산이 해체되리라고 상상하기는 어렵지 않았다.

미코토의 자청색 눈동자는 고속회전하는 몬스터의 구면 속에서 추악한 턱── 무수한 이빨이 돋아난 원형의 입이 굵은 점액의 방울을 뿌려대고 있는 것을 포착했다.

"야, 덩치?! 뭐 하는 거야! 도망쳐!"

대형 방패를 내민 오우카에게 벨프가 낯빛을 바꾸고 소리쳤다.

"치구사와 다른 사람들은 도망칠 수 없다! 뒤로 보냈다간 누군가가 말려들게 돼!"

그 말이 맞다. 『겨우살이』 때문에 쇠약해진 드워프 일행은 제대로 회피할 수가 없다. 그들의 등에 업힌 엘프들도 마찬가지다. 그러나 저 거대한 바늘의 탄환을 정면으로 받아내려 해도 오우카의 【스테이터스】로는 『백강석』 방패와 함께 밀려 잘게 다진 고기가 되고 말 것이다.

무수한 땀을 흘리며 이에 맞서려 하는 오우카의 뒤에서, 그 광경을 바라본 미코토는,

'아아, 이건—— 그리운 광경이 아닌가요.'

추억에 눈을 가늘게 떴다.

3개월도 더 된 이야기다. 『중층』에서 부상을 입은 치구사를 감싸며 최후방에서 충돌한 《하드 아머드》.

당시는 몬스터와 함께 충격을 입고 끝났으며, 마지막에는 벨 일행에게 『괴물증정』까지 하는 꼬락서니를 보였다. 만약 그때 좀 더 힘이 있었다면—— 미코토는 지금도 그 후회를 품고 있었다.

그러므로 미코토는 이 위기를 보고 웃었다.

그리고 이끌리듯, 앞으로 나갔다.

"미코토?!"

놀라는 오우카의 곁을 지나 선두로 뛰어나간다.

손에 든 카타나《코테츠》를 허리에 거두고, 대신 새로운 무장을 칼집과 함께 등에서 뽑았다.

파벌 내의 하이 스미스가 만들어준 그 새로운 카타나의 이름은《슌잔(春霞)》.

칼끝의 날무늬는 화염. 허리에 찬《코테츠》,《지잔》의 길이를 아득히 능가하는 장도(長刀)였다.

맞은편으로 뛰어나온 미코토를 향해, 크리스탈로스 어친은 진로 위의 몬스터를 모조리 갈라버리며 맹렬히 돌진했다. 피와 살점의 안개가 튀는 가운데, 질주하는 소녀의 의식이 날카롭게 가다듬어졌다.

등 뒤에서 울려 퍼지는 오우카와 동료들의 목소리가 멀게 느껴졌다. 전방에서 밀려드는 몬스터의 회전음마저도.

수련은 쌓았다. 타케미카즈치에게서『기술』도 배웠다. 벨프에게 받은 멋진 무기도 있다. 이것으로 통하지 않는다면, 과거와 똑같은 이 광경을 넘어서지 못한다면 미코토가 이제까지 쌓아왔던 모든 것은 거짓이 된다.

'――나 자신도, 벨 공처럼.'

그렇게 생각한 순간 몸이 타올랐다.

칼집은 허리에, 가져다댄 오른손은 칼자루에. 자세는 반신, 발도의 자세.

열흘 동안 타케미카즈치에게 배운『기술』중에서도 원월던지기―― 미카즈치와 견줄 만한 비장의 카드였다.

무신 스승의 명으로 이름을 붙인, 미코토가 지금 사용할 수 있는 최고의 『발도베기』였다.

『———!!』

거리가 쑥쑥 줄어들고, 수정을 분쇄하며 몬스터가 울부짖었다.

그리고 접촉하기 직전, 미코토의 엄지가 칼을 밀어냈다.

정확한 순간, 정확한 호흡으로 칼집에서 검신을 미끄러뜨린다.

──타케미카즈치는 별로 좋은 표정을 짓지 않았지만, 스스로는 이 『기술』에 좋은 이름을 붙였다고 자찬했다. 왜냐하면 신에게서 받은 자신의 칭호에서 빌려온 이름이기에.

"『절화(絕華)』."

찢어지는 소리와 함께 번뜩인 참격이 『크리스탈로스 어친』의 거구를 양단했다.

"우, 우와아아아아아아아아아?!"

"저, 정말로,"

"베어버렸어요!!

엇갈려 지나가며 두 동강을 내버린 몬스터를 대량의 재로 바꾼 소녀의 뒷모습에 벨프도, 오우카도, 릴리까지도 상황을 잊고 갈채를 보냈다. 다 휘두른 《슌잔》을 재빨리 칼집에 거둔 미코토는 오른손으로 주먹을 꽉 쥐었다.

"여러분, 어서 앞으로!"

끓어오르는 감정에 몸을 맡긴 채 미코토는 돌아보며 외쳤다.

제2급 모험자인 루비스, 도르무르와 함께 파티가 감탄하며, 사기를 올리고, 길이 열린 통로 안을 전진했다.

"미, 미코토, 대단해!"

"고맙습니다, 하루히메 공."

중견 위치로 돌아온 미코토를 기다리던 것은 하루히메였다.

파티의 진행에 맞춰 필사적으로 달리던 그녀와 어깨를 나란히 하며, 그녀가 내밀어준 나자의 신약——『하이 듀얼포션』을 받았다. 흥분한 눈빛을 보내는 하루히메에게 조금 얼굴을 붉힌 미코토는 이내 정신을 가다듬었다. 【야타노 쿠로가라스】를 발동해 파티의 척후로서 적을 탐색하기 시작했다.

"오른쪽에서 셋, 수로에서 여섯, 수정 뒤에도 한 마리가 숨어 있습니다!"

"벨프 님, 왼쪽으로 꺾으세요! 전방으로 4초 후에 『마검』을 쏘겠어요!"

탐지하자마자 재빨리 적의 위치를 알리는 미코토의 정보를 받는 것은 파티의 중심에 있는 릴리다.

다프네에게 일임 받은 지휘를 자신의 재량으로 모두 결

정했다. 모험자에게 괴롭힘을 당해왔던 서포터의 경험까지도 살려 동료의 움직임, 연계, 피로도, 그러한 모든 요소를 내다보고, 구멍이 뚫릴 것 같으면 즉시 메웠다. 이 상황에서는 역시 지휘만 내릴 수는 없었으므로 자신도 핸드보우건이나 『마검』으로 지원을 해가면서 파티를 자신의 수족처럼 조종했다.

보기 드문 탐색능력을 가진 미코토와 상황판단을 맡은 릴리의 연계는 파티를 몇 번이나 구했다. 벨이라는 중추를 잃은 지금, 그녀들의 역할이 전투의 추세를 쥐고 있음은 분명했다.

여기에.

"카산드라 님, 회복!"

"네, 넷!"

전황을 부감하는 릴리의 판단에 따라 적확한 타이밍에 내려지는 『회복마법』의 존재.

"【한번은 거부하였던 하늘의 빛. 왜소한 나의 몸을 구하는 자비의 팔. 닿지 않는 나의 말을 대신하여 가엾은 중생을 구할지니】."

치구사를 하루히메에게 맡기고 수정 로드를 든 카산드라는 영창에 들어갔다.

"【햇살이여, 바라옵건대 파멸을 물리쳐주소서】──."

재빨리, 막힘없이 자아낸 주문은 그녀가 헤아릴 수도 없을 만큼 치유의 기술로 동료를 구해왔다는 증거였다.

경상자와 중상자까지도 가늠해 소비할 『마력』의 양을 조절했다.

영창문을 단숨에 마친 카산드라는 『마법』을 발동시켰다.

"【솔 라이트】."

카산드라를 중심으로 한 반경 5M에 태양의 광채와도 같은 마력광이 쏟아졌다.

여러 명의 부상자를 대상으로 삼을 수 있는 범위회복마법. 계산된 효과범위 내에 아이샤 이외의 모든 모험자들이 들어가 치유의 빛을 받았다. 그 힘은 일반적인 포션 따위와는 비교도 되지 않는다.

상처가 아문 것과 동시에 몸놀림까지도 날카로워진다. 힐러로서 얼마나 높은 능력을 가졌는지를 엿볼 수 있는 위력이다.

완전회복이었다.

"좋았어!"

"덕분에 살았습니다!"

"아까부터 너무 아슬아슬한 거 아니냐, 릴리돌이!"

"이런 비상시에 무턱대고 쓸 수 있는 게 아니잖아요!!"

"회복했는데 왜 싸우세요……!"

오우카, 미코토가 환호하고, 벨프와 릴리가 말다툼을 벌여 카산드라가 울먹였다.

아무튼 전열을 가다듬은 모험자들은 앞을 가로막는 몬스터를 단숨에 밀어내며 진행을 거듭했다.

"제법…… 잘 하는걸. 벨 크라넬이 없으면 제대로 돌아가지도 않을 거라고 했는데, 나도 보는 눈이 없었군."

그 분전을 보고 흐뭇함에 눈을 가늘게 뜬 것은 아이샤였다.

아직까지 궁지임에는 변함이 없었지만, 제3급 모험자들이 연계를 펼쳐 『하층』의 공격을 헤쳐나가는 광경에 감탄했다. 동시에 그녀는 인식을 새로이 했다.

이 녀석들은 쓸 만하다고.

"다음 통로에서 오른쪽!"

릴리의 지시를 받아 벨프와 오우카가 뛰어든 곳은 폭이 넓고 긴 대형 통로였다.

물살도 존재하지 않는 육지의 외길이었다. 조그만 수평굴은 드문드문 보였지만 몬스터의 대군이 넘쳐나는 것은 앞과 뒤의 길뿐이었다.

천장의 백수정이 한층 강하게 뿜어내는 빛 아래에서, 파티가 중앙지대로 접어들었을 때 릴리가 호령했다.

"여기서 몬스터와 맞서 싸우겠어요!"

"여기서?! 몬스터가 저렇게 잔뜩 있지 않나?!"

"여기라면 몬스터가 오는 진로를 한 방향으로 고정할 수 있어요! 『마검』의 포격범위 내에 담을 수 있을 거예요! 벨프 님, 팍팍 태워버리세요!!"

"그, 그래."

오우카의 반론에 고함을 질러 대답한 릴리는 그대로 벨프에게 명령했다. 눈에 핏발이 설 정도로 머리를 이리저리 굴리는 참모의 험악한 모습에 한순간 압도되면서도 벨프는 설명을 이해하고 입술에 웃음을 지었다.

단일방향 섬멸. 그렇군. 아주 이해하기 쉬워.

별로 인정하고 싶지 않았지만, 이 강력하기 그지없는 『크로조의 마검』이 나설 절호의 무대다.

재빨리 합류한 최후열의 아이샤와 엇갈려 지나간 순간, 밀려드는 몬스터의 대군을 향해 벨프는 등에서 발검한 붉은색 『마검』을 내리쳤다.

"코우가(紅牙)!!"

높은 상단에서 내리친 장검이 토해내는 거대한 불꽃의 덩어리.

골라이아스에게 날렸던 과거의 『마검』을 능가할 정도의 열량으로, 접촉 직전이었던 괴물의 무리를 일소해버렸다. 절규가 불길 소리에 휩쓸려 사라지고, 방대한 불똥이 수정의 길에서 춤추었다.

"엄청난 열기……!"

가득 밀려드는 불꽃의 입김에 다프네는 자기도 모르게 얼굴을 한쪽 팔로 가렸다.

시선 너머에는 요란하게 타오르는 몬스터의 시체, 혹은 잿더미 속에 묻혀 녹아내리는 『마석』이 수없이 굴러다녔다.

그러나 새로운 퍼레이드가 시야 너머에 나타났다.

"지형을 이용하는 건 상관없지만, 『마검』이 부서지면 어떡하지?"

"어차피 암만 도망쳐봤자 조금씩 소모를 입고 결국 당할 거예요! 이 미궁을 탈출하려 해도 한번쯤 몬스터의 수를 줄이기 전에는 끝이 나지 않아요!"

땀을 흘리며 포션을 받은 아이샤에게 릴리가 활로를 발견하고자 필사적으로 맵을 살피며 대답했다. 퍼레이드 제2파가 벨프의 『마검』에 날아가는 가운데, 누구보다도 오랜 모험자의 『경험』을 가진 아이샤는 "과연 어떻게 될지" 하고 중얼거리며 시험관을 기울였다.

"————."

그리고.

그 위기를 가장 먼저 감지한 것은 역시 미코토였다.

"미코토?"

"——위험해."

아이샤에게 아이템을 건네주던 하루히메의 곁에서 미코토의 자청색 눈동자가 주위를 둘러보았다.

그녀의 그 중얼거림을 긍정하듯—— 쩌적.

"————."

수정벽에 균열이 내달렸다.

그것도 어마어마한 양의 균열이, 넓은 면적에 걸쳐.

릴리의 시간이 멈추었다. 오우카와 다프네가 절규하고, 카산드라는 얼어붙었으며, 『마검』을 휘두르는 벨프도 그 사실을 깨달았다. 쇠약해진 도르문드와 루비스, 치구사조차 낯빛이 더욱 창백해졌다.

이『하층』까지 도달한 모험자들은 그것이 무슨 조짐인지를 순식간에 이해했다.

『몬스터 파티』. 국지적인 몬스터의 대량발생.

모험자를 나락 밑바닥으로 떨어뜨리는, 악랄한 던전 기믹.

거대 통로 중앙에서 50M 건너편까지 이르는 벽면의 균열은 파티를 완전히 발생권 내에 두고 있었다. 던전이 확고한 악의를 드러내고 모험자들을 말살하려 들고 있었다.

"야, 암만 그래도 이건 너무하잖아!"

밀려드는 퍼레이드에 맞서던 벨프가 고함을 지르는 동안에도 쩌적, 쩌적. 불길한 균열음은 멈추질 않았다. 마치 모험자들의 여명을 가르쳐주듯 울려 퍼졌다.

"너무 넓어…… 이젠 끝이로군."

"빌어먹을, 여기까지 와서…… 난……!"

마음이 꺾이기에 충분한 광경. 루비스와 도르무르 두 사람의 얼굴을 일그러뜨렸다.

너무나도 엄청난 그 규모에 다른 엘프와 드워프들의 얼굴에도 절망의 그림자가 드리워졌다.

"쯧…… 하는 수 없지."

그런 가운데, 아이샤는 혼자 혀를 차고 있었다.

진심으로 언짢다는 듯 앞머리를 쓸어넘기며, 곁에 있던 릴리에게 말했다.

"꼬마돌이, 그거 할 테니까 준비해놔."

"!"

놀라는 그녀의 대답을 기다리지 않고 아이샤는 루비스 일행에게 다가갔다.

그 직후.

"자, 그러면—— 야, 너희들. 약속해라."

"뭐?!"

고개를 든 엘프와 드워프를 향해, 손에 든 대형 박도를 내밀었다.

대형 박도가 목을 겨누는 바람에 루비스는 경악했다. 그를 부축하던 도르무르도 마찬가지였다. 아이샤는 그들만이 아니라 그 뒤에서 아연실색한 엘프와 드워프들에게도 날카로운 시선을 보냈다.

"지금부터 일어날 일은 절대 아무에게도 말하지 않겠다고…… 약속 지킬 수 있어?"

"무, 무, 무슨 소릴 하는 거야?! 이럴 때, 미쳤어?!"

"그, 그래! 대체 무슨 짓——"

"지. 킬. 수. 있. 어?"

도르무르는 말문이 막히고, 루비스도 칼끝이 피부를 살짝 가르는 바람에 윽 소리를 냈다.

목에서 흘러내린 피에, 쇠약해진 루비스와 도르무르의 얼굴은 한층 새파랗게 질렸다.

아이샤의 진심 어린 안광에, 이제나 저제나 괴물의 산성과 함께 폭발하려 하는 미궁벽.

　눈앞에서 죽음이 밀려들려 한다. 공포가 그의 머릿속을 유린했다.

　싸늘한 아이샤의 안광을 앞에 두고, 드워프와 엘프는 목소리를 쥐어짜냈다.

　"야, 약속할게."

　"우, 우리 엘프 여왕폐하의 이름에 맹세코!"

　"좋아, 똑똑히 들었다."

　몇 번이고 고개를 끄덕이는 도르무르와 루비스에게서 무기를 거두었다.

　아마조네스 여걸은 지체하지 않고 입술을 틀어올리더니 한 소녀에게 말했다.

　"그럼—— 시작해, 하루히메!"

　꿈틀 여우귀가 솟아나고, 아름다운 금발이 흔들렸다.

　르나르 소녀는 긴장한 낯빛으로, 그러나 결연히 아이샤에게 고개를 끄덕여 대답하고는 자신의 『마력』을 해방시켰다.

　"하루히메 님을 중심으로 방원 진형!! 사수하세요!"

　고개를 든 릴리의 지시는 단순하고 명쾌했다.

　방패와 배틀액스를 든 오우카가, 카타나를 겨눈 미코토가, 단검과 단궁을 든 다프네와 카산드라가, 지면을 박차고 크게 후퇴한 벨프가, 그리고 대형 박도를 쳐든 아이샤가 하루히메를 중심으로 원을 그렸다.

소녀는 조용히 칠흑색 로브를 깊이 뒤집어쓰고는, 제례를 주관하는 무녀처럼 두 손을 모았다.

"——시작하겠사옵니다."

다음 순간, 주위의 미궁벽이 눈사태와도 같은 굉음을 내며 몬스터의 대군을 낳았다.

『워어어어어어어어어어어어어어어어어어어!!』

괴물들의 연회가 시작되었다.

내리치는 발톱과 튕겨내는 카타나 사이에서 울려 퍼지는 찢어지는 금속음.

한데 묶은 흑발을 흩날리는 미코토의 첫 검격이 몬스터의 돌격을 막아내는 것을 느끼며, 하루히메는 눈을 감고 집중의 실로 자신을 속박했다.

『그리므와르』를 계기로 각성시킨 자신의 힘—— 그것의 행사에 나섰다.

"【구중구천】."

새로이 얻은 그 『요술』은 우선 영창이 아니라 놀랍게도 『마법명』 선언부터 시작했다.

"【사랑스러운 눈. 사랑스러운 심홍. 사랑스러운 백광】."

자아낸 주문과 병행해 하루히메의 몸에 변화가 일어났다.

발산된 『마력』이 무수한 빛의 입자가 되었다가 수렴하며 소녀의 엉덩이로. 차랑, 방울을 흩뿌리는 듯한 소리가 울려 퍼진 것과 함께 소녀의 털색과 같은 『빛의 꼬리』를 다섯 개 만들어냈다.

"【부디 함께 해주시옵소서── 이천의 밤 끝에 찾아낸 그 마음】."

원래 있던 꼬리와 합쳐 여섯. 금색으로 찬연히 빛나는 여우 꼬리.

하루히메와 마찬가지로 일행의 원진에 보호를 받는 드워프들은 눈길을 빼앗겼다.

특이한 『마력』의 여파를 받아 칠흑색 로브가 화악 떠올랐다. 그야말로 무녀처럼 축사(祝辭)를 읊조리는 소녀의 모습에 고결한 엘프들마저 모든 것을 잊고 넋을 놓은 채 바라보았다.

──난처한걸, 이거.

이 『마법』이 발현했을 때 아이샤는 그렇게 말했다.

그녀는 자신의 지시 없이는 절대 쓰지 말라고 엄명했다. 그 이유는 이 힘이 알려진 순간 다시금 소녀를 둘러싸고 추악한 다툼이 벌어질 것이 뻔했기 때문이다.

아울러 전황을 단 한 수에 타개할 수 있는 『최강의 비밀 병기』였기 때문이다.

──괴로워.

하루히메의 이마에 구슬땀이 솟았다.

몸 안쪽에서 마인드가 드득드득 깎여나가는 것을 알 수

있었다. 자신의 목숨 조각이 빛의 꼬리로 빨려 들어가는 듯한 그런 착각. 극동의 이야기에 전해지는 제물이 된 무녀가 이런 심경이었으리라고, 뜬금없는 생각까지 솟아났다.

"【나의 이름은 호요(狐妖), 한때의 파멸. 나의 이름은 고요(古謠), 한때의 그리움. 새와도 같이 날갯짓하는 그대를 위하여 이 몸 구요(九妖)를 깃들이리】."

목이 타들어갔다. 몸이 뜨겁다. 금색 빛이 사나운 이빨이 되어 소녀의 부드러운 몸을 물어뜯고 이그니스 파투스를 일으키려 한다.

그러나 하루히메는 양보하지 않았다. 절대로 그런 일은 용납하지 않았다.

『크아아아아아아아아아악!』

"크으으으으으으으으윽!!"

괴물에게 저항하는 미코토와 동료들의 목소리가 들려온다. 무력한 자신을 지키는 그들의 포효가 가슴을 태운다.

하루히메는 노래할 수밖에 없다.

그렇다면 목소리도 몸도 말라버릴 때까지 노래하고 또 노래해, 사랑하는 동료들에게 축사를 바치리라. 용감한 그들의 바람을 이루어 주리라. 그리고 지금은 없는, 애타게 그리워하는 소년의 힘이 되어 주리라.

치열함을 더해가는 몬스터의 맹공을 막아내는 바로 옆에서 영창이 가속되었다.

소녀의 곁으로 보내지 않겠노라고, 미코토를 비롯한 동

료들도 숫자의 폭력을 앞에 두고 온 힘을 쥐어짜내 베고 또 베었다. 벨프의 『마검』이 지근거리에서도 아랑곳 않고 불을 뿜었으며, 피를 흘리는 오우카가 울부짖고, 아이샤의 대형 박도가 달라붙는 모든 적을 밀어냈다.

"【울려라 금의 노래, 타마모의 노래. 백면금모(白面金毛), 아홉 꼬리의 왕】."

전장의 노래에 평상심이 흔들리면서도 하루히메의 주문은 끊어지지 않았다.

눈을 굳게 감은 채 금색 빛의 노래를 자아낸다.

"【모든 것을 먹고 모든 것을 이루는 서수(瑞獸)의 꼬리──】."

그리고.

"【──커져라 뚝딱】."

영창 연결.

서로 다른 『마법』의 영창을 접속시켜 다음의 주문을 입에 담는다.

"【그 힘에 그 그릇. 수많은 재물에 수많은 바람. 종소리가 알릴 그 순간까지 부디 영화와 환상을── 커져라 뚝딱】."

릴리를 비롯한 동료들에게는 귀에 익은 구절로 들어간 순간, 금색 빛의 꼬리가 마치 하늘을 우러러보듯 일렁거렸다.

각각의 꼬리가 의지를 가진 것처럼 너울치고, 주위에는 대량의 금가루가 요정의 인분처럼 펼쳐졌다. 빨려 들어가듯 수정이 난반사를 일으키고 신비로운 광경을 자아냈다.

"【신찬을 먹어치운 이 몸. 신들께 바친 이 빛. 메에 이르러 뫼로 돌아가, 부디 그대에게 축복을】."

이에 따라 발생한 것은 얇은 안개 형태의『마력』.

금세 그것은 빛의 구름으로 바뀌어, 하루히메의 머리 위에 문양의 소용돌이, 그리고 망치를 소환했다.

현란한 광휘에 몬스터들마저 시선을 빼앗기고 움직임을 한순간 멈추었다.

"【──커져라 뚝딱】."

소녀의 긴 속눈썹이 떨렸다.

눈을 뜬 하루히메는 버들잎처럼 모양 고운 눈썹을 틀어 올리며,『마법』의 완성을 선언했다.

"【도깨비 방망이】!"

그 순간, 높은 음향을 뿜어내며 빛의 망치가 갈라졌다.

찬연히 빛나는 망치의 파편은 **빛의 꼬리로 빨려 들어가,** 같은 광채를 뿜었다.

"【춤을 추어라】!"

잇달아 하루히메가 한쪽 팔을 하늘로 쳐들자, 여우 꼬리가 뿌리 쪽부터 산산이 갈라져 허공을 춤추었다.

굵은 빛의 꼬리는 허공에서 한데 뭉치는가 싶더니 현란한 빛의 구슬로 바뀌어, 지금도 싸우는 파티에게 쏟아졌다.

미코토에게, 오우카에게, 벨프에게, 다프네에게, 아이샤에게, 빛의 덩어리가 흡수되었다.

그 순간.

"""""""흐윽!!"""""""

『레벨 부스트』의 빛이 **연쇄적으로 일어났다.**

그 수는, 다섯.

모험자들의 레벨이 일시적인 【랭크 업】을 이루었다.

"으아아아아아아아아아아아아아아아아아아아아아!!"

모험자들의 포효가 몬스터의 유린을 밀어냈다.

일제히 날뛴 무기가 포위망을 너무나도 쉽게 깨뜨리고
역습을 개시했다.

"뭐, 뭐, 뭐야?!"

"우, 움직임이 달라졌어?!"

여러 명의 『레벨 부스트』를 눈앞에서 본 루비스와 도르
무르가 괴상한 목소리를 냈다.

술사에게 빛의 꼬리를 구현시키는 이 특수한 인챈트는
영창을 접속시킨 다른 『마법』의 효과를 꼬리에 『장전』한다.
그리고 꼬리의 수와 같은 수의 『마법』이 하루히메의 의지
하나로 발동된다.

『마법』을 담은 여우의 꼬리가 『마검』과 마찬가지로 마법
매체의 역할을 하는 것이다.

그것은 마치 『요술』을 봉인한 『살생석』과 마찬가지로, 소
녀의 『레벨 부스트』를 여러 명에게, 그것도 동시에 내려줄
수 있게 해주었다.

"이, 이봐, 무슨 일이 일어난 거야?!"

"몰라볼 정도로 강해지다니, 어떻게 된 노릇이지?!"

"쉽게 말해, 다들【랭크 업】을 한 거예요."

""뭐어?!""

릴리의 정말로 단순하기 그지없는 설명을 들은 엘프와 드워프는 충격에 빠진 나머지 흰자위를 까뒤집으며 거품을 물었다. 상식을 벗어난, 노골적인 반칙 기술을 눈앞에서 보고 말았기 때문이다.

『요술』에 의한 콤보. 전체 레벨 부스트.

【헤스티아 파밀리아】의 새로운 비밀병기였다.

"아──."

【스테이터스】에 새겨진 꼬리의 상한은 아홉. 그러나 현재의 하루히메는 다섯 개까지밖에 만들어낼 수 없었다.

대량의 힘을 잃은 소녀의 몸이 무릎부터 꺾여 허물어졌다. 마인드 다운 일보직전이었다. 이것이 현재 하루히메의 한계.

그러나 충분하고도 남을 만한 결과가 모험자들에게 주어졌다.

"타아앗!!"

『크어어어어어어어?!』

소녀의 은혜가 어마어마한 양의 빛으로 바뀌어 미코토와 동료들의 몸을 감싸고, 승화의 힘을 유감없이 발휘했다.

넘쳐나는 전능감, 힘이 솟아나는 흥분. 더 빠르고, 더 단단하고, 더 강해진 모험자들은 몬스터의 공격을 저지하고 각자의 무기로 날려버렸다.

'기세가 돌아왔어.'

능력향상과 함께 사기가 끓어오르는 가운데 아이샤는 냉정하게 전황을 간파했다.

아직 두꺼운 몬스터의 포위망을 가르고 쓸어버리며, 숫자가 절대적으로 부족한 가운데에서도 고착의 양상을 띠는 수준까지 전황을 끌어올렸다. 절망의 대명사인『몬스터 파티』를 각자의 힘으로 밀어내며 접근을 불허했다.

던전의 가장 두려운 무기, 물량의 벽을 견뎌내고 있었다.

'한때는 어떻게 되는가 싶었는데…… 조금만 더 숫자를 줄이면 이 에어리어에서 빠져나갈 수 있어.'

하나의 계층 내에 있는 몬스터의 절대 숫자에는 한도가 있다.『하층』정도 되면 인터벌이 짧아 몬스터가 태어나 속도도 빠르지만, 국소적으로 집중해 이만큼 출현시켰으니 이 장소만 벗어나면 던전은 일시적으로 소강상태에 빠질 것이다. 몬스터와의 조우도 분명 확 줄어들 터.

'이 기세대로 간다면…… 말이지만.'

반대로 말하자면, 여기서 넘겨졌다간 **뼈아프다**.

그렇기에 그녀는 그 지나치리만치 이질적인『강화종』을 경계했다.

'자, 어떻게 올 테냐? 숫자로 밀어붙이는 방법은 이렇게 통하지 않는단다. 잔챙이들을 부추겨 약하게 만들 생각이

라면 그것도 계산 끝났어. 이 이상 잔재주를 부릴 거라면 전부 박살을 내주지.'

현재 Lv.5 수준의 【스테이터스】를 가진 아이샤의 활약은 눈부셨다.

대형 박도를 한 번 휘둘러 대형급을 몇 마리나 갈라버리는 광경은 몬스터가 보기에는 악몽일 것이다. 이미 그녀가 수비하는 위치는 원이 뻥 뚫린 듯한 모습이었다. 그『강화종』도 지금이라면 쉽게 해치울 수 있다.

대담한 미소를 지으며 가늘게 뜬 눈을 돌리던 아이샤는, 그곳에서 마침내『강화종』의 그림자를 발견했다.

'거기 있었구나!'

시야 너머, 아직도 밀려드는 몬스터들의 틈에서 포착했다.

독살스러운 진녹색으로 물든 모스 휴지는 서로 부딪치는 몬스터의 포효와 모험자의 노성에는 눈길도 주지 않았다. 그저 대형 통로 안을 헤매다가, 몸을 숙이고, 일어났다가는, 다시 숙인다. 그것을 되풀이했다.

'……? 뭐야, 저건…….'

그 이해할 수 없는 움직임에 아이샤는 의아한 표정을 감추지 않았다.

대형 박도와 긴 다리를 휘둘러 몬스터를 날려버리면서 응시하니 —— 휘릭,『강화종』도 이쪽을 돌아보았다.

몬스터의 벽이 얇아진 그 너머에서, 마치 아이샤의 의문에 대답해주기라도 하듯 그것을 보여주었다.

거인의 두 손에 들린 것은, 자남색 빛을 뿜어내는 무수한『마석』.

'_____.'

역전의 무용을 자랑하는 여걸의 시간이 얼어붙었다.

아름다운 흑발이 오싹 곤두섰다.

아이샤는 깨닫고 말았다.

적의 노림수는, 물량으로 밀어붙이는 것도, 모험자들을 피폐하게 만드는 것도 아니었다.

'저, 자식──.'

모험자들이 몬스터를 쓰러뜨린 결과 발생한, **대량의『마석』을 모으기 위해.**

그녀와 시선을 부딪친『강화종』은 이때 처음으로 감정을 드러냈다.

씨이익.

입가를 크게 찢으며, 끈적거리는 타액을 늘어뜨리며, 분명히 비웃었다.

그 직후, 크게 벌린 입에 수많은『마석』을 털어 넣었다.

『!!』

수많은 자남색 결정을 짓씹어 부순 순간, 『강화종』의 몸이 비유가 아니라 정말로 팽창했다.

곤두선 이끼 하나하나가 마치 용의 비늘이라도 된 것처럼 뾰족해지고, 온몸을 뒤덮은 나무 골격이 우득우득 뻗어

나가 손가락 발가락 끝까지 가느다란 뿌리를 펼쳤다. 입과 눈꼬리가 크게 찢어져 올라가는가 싶더니, 악귀와도 같은 얼굴을 만들어냈다.

존재감이 더욱 커진 괴물은 천천히 고개를 들고, 아이샤를 보았다.

이제는 붉고 탁해진 두 눈을 형형히 빛내며, 땅을 박찼다.

"크윽?!"

다른 몬스터를 짓밟으며, 튕겨내며 맹렬히 돌진했다.

밀려드는 위협에 아이샤는 대형 박도를 높이 쳐들었다.

바람을 찢어발기며 육박한 거대한 주먹과, 충돌했다.

"끄윽?!"

『오오오오! 오오! 오오오오오오오오오오오오오 오오오오오!!』

귀를 막고 싶어질 정도로 처절한, 마치 무거운 종을 후려친 듯한 소리와 함께 아이샤의 자세가 뒤로 흔들렸다.

『레벨 부스트』의 힘을 얻은 지금의 그녀에게도 무겁다고 여겨질 만큼 심상치 않은 위력. 전능감에 도취된 『강화종』 은 환희의 포효를 망가진 오르골처럼 터뜨리며 두 차례 세 차례 주먹을 휘두르고, 나무 골격으로 만든 뿌리의 창을 연속으로 내질렀다.

아이샤는 확신했다. 『강화종』은 이곳까지 오는 도중 자신들이 해치우며 방치했던 몬스터의 『마석』까지도 남김없이 탐욕스레 먹어치웠을 것이라고.

수십, 수백 마리나 되는 몬스터의 『핵』을 몸에 담았을 것이라고.

'이 자식—— 어디까지.'

어디까지 모험자의 예측을 배신해야 직성이 풀린단 말인가.

단순한 잔재주라고 우습게 보았던 몬스터의 교활함을, 이제는 인정할 수밖에 없었다.

아이샤의 이마에서 굵은 땀방울이 흩어졌다.

그리고 한순간의 동요와 조바심은 그녀의 허점을 낳고 말았다.

【스테이터스】로는 아직 이쪽이 유리하다. 아직 만회할 수 있다. 그렇게 생각한 순간이었다.

모스 휴지의 굵은 목이 그야말로 용처럼 늘어났다.

"?!"

두 어깨를 붙들린 것과 동시에, 목덜미에 『강화종』의 이빨이 박혔다.

살이 찢겨나가고, 뼈가 부서지면서 피가 솟았다.

이변을 깨달은 릴리와 벨프가 일제히 돌아보고 그 광경에 말을 잃었다.

"——!"

입술에서 피를 흘린 아이샤가 눈꼬리를 곤두세웠다.

꼭 쥔 주먹에 혼신의 힘을 담아 적의 아래턱에 꽂고, 이빨에 뜯겨나간 살점과 같이 떼어냈다. 비틀거리는 『강화

『종』에게 돌려차기를 날려 더욱 뒤로 밀어냈다.

"아……아이샤 씨?!"

정신이 몽롱해져 주저앉아 있던 하루히메에게서 비단폭을 찢는 듯한 비명이 솟았다.

『강화종』이 늘렸던 목을 원래대로 되돌리며, 부서져나갔던 턱을 이끼로 덮어나가는 가운데, 숨을 헐떡이는 아이샤는 살이 뭉텅 사라진 어깻죽지를 왼손으로 막고 있었다.

울컥울컥 선혈을 흘리며 가증스럽다는 듯이 웃었다.

"실수했어……."

손이 떨어진 상처 부위에서는 『겨우살이』가 돋아나, 그녀의 갈색 피부에 스륵스륵 『덩쿨』을 뻗고 있었다. 왼쪽 어깨와 왼쪽 팔, 배꼽에서 허리, 나아가서는 풍만한 유방에 이르기까지.

그 광경에 모험자들은 충격을 받았다. 물어뜯은 순간 직접 체내에 『종자』를 심은 것이다.

『하아아아…….』

"이 못생긴 자식이……!!"

아마조네스의 몸에 기생한 자신의 분신을 보고, 모스 휴지는 이빨 틈으로 타액을 흘리며 웃었다.

그대로 가차 없이 덤벼드는 적에게, 아이샤는 식은땀을 흘리기 시작하면서도 응전했다.

"크윽── 비켜!"

자신의 위치를 떠나 달려온 것은 벨프였다.

장검형 『마검』을 쳐들고, 아이샤의 주위에 있던 몬스터와 함께 『강화종』을 저격하려 했다.

　"코우가!"

　『~~~~~~~~~~~~?!』

　오늘 네 번째의 대폭염이 넓은 통로를 가득 메우며 솟았다.

　뒤로 물러난 아이샤의 시야 너머에서 홍염에 휩싸인 몬스터들의 그림자가 미친 듯이 춤을 추었다. 겹쳐지는 단말마가 사라져가는 가운데…… 두 팔을 가슴 앞에서 교차시킨 거인의 그림자가 하나, 불타 쓰러진 몬스터의 무리 사이에 유유히 서 있었다.

　"아앗?!"

　"벨프 님의 『마검』을 버텼어?!"

　벨프의 경악과 릴리의 고함이 이어졌다.

　불꽃에 그을려 가늘게 타버린 이끼를 떨어뜨리는 『강화종』은 천천히 고개를 들었다.

　그리고 벗겨져 떨어진 이끼의 안쪽에서는 푸른 광채를 번뜩이는 천이 드러났다.

　"저건……『운디네 클로스』?!"

　"설마 모험자의 시체에서 벗겨낸 건가?!"

　미코토와 오우카, 다프네와 카산드라도 눈을 의심했다.

　뜯어내 억지로 몸에 감은 그것은 분명 『정령의 방호포』였다. 오우카의 예측대로, 유일한 약점이었던 『화염』의 내성에 착안해 모험자의 시체에서 빼앗은 것이다.

"상성이 최악이야……!"

몬스터가 걸친 장비에 벨프가 미간을 일그러뜨렸다.

『크로조의 마검』은 『정령의 피』를 이어받은 일족의 업으로 만들어내는 것이다. 말하자면 『정령의 마검』이다. 그리고 『방호포』에 관여하는 것도 같은 『정령』. 정령간의 힘이 과도한 반발을 일으킨 것이다.

나아가 『코우가』의 마검 속성은 불. 요컨대 불의 정령 살라만더의 힘.

물의 정령 운디네의 힘과는 상성이 지극히 좋지 못해 상쇄가 발생한 것이다.

"빌어먹을……!"

상쇄되었다고는 하지만 『강화종』의 몸은 불에 탔다. 벨프는 다시 한 번 마검을 휘두르려 했지만── 쩌적, 검신에 균열이 일어났다.

붉은 장검은 그대로 높은 소리를 내며 터져나갔다.

『마검』의 사용한계. 퍼레이드에 맞섰기 때문에 연발했던 반동. 후둑후둑 떨어지는 검의 파편을 보고 벨프만이 아니라 릴리도 아연실색했다.

『───────────────아아아!!』

거듭되는 흉보를 알리듯, 남아있던 마지막 퍼레이드가 통로에 도착했다.

몬스터에게서 튄 피로 새빨갛게 물든 미코토의 얼굴에

조바심이 가득 찼다.

『오오오오오오!』

"쯧!!"

포효를 터뜨린 『강화종』은 벨프나 다른 일행을 무시하고 집요하게 아이샤를 노렸다. 그녀의 역량을 간파하고, 그녀의 함락이 곧 모험자들의 숨통을 끊는 결과가 된다고 판단한 것이다.

마치 한 명의 흉전사가 등장해 기세를 되찾은 것처럼 다른 몬스터들도 마구잡이로 덤벼들었다. 합류한 퍼레이드와 함께 파티를 짓밟으려 했다.

"야, 이거 위험한 거 아냐?!"

"버틸 수가 없다……!"

기세로 포위망을 좁혀드는 몬스터들에게 방패를 든 다프네와 오우카가 외쳤다.

카타나와 대도를 휘두르는 미코토와 벨프의 반격도 아주 잠깐 효과를 보일 뿐이었다. 무기를 내팽개친 카산드라가 회복마법을 써서 전선을 유지하려 했지만 치유되자마자 새로운 상처가 그 위를 덮었다.

부여되었던 『레벨 부스트』의 빛 입자가 신음하듯 일렁거렸다.

"아, 아……?!"

자신들을 지켜주면서 슬금슬금 밀리는 동료들을 보고 릴리의 얼굴에서 핏기가 빠져나갔다.

떨리는 손으로 벼락 『마검』을 휘둘러 지원했지만, 몬스터의 그림자는 사라질 줄 모른다. 이제는 대형 통로를 가득 메울 것 같은 숫자였다. 괴물의 무리 너머로 묻혀버린 아이샤는 파티에서 멀어져 그녀의 조력을 바랄 수도 없다. 오히려 『겨우살이』에 기생당한 그녀 자신이 『강화종』에게 유린당하려 하고 있었다.

잘못 파악했다.

잘못 파악하고 말았다.

『강화종』의 이상성을. 『하층』의 위협을. 던전의 저력을.

지휘관으로서 잘못된 판단을 내리고 말았다.

경험과 실적.

그것이 없었던 릴리는 최후의 최후에 전황을 잘못 가늠했던 것이다.

릴리는 【브레이버】는 될 수 없었던 것이다.

"도끼를, 빌려줘……!"

"엑…… 도, 도르무르 님?!"

"팔을 잃은 몸이라도, 방패 정도는 될 수 있겠지…….."

"루, 루비스 님까지…… 안 돼요, 그러시면 안 돼요!!"

아연실색한 릴리의 곁에서 도르무르가 일어나고, 루비스도 그 뒤를 따랐다.

드워프들도 무기를 빌려 전열로 나서려 했다. 릴리의 만류는 아무도 듣지 않았다. 승산도 없이, 그저 마지막까지 발버둥을 치겠다고, 모험자의 오기를 관철하려는 것이다.

"아, 아아……!!"

틀렸어. 다들 머리에 피가 몰렸어. 냉정함을 잃었어.

모두가 여기를 죽을 곳이라고 생각해.

농후한『죽음의 향기』를 떨쳐낼 수가 없었다.

지휘관의 가면을 쓰고 계속 꿋꿋하게 행세했던 릴리의 눈에 살짝 눈물이 맺혔다.

"우리를 미끼로 삼아서, 가능하면 도망쳐!"

"누군가가 저 괴물의 존재를, 지상에 알려야만 해……! 하나라도 많이 살아남아야 해!"

루비스와 도르무르는 비장한 결의와 함께 말했다.

주저앉아 있던 하루히메가 숨을 멈추는 가운데, 경악으로 흡떴던 릴리의 눈이 크게 흔들렸다.

"우리를, 두고 가……【헤스티아 파밀리아】."

──릴리의 본성이, 땅바닥을 기고 흙탕물을 핥으며 살아가던 지저분한 소녀가, 천천히 고개를 들었다.

지휘관이라는 입장을 더할 나위 없는 정론의 방패로 내밀고, 어두운 웃음을 지으며 그 선택으로 뛰어들려 하고 있었다. 어쩔 수 없지, 여기까지 왔으니 조금이라도 많은 목숨을, 릴리는 죽고 싶지 않아── 그러니 버리자……

심장이 이상하게 뛰고 있었다. 숨을 제대로 쉴 수 없었다.

찰나의 순간 동안 어지러이 생각과 감정이 교차했다.

빨리! 빨리! 빨리!

망설이지 마, 말해, 결정해!!

현실주의자인 릴리가 외치고 있었다. 무엇 하나 틀린 말이 없다고.

진흙탕 속의 소녀가 외치고 있었다. 그렇게 해 살아오지 않았느냐고. 왜 새삼스레 주저하느냐고.

조그만 입술이 떨렸다. 꼬이려는 혀가 한 마디를 던지려 했다.

그리고

새하얗게 변한 마음의 평원에서, 가슴을 꽉 누른 또 한 명의 릴리가, 울며 호소하고 있었다.

살 수 있다고.

"——크으윽!!"

릴리의 왼손이 번뜩였다.

엘프와 드워프들 사이를 가른 『마검』의 벼락이, 지금 막 그들이 덥비려 하던 몬스터를 태워버렸다.

아연실색한 루비스와 도르무르의 시선을 받으며 릴리는 목을 떨었다.

"그 사람이라면, 버리지 않을 거예요!"

뇌리에 되살아난 것은 어떤 미궁의 광경이었다.

무시무시한 거대 개미의 대군에 에워싸인 릴리를 구해 준, 너무나도 뜨겁고 아름다운 불꽃의 벼락과, 자신을 향해 내민 소년의 손이었다.

"그 사람은 날 버리지 않았어!"

눈꼬리에서 눈물의 파편을 흩뿌리며 연신 부르짖었다.

릴리는 【브레이버】는 되지 못했다. 최후의 최후에 최선의 선택을 걷어차버렸다.

어수룩함에 휩쓸렸다. 정에 얽매이고 말았다.

하지만, 그게 아니다. 릴리가 목표로 삼았던 것은 【브레이버】가 아니었다.

릴리가 정말로 되고 싶었던 것은, 쫓아가고 싶었던 것은, 자신을 구해주었던 그 등이었다.

흙투성이가 된 자신을 버리지 않았던, 그 다정한 손이었다.

"그러니까, 나도……! 릴리도, 변할 거라고 했어요!!"

소년은 온갖 존재와 만나, 아득히 높은 정점을 올려다보게 되면서, 변했다.

그렇다면 릴리도 변하지 않고선 거짓말쟁이가 된다. 릴리도 달려 나가지 않으면 거짓말쟁이가 된다.

그렇지 않고서는 그의 곁에 설 자격은 없다.

"그러니까, 그러니까! 릴리는 당신들을 버리지 않아! 절대 포기하지 않아!!"

팔다리가 떨렸다. 감정이 범람했다. 잔혹한 괴물의 포효에 너무나도 쉽게 떠밀리는 조그만 몸으로도, 눈물 섞인 목소리를 각오로 바꾸는 릴리에게 루비스나 도르무르 일행의 얼굴에서는 죽음의 상이 떨어져나갔다.

젖어버린 밤색 눈동자에서 한 줄기 눈물이 굴러 떨어졌다.

"릴리는, 그 사람의 서포터니까요!!"

그녀의 말이 벨프와 동료들의 귀에도 들려, 땀투성이 웃음이 피어났다.

그리고 그때.

"——!!"

피로 때문에 움직이지 못하던 하루히메의 귀가 쫑긋! 일어났다.

녹색 두 눈을 크게 뜬 그녀는 입술을 깨물고, 얼마 남지 않은 힘을 쥐어짜내 팔을 뻗었다.

"릴리 님……!"

하루히메에게 『운디네 클로스』의 끝자락을 붙들려 릴리는 놀라 돌아보았다.

"오고 있사옵니다……!"

"어?"

"오셨사옵니다……!"

대난전 속에서 그 『목소리』를 들은 수인 소녀는, 선망과 격려를 담아 미소를 지었다.

"그분이, 오셨사옵니다……!"

다음 순간.

"릴리이이이이이이이이이이이이이이이이이이이이이이이이!!"

자신을 부르는 소년의 커다란 음성이 릴리의 귀에도 들렸다.

"————."

누구보다도 빠르게, 무엇보다도 빠르게 다가온다.

시야 저 멀리, 거대 통로 저편에서, 두 팔을 휘두르는 소년의 모습이.

그것은 마치 흉악한 개미떼에게서 릴리를 구해주었던 그날과 똑같은 모습.

땅바닥을 기며 진흙투성이가 되었던 또 다른 소녀가 손을 지면에 내리쳤다.

이를 악물고, 몸을 땅에서 떼어내며 일어났다.

가슴이 뜨거워지고, 눈물샘이 무너진 릴리의 눈에서는 마침내 눈물이 줄줄 흘러내렸다.

"큭……! 하루히메 님, 비켜주세요!!"

그와 동시에 릴리는 자신의 이름을 부른 소년의 진의를 깨달았다.

자신을 믿으며 **오른손을 빛내고 있는** 그의 기대에 부응하고자 움직였다.

빠른 임기응변에 나서, 손에 든 『마검』을 발밑에 꽂았다. 강렬한 벼락이 번뜩이며 폭발을 일으켜, 수정 지면에 깊은 구멍을 뚫었다.

"여러분, 구멍 속으로! 어서요!!"

그 절박한 외침에 동료들은 의문을 제기하지도 않고 움직였다. 도르무르와 엘프들도 마찬가지였다.

모든 전투를 중단하고, 움직이지 못하는 하루히메와 부상자들을 끌어안은 채 구멍 속으로 뛰어든다.

다음 순간 몬스터의 대군이 밀려드는 가운데, 몸에서 벗겨낸 골라이아스 로브를 구멍에 씌우기 직전, 릴리는 외쳤다.

"아이샤 님, 피하세요!"

"!"

『강화종』과 전투를 이어나가던 아이샤가 눈을 크게 떴다.

그것은 몬스터가 이해하지 못하는 언어. 괴물에게는 의미를 이루지 못하는 인간의 외침.

그것이 그녀와 괴물의 명암을 갈랐다.

억지로 공격을 밀쳐낸 아마조네스 여걸은 사람 하나가 겨우 들어갈 만한 수평굴로 몸을 날렸다.

그 직후 달려든 소년은—— 종소리를 울린 벨은, 지면을 강하게 디디며 오른손을 내밀었다.

4분간의 풀 차지.

시야에 비친 모든 것들을 조준하고, 포성을 올렸다.

"파이어볼트○○○○○○○○○○○○○○○○○○○○○○○○○○
○○○○○○○○○○○○○○○○○!!"

불길의 질주.

『＿＿＿＿＿＿＿＿＿＿＿＿＿＿＿＿＿＿＿＿.』

아마조네스가 시야 밖으로 사라진 순간, 『강화종』은 그 시뻘건 열기의 주둥이를 보았다.

릴리가 뚫은 구멍으로 쇄도하던 몬스터들은 칠흑의 로브에 발톱을 꽂기 직전, 질주하는 염뢰에 타버렸다.

거대 통로를 휩쓴 불길의 탁류가 몬스터의 대군을 모두 삼켜버렸다.

『오, 오ㅇㅇㅇㅇㅇㅇㅇㅇㅇㅇㅇㅇㅇㅇㅇㅇㅇㅇㅇㅇㅇ?!』

절규와 함께 타버리는 몬스터들 속에서, 일렁거리는 불꽃에 휩싸인 『강화종』은 봇물 터진 기세로 아득한 후방까지 날아가 버렸다. 『정령의 방호포』 덕에 화장(火葬)은 면했으나 시뻘건 약진과 함께 밀려나 막다른 미궁벽에 작렬했다.

수정벽이 터져나가고, 관통하며, 불꽃의 기둥이 던전을 갈랐다.

온몸이 불탄 『강화종』은 뜯겨나간 벽 너머의 대형 룸 한복판에 떨어져 나뒹굴었다.

*

"……벨, 님."

구멍을 덮었던 《골라이아스의 로브》를 걷고 구멍에서 얼굴을 내민 릴리는 언젠가 그랬듯 그의 이름을 불렀다.

모든 몬스터를 일소하고, 수정이 녹아버려 막대한 열기를 풍기는 거대 통로 저 너머.

갑작스럽게 일어난 아지랑이 속을 따라 한 소년이 다가왔다.

불똥이 가득 찬 공간을 따라 조용히 걸어오는 그 모습은 사뭇 늠름했다.

릴리는 그 모습을 보고 분명 몸을 떨었다.

얼굴을 드러낸 벨프와 동료들도 숨을 멈추었다.

릴리는 구멍에서 뛰어나와 그의 몸에 안기고 싶었다. 미안해요. 고마워요. 사과와 감사가 엉망진창으로 뒤섞인 감정을 터뜨리며 울고 싶었다.

그러나 소년의 눈에서는 전의의 불꽃이 꺼지지 않았다.

그저 앞을 노려본 채, 분노에 몸을 태우며, 강대한 적을 물리치고자 했다.

그렇다면 릴리가 할 일은 하나뿐이었다.

구멍에서 구르듯이 나와, 허리춤의 파우치에서 시험관을 꺼내 그에게 내던지듯 건넸다.

"벨 님!"

"──고마워."

나자의 신약, 하이 듀얼포션을 받아든 벨에게서 돌아온 말은 그것뿐이었다.

그러나 그것만으로도 충분했다.

"……벨 크라넬! 우리가 돼지기 전에 결판을 내라."

"미안하다, 벨! 부탁해!"

모두가 겹겹이 쌓인 구멍을 지나쳐 앞으로 나아가는 벨의 등에, 구멍에서 나온 아이샤가 입술을 틀어 올리고, 벨프가 분한 마음이 담긴 목소리와 함께 웃음을 던져주었다.

소년은 돌아보지 않은 채 한쪽 팔을 들어 그에 응했다.

하이 듀얼포션을 들이켜고 입가를 닦으며, 미궁벽에 뚫은 구멍을 향해 나아갔다.

🦇

그는 분노로 날뛰고 있었다.

뭐냐!

뭐냐 그건?!

완벽하게 사냥감을 잡을 수 있었는데. 그 갈색 암컷을 해치운 후 남은 인간들도 죽이고 다니면서, 놈들의 『마석』을 먹어치울 예정이었다. 그런데——.

어떻게 그 인간이 살아 있어!

넌 폭포에 떨어졌잖아!

왜 죽지 않아!

왜! 왜! 왜!

이런 일은 처음이었다.

이런 일이 용납될 수는 없었다.

『사냥꾼』인 그의 생각대로 되지 않는 인간 따위 있어서는 안 된다.

놈들은 그저 사냥감이고, 단순한 식량일 뿐이니까.

불탄 몸에서 분노와 증오의 연기를 피웠다.

푸른 옷이 맞닿은 괴물의 피부에 신음하고, 또한 혹사를 견디다 못해 비명을 질렀다.

그는 이를 부득부득 갈며 일어났다.

『으으으으으……!』

올 테면 와라. 이미 『마석』은 충분히 먹었다.

아까의 자신과는 다르다. 힘이 아득히 부풀어 올랐다. 그 인간의 가느다란 팔을 쉽게 뒤틀어 짓이겨버릴 수 있다.

불꽃도 이제는 통하지 않는다. 다시 물속으로 끌고 들어가도 될 것이다.

이곳은 어머니 미궁. 어머니의 태내에서 자신들은 얼마든지 강해질 수 있다. 그러나 인간인 너희가 힘을 얻을 방법 따위는 없다. 이번에야말로 숨통을 끊어주마.

그는 두 눈을 살의로 가득 채우고, 이내 구멍에서 모습을 나타낸 소년을 노려보았다.

【파이어볼트】가 뚫은 구멍 가장자리에 선 벨은 눈 아래에 펼쳐진 광경을 둘러보았다.

그곳은 물을 머금은 조용한 룸이었다. 광대한 공간의 절반 이상을 물이 차지했으며, 중앙에는 직경이 50M은 되는 수정덩어리가 있었다. 마치 거대 호수에 뜬 『섬』같았다. 몬스터의 그림자는 전혀 보이지 않았다. 섬의 중앙에서 자신을 살기등등한 눈으로 노려보는 저『강화종』을 제외하고는.

벨은 구멍 가장자리에서 뛰어내려, 수면에서 드러난 수정 바위를 박차고 달려 나가, 몬스터가 기다리는 섬으로 이동했다. 서로를 가로막을 것은 아무 것도 없었다. 천장에서 무수히 뛰어나온 백수정의 빛 아래, 푸르게 빛나는 평지에서 벨과『강화종』은 마주섰다.

『으그르으······!!』

나직하게 으르렁거리는『강화종』과 시선을 나누었다.

몸을 한층 크게 부풀려 이형의 거인으로 변한 몬스터를 앞에 두고 벨이 품은 이 감정은, 아마도 분노일 것이다.

동료가 다쳤으며, 많은 모험자가 그의 손에 죽었다. 잔혹한 방법으로 엘프들이 고통을 겪었다. 욕망을 채우기 위해, 명확한 지성을 가지고 가학적으로 유린하는 괴물에게 잠자코 있을 만큼 벨은 사람이 좋지 못했다.

그러나 이 분노의 감정이 몬스터의 입장에서는 부조리하다는 것도 안다.

부상이나 목숨은『모험』에 뛰어든 자가 치를 대가이며, 모두 자기의 책임이다. 루비스의 팔을 앗아갔다고 분노하는 것도 번지수가 잘못된 일이다. 벨과 일행은 마찬가지로 던전을 짓밟은 침입자이며 침략자니까.

그러므로 벨은 모험자로서 눈앞의 적을 노려보기로 했다.

미궁의 섭리에 따라, 모험자로서── 눈앞의 몬스터를 쓰러뜨린다.

"…………."

『하아아…….』

벨이 말없이 두 자루의 나이프를 들었다.

눈을 붉은색으로 바꾼 몬스터가 살의의 숨결을 토해냈다.

한순간 후, 서로의 몸이 잔상을 일으키더니, 지면을 박찼다.

룸의 정적을 깨뜨리고 그저 하나의 섬을 링으로 삼아 벨과『강화종』은 충돌했다.

"흐읍!"

『오오오오오오오오오오오오오오오오오오오오!!』

첫 일격의 충돌은 벨이 힘에서 밀려났다. 상상한 것보다도 훨씬 힘이 강해진 모스 휴지의 굵은 팔에 참격이 튕겨나가, 추가공격을 회피하기 위해 바닥을 굴러 측면으로 몸을 던졌다.

마치 웃음을 짓듯 이빨을 드러내며 달려드는 모스 휴지를 향해 벨 또한 응전했다.

"시작했다……!"

들려온 포효에 릴리 일행이 벽면에 뚫린 구멍으로 달려갔다.

숨을 헐떡이는 벨프, 치구사를 끌어안은 오우카, 하루히메의 어깨를 부축하는 미코토,『겨우살이』에게 침식당한 아이샤 외에도 루비스, 도르무르, 엘프와 드워프 모험자들 또

한 억지로 모여들어, 막 시작된 그 싸움을 내려다보았다.

"이봐, 잠깐만! 잠자코 보고 있을 게 아니라 도와줘야 하는 거 아냐, 너희?!"

격렬한 교전을 바라보는 릴리와 【헤스티아 파밀리아】에게 뒤에서 따라온 다프네가 거친 목소리로 말했다.

지금이라면 『강화종』을 일방적으로 몰아붙일 수 있다는 지극히 타당한 의견이었다.

"관둬. 그놈이 『씨앗』을 뿌려서 『겨우살이』에 기생당하기라도 하면 오히려 벨 크라넬에게 부담이 돼."

"그, 그건…… 그, 그래도 화살을 쏜다거나, 아까 그 『레벨 부스트』를 쓴다든가 방법은 있을 거 아냐! 【래빗 풋】 하나한테만 저런 괴물을 떠넘길 필요는 없잖아!"

『덩쿨』에 몸의 절반이 덮인 아이샤에게 한순간 움츠러든 다프네는 여전히 항의하려 했으나,

"다, 다프네…… 저거…….."

카산드라가 그 말을 가로막으며 더듬더듬 손가락을 뻗었다.

의아하게 여긴 다프네가 룸으로 시선을 보내니.

"엥?"

참격의 빛이 번뜩이고 있었다.

『오, 오오오오와?!』

"!"

모스 휴지의 굵은 팔을 피하면서 벨의 나이프가 일방적

으로 그의 몸을 베어대고 있었다.

적에 비해 조그만 몸집을 살려 왼쪽에서 오른쪽으로, 그런가 싶으면 지면에 닿을 듯이 몸을 숙이고 스쳐 지나가며 배후로.

지근거리에 계속 머물며 펼치는 일격이탈, 아니, 연격이탈.

피하는가 싶으면 자남색과 휘백색 검광을 꽂고, 나무 골격과 함께 이끼로 이루어진 육체를 깎아나간다.

"저, 저 몬스터, 『마석』을 먹고 강해졌던 거 아니었어?!"

"강해졌을 텐데. 하지만, 그 이상으로……."

"……벨 크라넬의 움직임이, 우리와 있을 때보다도 빨라진 것 아닌가?"

자신도 모르게 목소리를 높인 다프네의 옆에서 아이샤가 눈을 가늘게 뜨고, 그 곁에서 오우카가 전율한 목소리를 냈다. 그의 품에서 살짝 눈을 뜬 치구사의 얼굴도 놀라움에 물들었다.

'――설마.'

그들의 대화를 듣고 미코토는 혼자 조용히 식은땀을 흘렸다.

파티와 행동을 함께 하던 벨과 지금 벨의 차이. 그 광경이 가져다주는 『감각』은 자신도 기억하는 바가 있었다.

벨은 빨라진 것이 아니다.

움직임에 훨씬 절도가 생긴 것이다.

'우리가 하루히메 공에게 『레벨 부스트』를 받았던 때와

마찬가지로……?'

르나르 소녀의 무게를 어깨로 느끼며 목을 꼴깍 울렸다.

『레벨 부스트』를 받았을 때, 미코토는 곧잘 자신의 몸에 휘둘리는 경우가 있었다. 갑자기 올라간 육체의 출력에 정신이 따라가질 못하는 것이다.

낙오되기 전의 벨도 어쩌면—— 그와 같은 상태였던 것 아닐까?

육체와 정신의 『간극』.

【랭크 업】이라는 『그릇』의 격변에 감각이 따라가질 못하기에 일어나는 현상.

생각을 굴리던 미코토는 그 순간 오싹 등이 떨려오는 것을 느꼈다.

'벨 공은, 이제까지 계속——.'

아마도 제1급 모험자들이라면 큰 전투 한 차례로 조정을 할 수 있었을 테지만.

벨은 미숙하였으며—— 그 이상으로 『성장속도』가 지나치게 빨랐다.

보통 사람보다도 더욱, 정신이 육체의 성장을 따라가지 못했던 것이다.

그것이 『하층』의 탐색을 거치면서 겨우 해소되었다면.

지금도 칼을 휘둘러 적을 희롱하는 소년을 보며 미코토는 자청색 눈을 떨었다.

원정 전, 단련 속에 타케미카즈치가 했던 말이 떠올랐다.

'──『그릇』과『마음』이 일치하지 않은 채 싸우고 있었던 것은 아닐지?'

정답이었다.
'몸이 아까보다도 잘 움직여.'
몬스터와 싸우면서 벨은 실감을 얻었다.
뇌리가 그리는 궤적으로 몸의 궤적이 따라간다. 의식하지 않으면 깨닫지 못할 정도로 미미하던 공격의 간극, 방어의 간극, 회피의 간극, 그런 모든 것들이 해소되고 있었다.
온몸의 감각이 이제까지 느껴보지 못했을 정도로 선명했다.
'위화감이 사라졌어.'
『이구아수』무리와의 대전투.
목숨을 저울에 올려놓고 스스로를 몰아붙였던 그 교전이 공교롭게도 심신을 합치시켜주었다.
몸을 완전히 제어할 수 있게 된 지금이라면 알 수 있다.
『하층』에 내려섰을 때도, 『강화종』과 처음 교전했을 때도 자신이 얼마나 승화된『그릇』에 휘둘리고 있었는지를.
지금은 톱니와 톱니가 딱 맞물린 것처럼 몸이 마음대로 움직였다.
상대의 움직임에 대응할 수 있었다.
『오오, 오오오오오오오오오오오오오오오?!』
지난번 전투와는 다른 사람 같은 움직임을 보이는 벨에

게『강화종』의 눈이 동요를 머금었다.

수정 지면을 분쇄하는 괴력이 스치지도 못한다. 다리에서 뻗어나와 지면에서 기습하는 나무뿌리도 벨의 검에 갈라졌다. 그동안 숱한 모험자를 괴롭혔던 공격이 통하질 않았다.

몬스터는 동요를 떨치고자 고함을 질렀다.

온몸을 융기시키고, 근거리 전방에서 벨을 향해『씨앗』의 탄환을 일제히 쏘았다.

──이구아수가 더 빨랐어!!

벨은 여기에 동요하지 않았다.

그 공포의 붉은 사선에 비하면 완전히 멈춘 것처럼 보였다.

탄도를 간파하고, 잔상을 일으킬 기세로 두 팔을 몇 번이나 번뜩여 모든『씨앗』을 베어버렸다.

『!!』

경악하는『강화종』에게 태세를 재정비할 틈을 주지 않았다.

벨은 힘차게 파고들며 참격을 퍼부었다.

『끄윽?!』

모스 휴지가 지지 않겠노라 괴력의 일격을 날렸다. 수많은 동포를 먹어 손에 넣은 일격은 딜 아다만타이트 갑옷을 스치고 진동을 일으켰다. 대미지가 확실하게 벨의 몸을 깎아냈다.

힘은 상대가 더 강하다.

방어력도 마찬가지.

종합적인 잠재능력으로는 당해낼 수 없을지도 모른다.

그러나 속도는 벨이 더 빠르다.

심신이 이어진 지금, 벨의 진수가 전황을 유리하게 이끌어주었다.

그러나 그 이상으로,

'──느려.'

눈앞의 적은 너무나도 느렸다.

벨은 알고 있다.

상식의 영역 밖에 존재하는 진정한『괴물』을.

눈앞의 적보다도 더욱 빠르고, 더욱 강하고, 더 엉터리 같은 존재가 있음을.

벨은 그런『괴물』과 싸웠던 것이다.

그『호적수』와 다시 싸우고자 맹세했다.

'──그 사람에게 이기고 싶어.'

다시 태어나서도 자신의 눈앞에 나타난 그 무인과.

'──그 사람에게 이기고 싶어.'

어마어마한 힘과 양손도끼로 맞부딪쳐댔던 그 전사와.

'──그 사람에게, 이번에야말로!!'

그날 밤, 달빛 밑에서 패배를 몸에 새겨준 그 웅혼한 맹우에게.

등에 새겨진【스테이터스】가 타올랐다.

뇌리에 칠흑의 맹우를 떠올린 벨의 감정이, 계속 몸속에 숨겨졌던 격정의 덩어리가 이 순간, 사투를 불씨 삼아 폭발했다.

"아아아아아아아아아아아아아아아아아아아아아!!"

『~~~~~~?!』

적의 반응을 불어하는 연속참격. 래빗 러시.

이구아수에게도 보였던 참격의 소용돌이를 따라가듯 칠흑과 휘백의 원호를 그렸다. 몸도 마음도 가속한 벨의 손에, 『강화종』의 몸에서는 무시무시한 양의 이끼가 떨어져 나갔다.

수평일격을 날린 참격을 마지막으로 거구는 뒤로 날아 갔으며, 서로의 거리가 크게 벌어졌다.

『아아아아아아아아아아아……?!』

"!"

후둑후둑 몸의 일부가 떨어져나가는 한편, 깎여나가자 마자 이끼의 몸이 상처를 막아나간다. 무수한 참격을 입어 놓고도 없었던 것으로 만드는 모스 휴지에게 벨은 눈을 크게 떴다.

재생속도가 빠르다. 엉망진창으로 베였음에도 저 살아 있는 이끼가 이내 수복을 개시한다. 공격속도만을 살린 참격으로는 『마석』을 대량으로 먹은 적을 해치울 수 없다. 몸에 감긴 『운디네 클로스』 때문에 【파이어볼트】도 잘 통하지 않는다.

게다가 하이 듀얼포션을 사용했다고는 하지만 풀 차지의 반동은 아직도 벨의 온몸에 새겨져 있었다. 전투가 오래 끌면 추세는 저쪽으로 기울 것이다.

참격도 『마법』도 통하지 않는다.

장기전도 단연 불리하다.

그렇다면──『일격』이다.

수복도 불가능한, 지금 자신이 낼 수 있는 『최강의 일격』으로 적을 완전히 격파한다.

벨은 《하쿠겐》을 칼집에 담고 단 한 자루, 오른손의 《헤스티아 나이프》만을 들었다.

역수로 쥔 그것을 가슴 높이에 들어올리고, 왼손도 전방으로 내밀었다.

"【파이어볼트】."

그리고 쏘았다.

영창이 필요 없는 염뢰의 광채를.

눈앞에 선 몬스터에게──가 아니고.

역수로 쥔 **칠흑색 나이프의 검신에.**

『?!』

몬스터도, 그리고 동료들도 그 광경에 눈을 의심했다.

『마법』을 칼날에 쏜 벨의 행동은 그대로 끝나지는 않았다.

염뢰를 발동하자마자, 즉시 『차지』를 개시했다.

『————.』

지릉, 지릉.

청각을 흔드는 차임 소리 속에서 모스 휴지는 그것을 보았다.

칼날에 작렬해 대량의 불똥을 뿌려야 할 염뢰가, 확산되어야 할 불덩어리가, 발생한 흰 빛의 입자에 의해 나이프의 검신으로 눌리고 있었다.

아니—— **집속되고 있었다.**

"불꽃이, 나이프에 모여들고 있어……."

"인챈트……? 아니, 그게 아니야. 저게 뭐지……?!"

멀리 떨어져서 아연실색한 오우카나 다프네 쪽에서도 그것은 또렷이 볼 수 있었다.

수렴되고 응축되는 붉은색 번개. 나이프가 타오르는 불꽃의 갑옷을 두르고, 나아가 그 위를 어마어마한 빛의 입자가 감쌌다.

나이프에 새겨진【히에로글리프】가 마치 공명하듯 흰 빛을 뿜었다.

『듀얼 차지』.

벨이 검증하고 고찰하며 착안했던【아르고노트】의 『집속』이라는 특성.

그것을 이용한 스킬의 새로운 응용.

다시 말해 참격과 『마법』의 동시 차지였다.

칼날에 작렬시킨 염뢰를 나이프와 한꺼번에 흰 빛으로 감싸, 두 종류의 공격을 담고 동시에 강화한다.

집속된 염열의 칼날 때문에 《헤스티아 나이프》는 더욱 커진 것처럼 보였다. 칼날의 폭은 장검처럼 넓었으며 길이는 단검 정도까지 늘어났다. 차지 시간에 비례해 열량과 광채가 강해져 광대한 룸에 붉은색 빛을 뿜어냈다. 그 막대한 출력에 불꽃의 일부가 집속으로부터 새나와, 수많은 불똥이 되어 검신에서 피어났다.

극한까지 드높아져 펼쳐질 일격은 불꽃의 굉음과 함께 모든 것을 갈라버릴 것이다.

벨이 궁리해 창안한, 황당무계한 기술이었다.

언젠가 맞붙을 『호적수』에게 이기기 위해 만들어낸 필살기였다.

그렇다.

그것은 마치 『끊임없이 타오르는 성화』와도 같이──

"──주신님, 고맙게 쓸게요."

불꽃과 흰 빛을 두른 나이프를 오른손으로 들고, 벨은 눈앞을 가로막고 선 몬스터를 노려보았다.

지릉, 지릉, 지릉.

괴물에게 남은 마지막 시간을 헤아리듯, 차임 소리가 울리고 있었다.

그는 떨고 있었다.

뭐야 그건.

뭐야, 그건!

뭐냐고, 그건?!

그는 모른다. 저런 것은 모른다.

몇 번이나 『노래』를 듣고 포격을 받아보았다. 불에 타고, 얼음에 얼어붙고, 벼락을 맞고, 몇 번이나 몸의 일부를 잃었다.

그러나 그런 그도 저런 것은 본 적이 없다.

저런 무자비한 빛을.

모든 것을 때려 부수고 재로 바꿔놓을 불꽃과 섬광의 광채를.

그는 그저 두려웠다. 몸에 깃들었던 살의와 증오를 잃어버리고 말 정도로.

물이다.

물속이다!

물속이라면 놈이 쫓아오지 못하겠지!!

그는 소년에게 등을 돌렸다.

분노도 긍지도 굴욕도, 모든 것을 내팽개치고 어머니 미궁이 만들어낸 물살 속으로 도망치고자 했다.

"히요우!"

그러나.

상공에서 날아든 순백색 눈보라가 놀랍게도 눈에 들어오는 모든 물살을 얼려버렸다.

『?!』

뛰어들 수도 없는 얼어붙은 빙하를 보며 아연실색한 그는 시선을 들었다.

"놓칠 줄 알고?"

오른손에 푸른 장검을 든 붉은머리 청년은 커다란 수정기둥 위에서 혼자 허리에 손을 가져다댄 채 그를 내려다보고 있었다.

"넌 여기서 저 녀석에게 토벌당해라. 알았냐?"

그 대담한 웃음에 그는 미친 듯이 분노했다. 포효를 지르며 살의가 시키는 대로 날뛰고자 했다.

그러나 그것도 등 뒤에서 다가오는 발소리가 용납하지 않았다.

숨을 멈추고 돌아보자.

백발 소년이 천천히 다가왔다.

어디론가 사라져버린 격분 대신 다시 찾아오는 공포. 흉악한 빛을 계속해서 모으며 한 걸음, 또 한 걸음, 그를 조용히 몰아붙였다.

다가온다!! 다가온다!! 다가온다!!

그를 멸할 파멸이.

그를 죽일 인간이.

심홍색 안광을 빛내는 흰 『토끼』가.

"——승부다."

빛과 불꽃의 검을 들고, 소년은 선언했다.

이윽고 걸음은 도움닫기로, 도움닫기는 질주로.

벼락과도 같은 가속을 거쳐 초속의 돌진이 밀려든다.

『우——우워어어어어어어어어어어어어어어어어어어어어?!』

육박하는 필살의 칼날.

나부끼는 백발이 궤적을 그리며 나이프에서 떨어진 불똥이 허공을 춤추었다.

그는 공포의 포효를 질렀다. 모든 것을 부술 굵은 팔을 휘둘렀다.

그러나

소년은 이를 능가하는 속도로, 일섬.

『——————.』

60초분의 사운드 벨.

칼날에 새겨진 신성문자가 섬광을 뿜어내며 불꽃의 포효를 터뜨렸다.

"아르고 베스타(영웅성화 英雄聖火)."

선홍색과 순백색의 섬광으로 세상이 물드는 가운데, 그는 생각했다.

——다음번에 만약, 다시 태어난다면.

──흰『토끼』에게는 절대 접근하지 말기로 하자.

그 생각을 끝으로, 그의 의식은 터져나갔다.

🔥

"아르고 베스타."

굉염(轟炎)과 섬광, 그리고 충격.

그것이 벨의 일격에 담긴 모든 것이었다.

『─────────────────────────우우우?!』

터져나가는 괴물의 단말마가 폭염 속으로 사라지고, 순백색 빛에 에워싸인 붉은 검광이 번뜩였다.

불꽃을 두른 참격의 작렬.

위에서 그 광경을 보던 동료들의 시야가 희게, 그리고 붉게 번뜩였다. 멀리 떨어진 이 장소까지 밀려드는 열파와 충격파에 모두가 얼굴을 두 팔로 가렸다. 단 한순간에 태어난 염뢰의 참격은 플레어를 낳아, 그것이 스치고 지나간 공간과 함께 모든 것을 태워버렸다.

깜빡거리던 시야에 색이 돌아오고, 릴리와 일행은 천천히 고개를 들었다.

소년이 나이프를 휘두르며 지나간 자리에는…… 상반신을 잃고 침묵한 두 다리만이 있을 뿐이었다. 이내 불에 타들어간 그 두 다리도 재가 되어 터져나갔다.

© Suzuhito Yasuda

오른손을 휘두른 자세 그대로 멈췄던 벨은 조용히 자세를 풀고 나이프를 내려다보았다.

　그와 함께『성장』하는 신의 칼날은 날 하나 빠지지 않은 채 불꽃과 빛의 여운을 연기로 바꾸어 허공에 뿜고 있었다.

　"베── 벨 니."

　『우와아아아?!』

　감개무량해 고함을 지르려던 릴리와 하루히메의 목소리는 엘프와 드워프들의 굵은 환성 속에 사라졌다. 벨프와 미코토, 아이샤의 것까지 더해진 그 환호성에 다프네와 카산드라는 열심히 두 귀를 막았다.

　"치구사!"

　"아…… 오우, 카."

　동시에 모험자들의 몸에서 사라지는『겨우살이』.

　몸의 절반을 속박했던『덩쿨』은 소멸한 본체와 함께 같은 말로를 걸어 재로 변했다. 쇠약의 그림자를 드러내면서도 회복의 미소를 보이는 치구사. 오우카는 활짝 웃으며 그녀를 끌어안았다.

　엘프들도, 드워프들도 자신의 몸에서 사라진 괴물의 속박에 울며 기뻐했다.

"벨 니임!"

"벨!"

미궁벽에 뚫린 구멍에서 뛰어내려 비틀거리면서도 달려오는 릴리와 벨프를 보고 벨은 눈을 가늘게 떴다.

그리고 동료들에게 무사함을 알리고자 손을 들려 했을 때, 찰박.

얼어붙었던 빙하와는 반대쪽, 벨의 등 뒤에서 물이 튀는 소리가 들렸다.

"아……."

돌아보고 눈을 크게 뜬 벨은 살짝 웃었다.

시선 너머에 있던 것은 수면에서 어깨와 얼굴을 드러낸, 아름다운 머메이드 소녀.

파티를 구해주기 직전, 근처의 물살에서 작별했던 마리였다.

"고마워, 벨……『좋아해』!"

소년을 동료의 곁에 보내준 『제노스』 소녀는 볼을 붉히고 활짝 웃었다.

조숙한 아이처럼 입에 손가락을 댔다가 벨에게 날려준 그녀는── 또 만나자고.

조그만 입술을 움직이고는 손을 흔들었다.

자신의 위치에서밖에 보이지 않는 그 광경에 쓴웃음을 지은 벨도 살짝 손을 흔들어 대답했다.

곧 소녀가 소년의 배에 육탄돌격을 가하는 소리가 들렸다.

그와 함께 물고기의 꼬리지느러미가 수면을 박찼다.

육지 방향에서 모험자들의 떠들썩한 목소리가 부드러운 물거품 소리가 되어 전해지는 가운데, 이어 소녀는 조용한 웃음을 지으며 물의 세계로 돌아갔다.

에필로그 질풍의 소식

『강화종』을 토벌한 우리는 루비스 씨, 도르무르 씨의 일행과 함께 『하층』에서 탈출했다.

물자 대부분을 소모했고, 파티의 피해도 컸다. 우리는 아무 데도 들르지 않고 최단경로를 따라 『거목미궁』을 넘어, 세이프티 포인트인 『리빌라 마을』까지 돌아왔다. 회복할 수 없는 부상을 입은 모험자야 일상다반사라지만, 팔을 잃은 루비스 씨나 그의 일행에게도 꿈쩍하지 않는 마을 주민들에게 부탁해 치료를 위한 여관을 빌렸다.

"괜찮, 으세요……?"

『강화종』 토벌로부터 꼬박 하루.

체류 중인 『리빌라 마을』에서 치료의 고비를 넘긴 루비스 씨 일행을 걱정해 나와 릴리, 동료들은 여관으로 찾아 갔다.

"그래. 걱정을 끼쳤지만 목숨에는 이상이 없어."

침대 위에서 상반신을 일으킨 루비스 씨는 아직 씻지 못한 피로의 그림자를 내비치면서도 또렷하게 웃음을 지었다. 동굴 안에 만들어진 객실은 여러 명의 모험자가 들어갈 수 있는 큰 방 중 하나였으며, 루비스 씨 외에도 【모디 파밀리아】의 엘프들과 도르무르 씨네 【마그니 파밀리아】의 드워프들이 각자 다른 침대며 바닥에 깔린 모포 위에서 쉬고 있었다. 엘프와 드워프가 얼마나 사이가 나쁜지를 상징하듯 방 한가운데에는 경계선도 있었다.

"야~ 정말 뭐라 고맙다고 해야 할지 모르겠네. 너희의 다정함이 나의 마음을 감싸서, 그 뭐냐…… 으하하하하하하?!"

"무사해서 정말 다행이네요."

"드워프 여러분도 몸은 괜찮으시온지요?"

카산드라 씨나 하루히메 씨 앞에서 얼굴을 붉히고 껄껄 웃는 도르무르 씨에게서 시선을 돌리고, 나는 다시금 예비 배틀클로스로 옷을 갈아입은 루비스 씨를 보았다.

반팔 상의의 오른쪽 팔 부분, 소매에서 보여야 할 팔은 없었다.

"팔을 치료해드리지 못해서………… 죄송해요."

루비스 씨의 오른팔은 역시 원래대로 돌아오지 못했다.

회수했던 팔은 이미 부패가 시작되어서, 붙인다 한들 어깨 아래를 괴사시킬 것이 분명했다. 상처를 치유할 아이템이나 『마법』으로도 부패한 시간을 되돌릴 수는 없었다.

오만이라는 것을 알면서도 내가 나도 모르게 사죄하자,

"아니, 난 운이 좋았어."

잃어버린 오른팔에 가만히 손을 가져다대며 루비스 씨가 고개를 가로저었다.

"네?"

"목숨이 아니라 한쪽 팔만으로 끝났으니까."

"……루비스 씨."

"너무 걱정하지 마라. 이건 우리가 부족해서 초래했던 추태니까."

루비스 씨의 시선을 따라가보니, 붕대를 감은 동료 엘프들도 미소를 지어주었다.

여성 엘프의 한쪽 다리는 그의 오른팔과 마찬가지로 잃어버렸다.

"이게 모험자야. 이게 던전이고."

무슨 말을 걸어야 좋을지 알 수 없는 나에게 루비스 씨는 모양 좋은 눈썹을 바짝 당기며 말했다.

"『미지』를 추구하는 우리가 지불해야 할 대가이고, 받아들여야 할 현실이지."

……루비스 씨의 말대로, 눈앞에는 모험자의 현실이 있었다.

결코 동화처럼 화려한 이야기가 아닌, 팔이나 눈이나 목숨도 금세 잃어버릴 수 있는 있는 그대로의 진실이.

하지만.

목숨만 남아있다면 발버둥칠 수 있는 것도 또한 모험자다.

후훗 웃음을 짓는 루비스 씨를 보며, 나는 그렇게 생각할 수 있었다.

"지상으로 돌아가면【디안 케흐트 파밀리아】에 가봐야겠어. 제일 좋은 의수를 달아달라고 해야지. ……그래, 맞아. 이제 우리도 빚더미에 깔리게 됐다고 주신님에게 말해서 비명을 지르게 만들어줘야겠어."

그때의 광경을 상상하는지 루비스 씨는 큭큭 웃음소리

를 냈다. 그늘이 느껴지지 않는, 통쾌하다는 듯한 웃음이었다.

수려한 엘프 청년은 나를 올려다보았다.

"【래빗 풋】…… 벨 크라넬. 고맙다, 우리를 구해줘서. 나루비스 릴릭스의 이름에 맹세코, 언젠가 이 큰 은혜에 보답하지. ……엘프의 맹우에게 감사를."

그리고 가슴에 손을 대며 깊이 허리를 꺾었다.

다른 엘프 파티원들도 웃음을 지으며 이를 따라했다.

"……흥, 엘프들은 너무 딱딱하다니깐! 좀 편하게 말하면 어디 덧나나."

그것을 잠자코 지켜보던 도르무르 씨가 다른 드워프들과 함께 우리 앞까지 다가왔다.

"【헤스티아 파밀리아】도, 다른 사람들도 고마워. 다음번에 너희가 곤경에 빠지면 우리가 도와주겠어."

그리고 내미는 커다란 손. 우리는 얼굴을 마주보며 웃고 그 손을 꽉 잡았다.

릴리나 벨프도 다른 드워프들과 악수를 나누었다.

"자, 격식은 이제 됐지? 고비는 넘었으니 술이라도 마셔보자고!"

"아, 아이샤 씨? 대체 무슨 말씀이시옵니까……?"

"그 커다란 놈 때문에 예정이 바뀌어서 『원정』도 어정쩡하게 끝나버렸잖아. 떠들썩하게 먹고 마셔야 좀 직성이 풀리지!"

깜짝 놀라는 하루히메 씨에게 아이샤 씨는 당연하다는 표정을 지었다. 그런 그녀의 말에 드워프들이 눈을 빛내고, 엘프들은 어이없다는 표정을 지었다.

"부상자에게 술을 먹일 생각인가, 아마조네스……." "난 같이 마실 거야!"

"좋아, 술판이다! 준비들 하라고! 마을에 있는 술을 전부 비워주마!"

"안 돼요, 그러면 못써요, 아이샤 님! 물가가 어마어마하게 비싼 리빌라 마을의 술은 파멸의 원인이라고요! 하다못해 지상에 돌아갈 때까지……!"

"쪼잔한 소리 하지 마, 릴리돌이. 『하층』의 보물은 확실하게 챙겨서 가져왔잖아!"

"그거하고 이건 다른 문제예요! 그리고 술값으로 릴리의 보물을 쓰다니 제가 그렇게 놔둘 줄 알아요?!"

"또~ 이렇게 되는구나……."

"아하하하……."

릴리와 벨프도 더해 더욱 떠들썩해진 광경에 원정 첫날의 모습을 겹쳐본 다프네 씨가 탄식하고 카산드라 씨가 헛웃음을 지었다.

나도 쓴웃음을 지으며, 살짝 방을 혼자 빠져나왔다.

말려들까 무서웠던 것도 좀 있을지 모르지만, 우선 힘을 빌려준 마을 사람들에게 부상자들의 쾌유를 전하고자 했기 때문이었다.

동굴을 이용해 만들어진 여관에서 나오니 제18계층은
『낮』시간대였다.

계층 천장에 국화처럼 피어난 수정에서 햇살과도 비슷
한 부드러운 빛이 뿜어져 나왔다.

"여어, 【래빗 풋】! 엄청난 괴물하고 만났다며! 첫『원정』
때부터 고생이 많았다!"

여관을 나오자마자 날 붙잡은 것은 리빌라의 우두머리
보르스 씨였다.

안대를 착용한 험악한 얼굴에 웃음을 지으며 어깨를 퍽
퍽 두드린다. 친근한 말투에 나도 모르게 쓴웃음을 짓게
되는 것은 이 사람에게서 보이는 일종의 애교 때문인지도
모른다.

"얘기 좀 들려달라고! 안주거리로 제공해주면 술값 정도
는 쏴주지!"

"아~ 그럼, 다른 분들과 함께 연회라도 열어주시면……."

"옳지 좋았어! 나한테 맡겨라!"

아이샤 씨나 벨프도 좋아하리라 생각하고 제안했던
그때.

"보르스, 보르스?!"

수인 모험자가 우리에게 달려왔다.

"뭐야, 웬 소란이야?"

"……이야."

"아앙?"

"살인이라고! 마을 밖에서 모험자가 살해당했어!"

그 소식에 나와 보르스 씨는 눈을 크게 떴다.

"야, 잠깐만. 몬스터의 소행이 아니고?"

"아냐, 사람이야! 범인도 봤어!"

당황한 채 자신이 보았다는 광경을 들려주는 상대에게 나는 동요를 감추지 못했다.

또 다시 접해버린 사람의 죽음…… 어깨에서 목까지 슬렁거리면서 그와 함께 내장이 불길한 소리를 내며 뒤틀리는 듯한 감각.

"봤다니, 누굴 봤는데?"

낯빛을 잃은 내 곁에서 보르스 씨가 시선을 날카롭게 뜨며 물었다.

한껏 망설이던 수인 모험자는 얼굴을 새파랗게 물들이면서도 겨우 입을 열었다.

"【질풍】이야……."

──에?

그때 무슨 말을 들은 것인지 이해할 수 없었던 나는, 머릿속이 새하얗게 변한 채 멍청히 서 있을 수밖에 없었다.

마을 주민은 그대로, 또박또박, 커다란 목소리로 말했다.

"블랙리스트에 오른 현상수배범…… 그 【질풍】의 소행이야!"

스테이터스

Lv.**4**

힘: 10 내구: 10 기교: 10 민첩: 10 마력: 10
행운: G 내성: H 도주: I

《마법》

【파이어볼트】 ·속공마법.

《스킬》

【리아리스 프레제】 ·조숙한다.
·마음이 이어지는 한 효과 지속.
·마음의 강도에 따라 효과 향상.

【영웅선망 아르고노트】 ·액티브 액션에 대한 차지 실행권.

【옥스 슬레이어】 ·맹우 계열과 전투 시 모든 능력 초고보정.

《하쿠겐》

·벨프의 작품. 무기 시리즈 제3탄.

·휘백색 롱 나이프. 날길이는 35C.

·《헤스티아 나이프》보다 가벼워 빠르게 휘두를 수 있다. 위력도 제2등급 무장 중에서는 상위권.

·귀중한 회복계 아이템을 만들 수 있는 『유니콘의 뿔』을 무기소재로 삼는 폭거로 만들어낸 초희귀 무기.

·뿔은 다이달로스 거리에서 『제노스』 귀환작전 때 입수. 유니콘 유노가 잽싸게 양도받았다.

·벨의 오더메이드이기는 하지만 예상 가격은 10,000,000 발리스.

·『독』을 받았을 때 검신을 이용해 해독효과도 발휘할 수 있다.

【벨 크라넬】

소속: 【헤스티아 파밀리아】
종족: 휴먼
직업: 모험자
도달계층: 제25계층
무기: 헤스티아 나이프
소지금: 17,000발리스

《운디네 클로스》

·정령의 방호포. 물 속성에 대한 높은 내성. 수중활동에서의 은혜도 가져다준다.
·《살라만더 울》과 마찬가지로 형상은 다양.
 벨이 착용한 타입은 이너웨어와 바지.
·한 벌에 110,000발리스.

후기

　모 왕도 만화에서 좋아하는 기술은 『화염 대지참』이었습니다.
　새 에피소드에 돌입한 제12권 되겠습니다.

　당초 예정에 따르면, 이번 권에서는 술집의 엘프 이야기로 돌입할 계획이었습니다. 하지만 지난 권의 에필로그에서 원점회귀한 주인공이 얼마나 성장했는지 작가 자신도 꼭 보고 싶어져서, 급거 예정을 변경해 이번의 소위 던전 던전을 집필하게 되었습니다. 아직도 긴 이야기의 전체에서 보자면 『샛길』에 잠깐 들러버린 셈이지만 이 이야기를 쓰길 잘 했다고 생각합니다.
　이야기를 쓰는 몸으로서 기뻤던 것은 등장인물이 정말로 『변했다』, 『성장했다』, 그런 순간을 맞이할 때입니다. 각각의 캐릭터가 이러이러한 전개를 맞이하고 저러저러한 성장을 거둔다는 스토리라인의 구상은 물론 있지만, 이번 제12권에서는 주인공이 작가의 손을 떠나 『비약』이라 부를 만한 것을 보여주었습니다. 본문 속의 표현을 빌리자면 신도 상상하지 못했다고나 할까요? 그것은 결코 작가가 의도한 것이 아니라 캐릭터들이 이야기 속에서 살아있다는 증거가 아닐까, 그런 생각이 들었습니다. 그렇게 믿고 싶습니다. 처음 무렵에는 그렇게 비실비실했는데.

폐해를 열거하자면, 조금 지나치게 성장한 주인공을 보는 여성진의 반응을 어떻게 그릴까 하는 점이었습니다. 특히 아마조네스 누님의 욕망을 억누르는 것이 힘들었어요. 처음에는 가차 없이 잡아 넘어뜨리려 해서 황급히 수정했습니다. 캐릭터란 살아있는 존재구나, 하고 먼 산을 보고 말았습니다.

신의 약은 꾀나 음모가 나오지 않는 순수한 던전던전 이야기였지만 작가는 개인적으로 매우 즐거웠습니다. 어디까지나 미궁을 탐색한다. 흉악한 몬스터와도 귀여운 여자아이와도 만나 판타지한다. 고생은 있지만 주인공들과 함께 초심으로 돌아간 것 같아 기뻤습니다.

그러면 사과와 감사의 말씀을.

이것저것 고민해 끙끙거리던 작가를 도와주신 코다키님, 키타무라 편집장님, 바쁜 가운데 멋진 일러스트를 그려주신 야스다 스즈히토 선생님, 관계자 여러분, 이번에도 힘을 빌려주셔서 매우 감사합니다. 그리고 독자 여러분, 정신이 들고 보니 20권을 넘어선 이 시리즈와 함께 해주셔서 정말로 고맙습니다. 앞으로도 좋은 이야기를 전해드릴 수 있도록 정진하겠습니다.

또 다음 권에서 뵐 수 있으면 좋겠습니다. 실례합니다.

오모리 후지노

던전에서 만남을 추구하면 안 되는 걸까 12

2017년 12월 1일 1판 1쇄 발행
2021년 10월 30일 1판 8쇄 발행

저   자 오모리 후지노
일 러 스 트 야스다 스즈히토
옮 긴 이 김민재
발 행 인 유재옥
본 부 장 조병권
담당편집자 정영길
편 집 1팀 이준환 박소연
편 집 2팀 정영길 조찬희 박치우 조현진
편 집 3팀 오준영 곽혜민 이해빈
미   술 김보라 서정원
라이츠담당 한주원 이다정
디 지 털 박상섭 이성호 최서윤
발 행 처 ㈜소미미디어
제 작 처 코리아피앤피
등   록 제2015-000008호
주   소 서울시 마포구 토정로222, 403호(신수동, 한국출판콘텐츠센터)
판   매 ㈜소미미디어
마 케 팅 한민지 최정연
물   류 허석용
전   화 편집부 (070)4164-3962, 3963 기획실 (02)567-3388
               판매 및 마케팅 (070)4165-6688, Fax (02)322-7665

ISBN 979-11-6190-187-9 04830
ISBN 979-11-950162-0-4 (세트)